KB275493

사석원의
서울연가

사석원의 서울연가

기억 속 서울의 풍경과 사람을
말하고 그리다

샘터

일러두기
이 책에 등장하는 인물들의 나이는 2012년 기준으로 표기하였다.

그리운 청춘과
세월의 흔적을 찾아
떠난 여행

이미 여름이 시작된 것 같기도 하고 아직은 아닌 것 같기도 한 어정쩡한 계절의 어느 날,《문화일보》미술담당 신세미 기자에게서 전화가 왔다. 다짜고짜 내가 거처하는 방배동으로 날 만나러 찾아온다는 것이다. 이미 신문사를 떠났다고 한다. 그것도 혼자가 아니고 문화부장과 같이 오고 있는 중이란다. 느닷없이 찾아온다니……. 마침 그날은 지하철이 파업을 하는 바람에 서울 거리가 몹시 어수선했다.

하여튼 그렇게 갑자기 방배역 미스터피자 지하 카페에서 만났다. 예진수 부장과는 초면이었다. 힘들게 온 두 기자는 만나자마자 내게 신문 연재를 제의하는 것이다. 마침 막 가나아트센터에서 개인전을 마친 지 얼마 되지 않아 여유롭게 시간을 보내던 중이었지만 덥석 그러겠노라고 약속할 수는 없는 처지였다. 내가 글 쓰는 전문가도 아닌 만큼 우선 무딘 필력이 걱정됐다. 10년 전쯤《조선일보》에 〈대폿집 기행〉을 연재한 적은 있지만 오래전이라 기억도 가물가물했다. 또 그때 경험으로 신문 연재라는 게 시간적 부담이 많다는 것도 잘 알고 있었다. 그런데 참으로 고약한 것은 이런저런 핑계로 사양할 수 없는 주제를 제시한 것이다. '서울'에 관한 이야기를 하라는 제의였고 서울서 살아온 내 얘기를 해달라는 주문이었다. 마음이 심란했다. 누구 못지않게 서울사람이라는 것을 자랑하며 살아온 이력 때문이었다. 며칠 후 다시 얘기하자며 일단 그 자리를 피했다.

다시 만난 장소는 예술의전당 건너에 있는 내 단골주점 '복있는 집.' 전라도 요리에 막걸리를 진탕 마셨다. 예진수 문화부장의 인간적인 느낌이 좋았다. 순수했고 진정으로 문화를 사랑하는 분 같았다. 더군다나 술이 나보다 센 것 같지 않아 더욱 맘에 들었다. 소녀 같은 아줌마인 신세미 기자는 원래 술이 약하기로 유명한, 그래서 미술전문기자로는 대한민국 최고의 베테랑 중 한 분이지만 화류계에는 영 숙맥. 평생 연마한 음주내공으로 동석한 모두를 전멸

시킨 나는 의기양양한 나머지 착각에 빠져 덜컥 연재를 수락하는 과오를 저질렀고 그 이후엔 코뚜레를 잡힌 황소처럼 꼼짝없이 〈서울연가〉 집필에 몰두하게 됐다.

그러나, 그런데, 그렇지만 난 행복했다. 원고지 한 쪽 한 쪽 메꾸기가 고문이었지만 행복한 고문이었다. 오랫동안 잊고 있었던 기억의 보물창고로 날 인도해주었다. 그곳엔 '추억'과 '청춘'이 먼지를 흠뻑 뒤집어쓴 채 자신들을 찾아줄 날만을 기약하며 오롯이 기다리고 있었다.

등장인물이 모두 실명인 연재가 진행되면서 응원과 염려가 쇄도했다. 아내는 내게 "살면서 무슨 사건이 그리 많았냐"며 에둘러 물었다. 나는 그저 웃을 뿐이었고…….

한 계절이면 끝난다는 약속이 연재가 연장되는 바람에 또 다른 계절을 맞으며 이어지다가 마침내 부끄러운 내 얘기는 끝을 맺었다. 돌이켜 보니 서울 구석구석마다 쉽게 걷어낼 수 없는 진한 추억이 묻어 있었다. 내가 서울서 살아본 동네만도 적지 않았다. 신당동에서 태어나 홍제동, 면목동, 휘경동, 망우리, 자양동, 불광동, 종암동, 아현동, 장안동, 동교동, 논현동 그리고 지금의 방배동까지. 어쩌면 빠트린 곳이 있을지도 모르겠다.

지역에 대한 이야기는 사실 그곳의 사람에 관한 추억이었다. 흑

백으로 만든 명화 속 주인공처럼 기억 속 인물들이 알고 보니 내 가슴속에 깊숙이 각인돼 있었다. 거짓말같이 생생히 살아 있는 것이다. 동네를 옮기며 한 편 한 편 사연을 적을 때마다 기억 속의 사람들이 날 찾아왔다. 그리고 내게 말을 걸었다. "잘 있었니?" 하고……. 가슴 저밀 만큼 불쑥 찾아온 옛 추억과의 해후였다.

이 책은 당시의 연재를 묶은 것이다. 그리고 그때 못 다한 연가를 나중에 마저 적어 덧붙였다. 잊혀가는 서울의 아스라한 풍경을 떠올리며 기록했다. 또한 그 자리에 있었던 청춘의 내 모습을 같이 그려봤다.

때로는 부끄럽고 안타까운 회상도 있었다. 아프기도 했고 희열에 몸을 떨기도 했다. 청춘이니 그랬었다. 사랑과 욕망과 열정의 시기였다. 많은 이들이 내 낯짝의 두꺼움을 수군거렸다. 그렇지만 뻔뻔하게도 그런 많은 얼룩들을 스스럼 없이 발설한 것은 같은 시대를 살아본 비슷한 세대들에겐 공감하는 마음이 있었으리라는 믿음 때문이었다. "맞아, 그땐 그랬었지. 그래 나도 그랬어! 아, 그건 바로 내 얘기야." 그 시절에 서울서 청춘을 보낸 사람들에게 듣고 싶은 말이었다. 그것이 철면피라는 질시를 감수하고 이 책을 쓰게 된 진정한 동기였다. 비록 잘했다고 힘찬 박수는 받지 못할지라도 저마다 지나온 청춘을 잠시 돌이켜 보는 여유를 갖게 된다면,

그래서 살아온 세월을 그리워하고 그 모진 시대에 경의를 표하게 되다면 나로선 분에 넘치는 과찬인 셈이다.

연재가 끝나고 한 지인이 내게 말했다. "아마도 전생에 복을 많이 지었나 봐요!" 내 인생이 남들에겐 부러울 정도로 얘깃거리가 많고 재밌게 비쳐진 것 같다. 부정하진 않는다. 하지만 감히 말하고 싶다. 삶이란 게 뚜렷한 경계가 있어 행복과 불행이 쪼개진 사과처럼 확연히 나누어져 다른 것이 아니라고. 그것은 선택하기 나름이라고. 같은 상황이라도 행복이 될 수도 있고 불행이 될 수도 있고 추억이 될 수도 있고 회한이 될 수도 있다. 서울도 마찬가지로 누군가에겐 사랑의 도시고 누군가에겐 끔찍한 비정의 도시가 될 것이다. 그것은 미리 정해져 있는 것이 아니고 선택하는 자의 몫이다.

지금도 서울 한복판을 가로질러 유유히 한강은 흐른다. 질곡의 역사를 굽이굽이 돌아온 유장한 물살이 도도하다. 내 인생도 강물처럼 흘러간다. 서울서 살아온 지난날의 추억들이 먼 곳으로부터 흘러와 내 맘속을 적시며 머물다가 다시 또 새로운 인연에 밀려서 흘러갈 것이다. 만약 세상을 움직이는 어떤 거대한 존재가 있다면 진정으로 감사드린다. 세상에서 가장 황홀한 도시, 서울서 살게 해 주어서……

나를 만난 게 짐이 되면서도 나로 인한 더 큰 짐들을 자신들의 어깨 위에 애써 또 올려놓으려는, 숙명이라고밖엔 설명이 힘든 '착한 바보' 몇 분을 소개하고 싶다. 또 이분들 중 많은 이들이 본문의 사연에 직접 등장하여 나의 반세기 삶이 풍요로울 수 있도록 도왔다. 역할이 비록 '악역'일지라도…….

김명국. 그는 평생 내 주정을 받아줬다.

이천직, 오성식, 주원경. 나쁜 짓을 같이 해서인지 더욱 친근한 평생의 동무들.

현영모. 미워할 수 없는 지독한 의리의 술귀신.

아내. 철없는 나를 안아주고 밥 먹여주는 지구상의 유일한 여자.

그리고 내게 풍류의 소중함을 가르쳐주신 김원배 선생님, 신 전무님과 낭만괴수 이명조 사장님.

또 지갑을 들고 내 가난한 청춘의 길목에 서서 술값을 도맡아 내주신 염기설 사장님, 조귀래 사장님, 이호재 회장님께도 감사를 드린다.

그리고 연재 내내 빠짐없이 정성껏 기사를 읽고 응원해주신 최고의 후원자 MPK그룹의 정우현 회장님, 선뜻 이 책의 출간을 허락해주었고 시나브로 절친이 되었으며 왠지 평생 더 질긴 인연으로 밀착될 것 같은 수염 난 어린 왕자 샘터 김성구 사장, 그리고 늘

일을 저질러놓고 뻔뻔히 뒷수습만 맡겨 미안한 가나아트 이옥경 대표, 순수한 문화 지킴이 예진수 부장께도 존경과 감사를 드린다.

과분한 사랑을 한결같이 베풀어준 고모들과 형제들, 방배동 가족들, 예림아트 김춘한 사장과 그리고 누구보다도 병상에 계신 아버지와 하늘에 계신 어머니께도 감사한 마음이 전해졌으면 좋겠다.

2013년, 신년의 정기를 받은 방배동 우면산 기슭에서
영소(永少) 사석원

차례

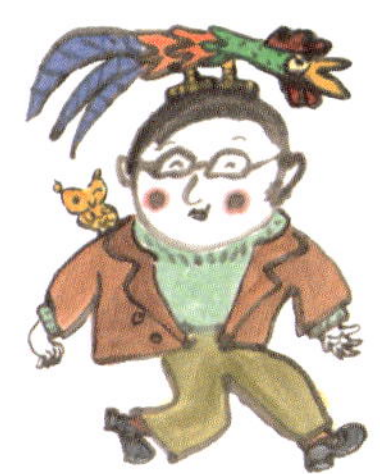

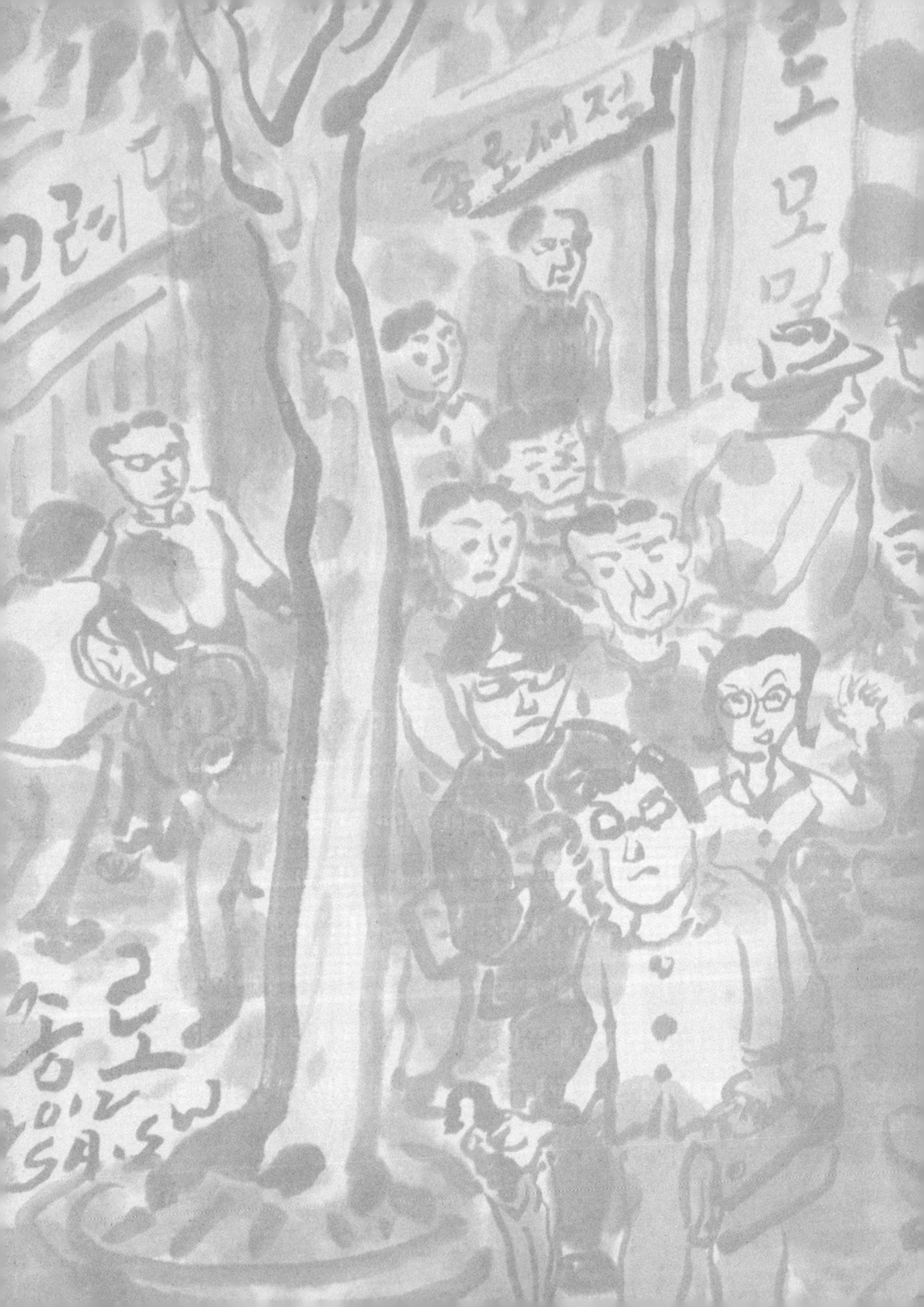

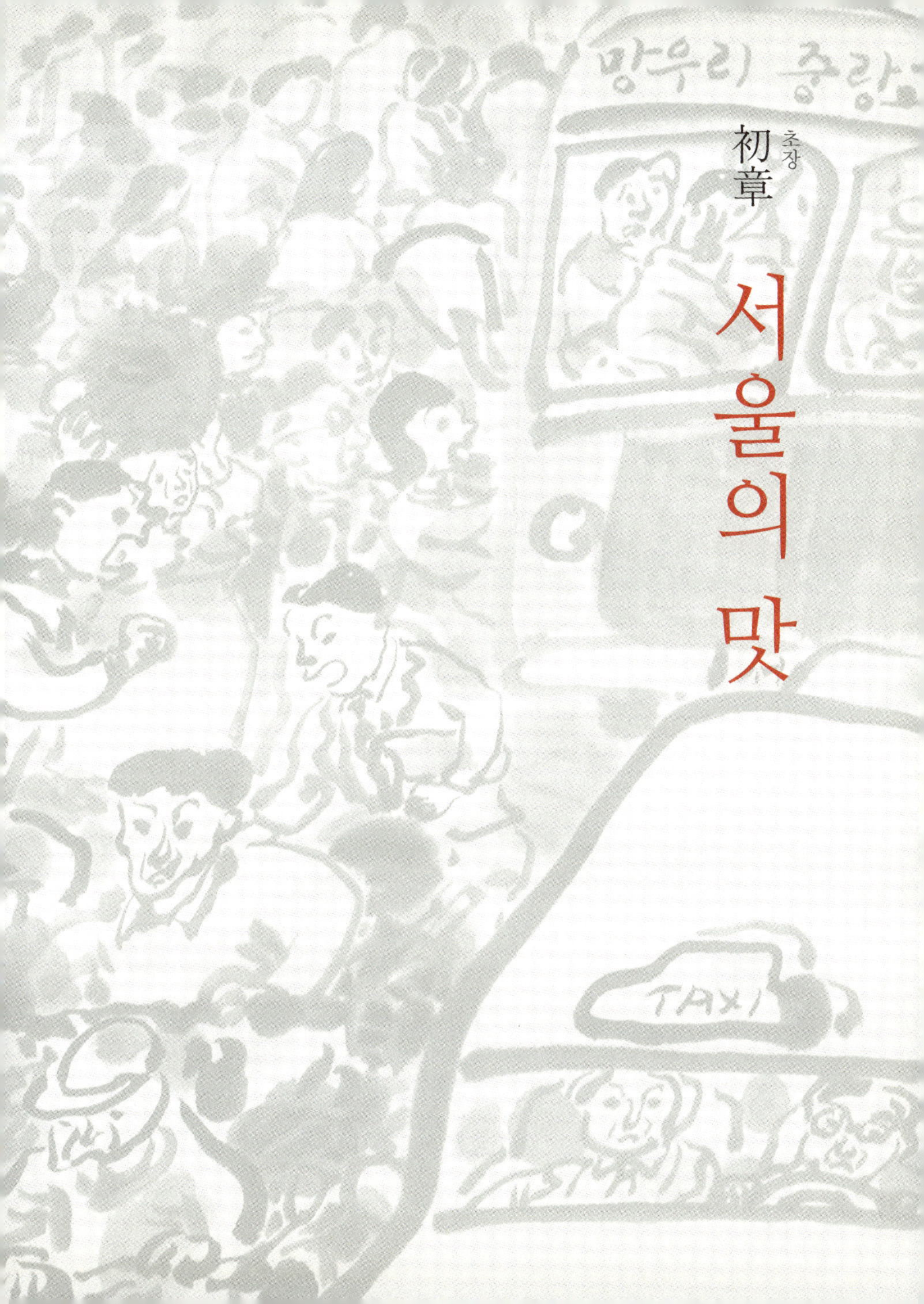

初章

서울의 맛

삶의 활기가 술맛을 돋우는 곳

새벽 4시. 일찍 해가 뜨는 한여름. 그러나 세상은 아직 미명. 이불 속에서 눈을 뜬 채 일어날까 말까를 망설인 지 벌써 30여 분. 더 이상 우물쭈물할 순 없지. 드디어 불끈 결심.

조용히 옷을 챙겨 입고 도둑고양이처럼 살금살금 집을 나선다. 이거야말로 영락없는 조강지처 몰래 첩질하러 가는 난봉꾼 본새. 그렇게 어둠을 뚫고 달려간 곳은 애첩의 집이 아니고 한강 변 '노량진 수산시장'.

생선 냄새가 입구부터 진동한다. 주차장은 전국의 어판장에서 올라온 수산물 트럭으로 이미 만차다. 시장 안은 깜깜한 바깥세상

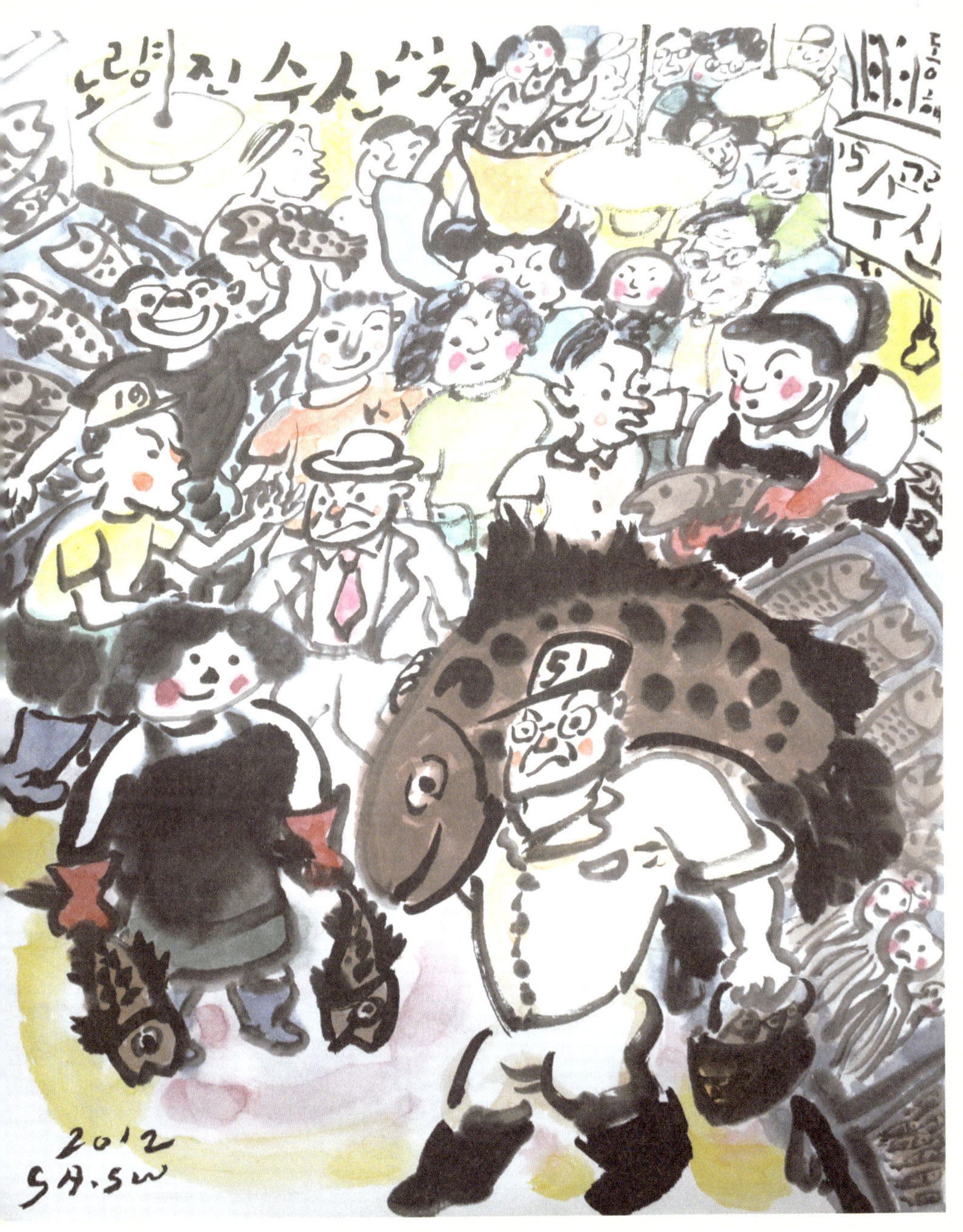
노량진 수산시장
2012
SA.SW

과는 딴판으로 휘황찬란한 불야성. 700여 개 좌판마다 엄청난 양의 각종 어패류와 가득 찬 인파들이 상인들과의 흥정 소리에 섞여 웅웅 대며 꿈틀거리는 것이 틀림없는 징한 삶의 현장이고 노동의 찬가다. 볼 적마다 가슴 벅차고 흥분되는 풍경. 정글 같은 도시에 답답했던 내 가슴이 뻥 뚫리는 느낌이다. 바로 이 맛이다. 33년 전부터 수산시장을 찾고 있으니 그런 기분에 중독된 지도 이미 오래전. 즐거울 때나 우울할 때나 이곳을 찾아 위안을 얻었다. 그야말로 자유와 활력의 충전소, 내 마음의 해방구로다.

질척거리는 시장 바닥을 익숙한 발걸음으로 재빨리 지나가면서 좌판에 놓인 수산물들을 예리하게 훑어가는 눈썰미가 거의 전문가 수준. 오늘은 물 좋은 생선이 뭐고 가격이 어떤지 단박에 감이 온다. 지금은 7월 초순. 반짝이는 병어와 아기 키만 한 민어가 제철. 철 지난 줄 알았던 갑오징어도 제법 눈에 띄고, 경매장엔 아직도 열기가 뜨겁다. 4킬로그램이 훌쩍 넘어 보이는 살아 있는 대형 자연산 광어들과 전복, 빛깔 좋은 복어와 숭어 등을 놓고 중개인들의 눈치작전이 치열하다. 눈빛들이 매섭다. 찰랑찰랑 가득히 물을 채우고 활어들을 담은 노란색 플라스틱 생선 상자가 바닥에 잔뜩 깔린 채 주인을 기다린다. 물고기들이 답답하다며 텀벙거리자 사방으로 물이 튕긴다. 어떤 놈들은 물총을 사정없이 찍찍 갈겨대고 어항에서 죽기 살기로 뛰쳐나온 횟감용 활어들은 시장 바닥에서 팔딱팔딱 몸부림치며 '아이고 나 죽네'를 외친다. 뜻을 알 수 없는 수화와 경매 용어는 사교도들의 비밀스런 의식처럼 기묘한 느낌으로 귓전만 맴돌고, 생선과 소금과 얼음 실은 수레들은 연신 인파들을 뚫고 지나가고, 여긴 시방 뭐시냐 하면 겁나게 거시기한 아수라장. 하지만 비탄과 절망으로 가득 찬 지옥세계가 아닌 우울함과 무료함은 발붙일 곳 없는 삶의 열정과 내일을 향한 희망으로 넘쳐나는 생명의 광장. 그러는 사이 새로운 하루가 이곳 노량진 수산시장에서 열리려 한다. 시나브로 서울의 모습이 장엄한 표정으로 나타나기 시작한다.

"형님, 싱싱한 회 좀 떠가시죠."

"사장님예, 오늘 자연산 광어 죽입니더."

여기저기서 들리는 상인들의 애원을 애써 모른 체하며 곧장 달려간 곳은 수산물 상회 제19호 '공주집'. 활어를 팔고 즉석에서 회를 떠주는 곳. 나의 17년 단골집이자 친구인 김동민이 일하는 가게다. 그는 헤이룽장성(黑龍江省) 무단(牧丹) 강 출신의 조선족. 1995년 한국에 처음 와서 일할 때부터 나와 인연을 맺었다.

지금은 한국 국적도 취득해서 중국에 있는 가족들도 모두 한국으로 데려왔고 안양에 작지만 자기 집도 마련한 그야말로 성실남.

동민은 이주생활 17년 내내 여기 노량진 수산시장에서 생선회 뜨는 일을 했다. 그것도 밤 7시부터 아침 7시까지 근무하는 야간조에서만 일했다. 고단과 실망이 지긋지긋하게 따라다녔으나 결코 희망을 포기하지 않았다. 지금은 고생의 대가로 남부럽지 않을 만큼 행복한 삶을 살고 있다. 그의 미래이자 자존심인 아들이 벌써 대학교 2학년. 뿌듯한 인생의 행로다.

난 그가 좋다. 괜히 좋다. 말수가 적은 동민. 그러나 괜스레 사람을 기분 좋게 한다. 그의 한결같은 순박함과 성실함에 난 매료됐다. 그를 만나면 늘 편안하고 고마운 생각이 드는 것이 어쩌면 전생부터 깊은.사이였는지도 모르겠다. 작고 여린 체구의 그에겐 얄팍하지 않은 대륙적인 풍모가 있다. 장사를 하면서도 작은 이득에 가볍게 처신하지 않는 그를 보며 난 늘 부끄러워했다. 그런데 그가 안 보인다.

물고기들만 어항 속에서 동그랗게 눈을 뜬 채 속절없이 왔다 갔다 헤엄친다. 넙치들은 복지부동 자세로 바닥에 납작 엎드린 채 세상이 어떻게 돌아가고 있는지 눈치를 살피고 있고. 어찌 된 영문인가 전화를 걸자 동민은 집에서 2012 유로 축구를 보며 쉬고 있다. 장사가 덜 되는 여름철엔 일주일에 한 번꼴로 오늘처럼 휴가. 할 수 없구먼. 마실 가듯이 설렁설렁 중앙식당으로 걸어갔다.

중앙식당은 손님들이 사 온 해물을 원하는 대로 요리해주기도 하고 초장과 음료를 제공하고 초장비 명목으로 일인당 3000원씩 자릿세를 받는 이른바 초장식당. 노량진 수산시장에는 미자식당, 유달식당, 충남식당, 별장식당 등 전통 있는 초장식당들이 즐비하다. 모두가 맛있고 연조가 깊은 곳들이지만 난 주로 중앙식당엘 간다. 왜냐면 거긴 친절한 선화 이모가 있기 때문. 랴오닝성(遼寧省) 선양(瀋陽) 출신의 조선족인 선화 이모는 올해 나이 서른아홉. 이팔청춘은 아니나 서글서글하고 예쁜 눈매의 이모는 쾌활하면서 은근히 부끄럼도 잘 타고 인정도 넘치는 노량진 수산시장의 내 여친이다. 그녀 역시 동민처럼 저녁 7시부터 아침 7시까지 일하는 야간조다.

13년 전 한국에 온 이후 그녀도 줄곧 이곳에서 일했다. 같이 있던 남편은 5년 전 불법체류자로 걸려 중국으로 송환됐다. 중국에서 여섯 살 된 아들을 친정 엄마가 돌보고 있다. 한국에 와 있는 조선족 동포 중 사연 없는 사람이 누가 있겠나. 모두가 저마다의 가슴 시린 이야기들을 간직하고 있을 터. 이모는 시누이랑 인천 동암에 2500만 원 주고 전셋집을 얻어 그런대로 안정된 생활을 하고 있단다. 어서 돈 벌어 고향으로 돌아가 남편과 아들과 오손도손 함께 살 날만을 손꼽아 기다리고 있다. 비자 갱신 때문에 7월 중순부터 3개월간 중국에 가야 하는 이모는 아들 볼 기쁨으로 한참 전부터 들떠 있었다.

어, 이모가 나와 있네. 선화 이모가 1층 식당 입구 문 앞에 앉아 있는 것이 아닌가. 식당은 지하에 있기 때문에 이모가 거기 있으리라곤 생각 못했다. 마치 나를 기다리고 있는 듯. 이모도 내가 갑자기 나타나자 호들갑. 나 역시 퍽이나 반가웠다. 그러나 체면 때문에 내색은 하지 않고 무뚝뚝한 표정으로 집에 요리를 뭘 해가면 좋을까를 능청스럽게 물었다. 내심은 손이라도 덥석 잡고 싶었다. 하나, 너무 솔직하면 세상살이가 힘들어지니 적당한 생활 연기는 필수다.

이모가 해물찜을 권한다. 수산시장에서 이것저것 생선들을 잔뜩 사 가면 사람 좋은 우리 집 마누라는 물론 군말 없이 손질해 요리해준다. 그런데 언제부턴가는 미안한 마음이 들기 시작했다. 해본 사람은 알겠지만, 생선 손질이란 것이 꽤나 성가신 일. 비린내를 참고 가시며 내장이며 머리며 비늘을 정리해서 깨끗이 씻고 보관하고 할 일이 참 많다. 이를테면 도루묵 한 상자가 40마리인데 그걸 다 손질하려면 어지간히 귀찮을 것이 당연지사. 그런데 난 가끔 아무 개념 없이 상자째 생선들을 사 가지고 희희낙락거리며 귀가하기 일쑤. 너무 싸기 때문에 충동구매한 결과다.

　　그래서 요즘 들어선 아예 식당에서 요리를 해 가기도 한다. 또 여긴 탕이나 찜에 들어가는 다대기 양념을 직접 만든 후 며칠간 숙성해서 요리하는데 일반 가정집에선 그처럼 깊은 맛을 내기가 쉽지 않다. 새우, 전복, 백합, 산낙지, 가리비, 미더덕 등을 넣고 콩나물에 고춧가루 듬뿍 뿌려 벌겋게 찜요리를 할 요량으로 선화 이모랑 난 식당 옆 태성상회에서 각종 해물을 5만 원어치 샀다. 이정도면 열 사람은 족히 먹을 수 있는 푸짐한 양이란다.

　　요리를 맡겨놓고 식당 이모들께 선물할 아이스크림을 사러 가다가 또 다른 단골집인 문어 할머니 전명숙(66) 여사님을 우연히 만났다. 원래는 맨 끝줄 코너가 할머니네 자리였는데 얼마 전 바뀌었다. 노량진 수산시장은 일 년에 한 번 추첨을 통해 자리를 새로 배정받는다. 그러니깐 매년 자리가 바뀌는 셈. 최근에 뽑기를 다시 해서 가게 자리가 옮겨진 것.

　　화들짝 반가워하신다. 얼마 전 있었던 내 전람회에 관한 신문기사를 보고 여사님이 화랑으로 친히 축하 전화까지 주셨다. 참으로 감사한 일. 서울역 시장, 염천교 시장이라고도 불린 옛 뉴서울극장 자리에 있었던 시장부터 지금껏 40여 년을 오직 생선가게만을 하셨다. 고생한 덕에 2남 1녀를 반듯하게 기른 자랑스러운 어머니다. 지금은 주로 문어와 대게, 킹크랩, 전복들을 취급. 난 꼭 이곳에서 살아 있는 동해산 문어를 산다. '장군문어' 등 연조 깊은 노량진 수산시장의 명문 문어 전문점들과 함께 전 여사님의 수산물상회도 좋은 문어를 많이 취급해 단골이 된 지 오래고 의리상 여사님과만 거래한다.

여사님은 명절만 빼고는 매일 새벽 1시 반에 출근해 경매에서 그날 장사할 물건을 사고 오전 10시까지 일하고는 큰 손주에게 자리를 넘긴다. 만난 기념으로 문어 두 마리를 샀다. 8만 원. 5000원 깎아 주신다. 4킬로그램쯤 되는 때깔 좋은 강원도 피문어. 꽃미남처럼 잘생겼다. 문어가 피를 맑게 해준다던데 분명 내 피는 깨끗해질 것이 확실하니 이래저래 기분이 좋도다.

또 한 사람의 친구를 소개하고 싶다. 예천상회의 이현철이다. 회 뜨는 솜씨가 경지에 다다른 그 역시 내 오랜 단골. 동민과도 친구인 그는 낮에만 일한다. 돈 많이 벌어 내 그림을 사고 싶다고 늘 입버릇처럼 말한다. 그날이 어서 왔으면 좋겠다. 파이팅 이현철!

얼큰한 해물찜에 문어 숙회까지. 온통 술안주로구나. 어느덧 해가 중천에 떴지만 어쩌겠나. 이처럼 화려한 안주에 한잔의 의례를 아니한다면 한량의 자세가 아니다. 도리 없이 주(酒)님을 모셔야지. 하루를 술 한잔으로 시작하니 내 팔자도 썩 괜찮은 팔자다. 어서 가자. 마누라가 차려주는 술상이 있는 내 집으로.

가는 길 좌판마다 생선들이 줄 맞춰 도열해 있다. 고등어와 아귀 한 무더기가 5000원. 속초 꽁치도 5000원, 밴댕이 1킬로그램이 7000원, 황석어 2킬로그램이 5000원, 제주 갈치 6마리가 1만원. '싸다 싸! 참 싸다'를 중얼거리며 시장을 나온다. 눈부시게 빛나는 둥근 해가 날 바라보며 활짝 웃는다. 집 가는 길이 내 가슴속처럼 시원하게 뻥 뚫렸다. 노래가 절로 흥얼흥얼.

"쿵짝 쿵짝 쿵짜작 쿵짝 네 박자 속에 사랑도 있고 이별도 있고 눈물도 있네. 한 구절 한 고비 꺾어 넘을 때 우리네 사연을 담는 울고 웃는 인생사 연극 같은 세상사 세상사. 모두가 네 박자 쿵짝." 아앗싸~ 살맛 나고 술맛 나는 세상이로다!

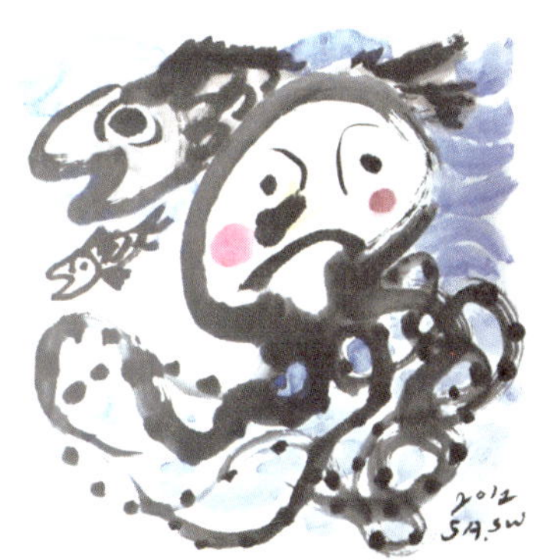

젊은 날의 풍류와 인생을 배운
국보급 식당의 거리

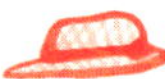

살면서 가보지 않은 길을 가려 할 때는 등대 같은 존재가 항상 있게 마련. 인생에 있어서 저절로 스스로 되는 건 아무것도 없다. 먹고 말하고 입고 쓰는 것 등 세상에서 필요한 모든 행위에 선생님의 가르침이 필요하다. 좋은 인생이란 좋은 선생님을 만나는 것이다. 나쁜 인생이란 나쁜 선생님을 만나는 것이다. 노는 것, 잘 노는 것은 지극히 내 일생일대의 최고 과제다. 그리하여 만약 훗날 내 묘비명을 쓸 기회가 주어진다면 그건 당연히 '잘 놀다 간다'일 것이다. 그리고 한 줄 더 쓴다면 '고맙다! 같이 놀아줘서……'다. 20년 전쯤, 내가 어떻게 놀아야 할지 모르고 마구잡이로 놀 때 강

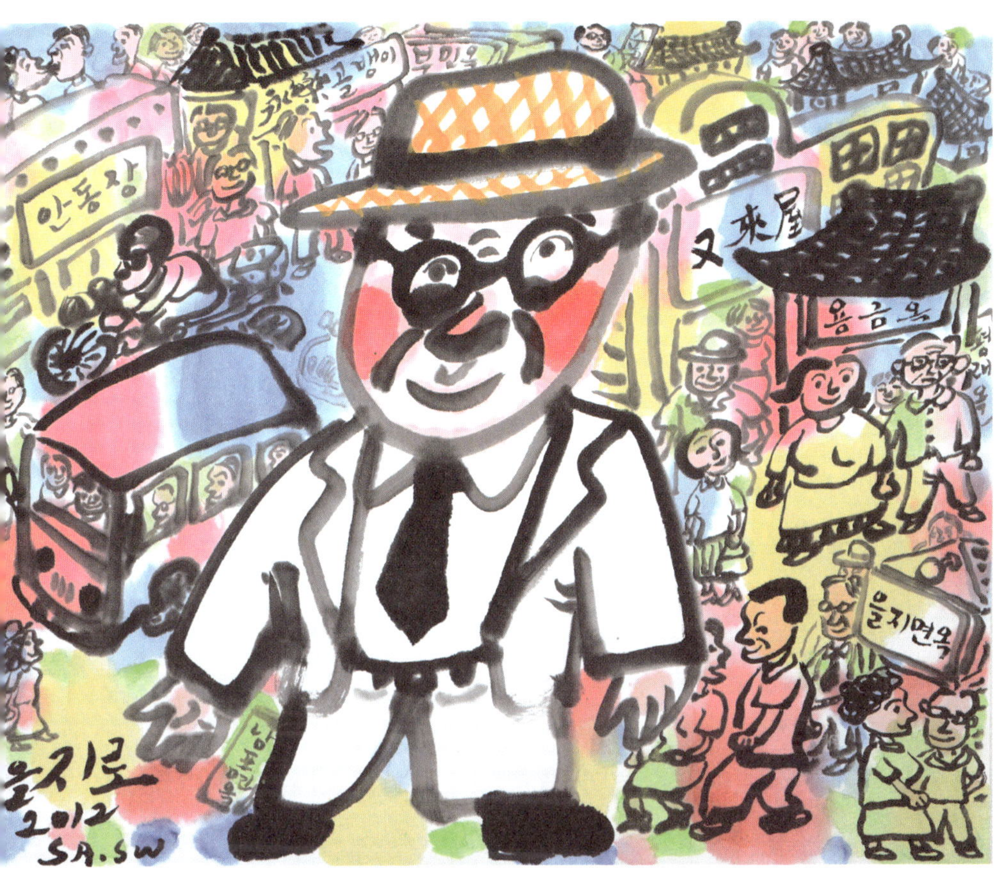

력한 빛이 되어준 스승님이 나타나셨다. 기꺼이 화류계의 대선배
로서 한량의 도를 전수해주신 것이다. 바야흐로 내 인생의 전환점
이 된 한량수업이 시작됐다.

　선생님을 우리는 신 전무님이라고 불렀다. 전무라 함은 회사의

직함이나 그분은 회사도 다니지 않았고 특별한 직업도 없으셨다. 그저 편의상 그렇게 불렀는데 아마 예전엔 직장에서 전무의 직함으로 일하셨던 것 같다. 신 전무님은 나보다 20년 가까이 연상이시다. 고향이 부산이었지만 일찍부터 서울에서 한량의 도를 익히셨다고 한다. 천성이 순수하면서 인간미가 걸쭉하고 화류계의 지식과 경험이 풍부한 탓에 그분을 따라 풍류를 즐기는 이가 꽤 됐고 나도 그 무리 중의 한 명이었다. 사제의 결의를 맺고 강호의 풍류 명소를 찾아 유람과 연회를 반복했다. 덕분에 조금씩 풍류에 눈을 뜨게 됐다. 그리하여 풍류도인 신 전무님으로부터 어느 정도는 한량의 도를 전수받게 됐다. 비록 아직도 하수의 수준이지만.

해가 뉘엿뉘엿 지려 하면 우린 일단 화가들의 성지 인사동에서 만나 을지로로 자리를 옮긴다. 그때나 지금이나 을지로엔 알려진, 또는 잘 알려지지 않은 최고의 맛집들이 즐비했다. 역사가 수십 년이나 된 국보급 식당들이 꼬리에 꼬리를 물고 이어져 대한민국 최고의 식탐로드를 형성하고 있었다. 한심할 정도로 무지한 나는 그때까지도 그런 사실을 까마득히 모르고 있었다. 인생의 급수가 참담하리만큼 초라한 수준이었다. 신 전무님은 평생을 걸쳐 터득한 풍류에 관한 지식과 지혜를 우리에게 아낌없이 나눠 주셨다.

한량수업은 먹기에서부터 시작됐다. 좋은 음식을 좋은 식당에서 좋은 주인을 만나 좋은 사람과 맛있게 먹는 것인데 그 수업은 늘 을지로에서 이뤄졌다. 식당 명가가 을지로에 집중돼 있었기 때문이다. 우리는 나름 진지하게 탐식을 반복했다.

보통 을지로에서 이삼 차 정도 술과 식사를 한 다음 다시 청계천을 건너고 종로를 거쳐 낙원동으로 진출하곤 했다. 신 전무님이 좋아하는 무도장으로 가기 위해서다. 허리우드극장 1층에 있는 '123캬바레'를 주로 갔다. 그런데 본시 나는 먹고 마시는 취미는 유아 때부터 갖고 있었다. 초음(初飮)의 경험도 이른 편이다. 고등학교 교복을 입은 채 화실 선생님을 따라 니나노 방석집에서 밤을 새운 적도 있었다. 하지만 가무는 영 소질도 없고 재미를 느끼지 못했다. 무도장에선 그저 멍하니 자리만 지키기 일쑤였다. 지금도 가무엔 인연이 없는 것 같다. 초등학교 때부터 지금까지 끝까지 부를 줄 아는 노래는 남진의 〈미워도 다시 한 번〉 오직 한 곡뿐이다. 줄잡아 오륙천 번은 부른 것 같다. 그리하여 결국 한량수업은 이삼 년 계속되다가 흐지부지되고 말았다. 그때 뻔질나게 들락거렸던 을지로의 국보급 식당들을 떠올리며 맛있었던 한량수업의 추억을 회상하려 한다.

우리가 1차로 가장 많이 간 곳은 '조선옥'이란 을지로3가에 있는 갈빗집이다. 우리나라 소갈비의 원조라 할 수 있는 이 집의 역사가 무려 60년도 넘었다. 그러다 보니 시설은 낡고 어두컴컴하다. 쌈박하고 깔끔한 곳은 아니다. 시라소니나 김두한도 단골이었다는데 물론 보지는 못했지만 아마 그들도 한량의 끼가 다분했을 것이다.

양념갈비를 훤히 들여다보이는 주방에서 할아버지가 연탄불로 구워서 접시에 담아 내놓는다. 할아버진 조선옥의 사장님이 아니고 이 집의 주방장으로서만 50여 년을 근무했다고 한다. 참으로 대단한 뚝심이다. 한 직장에서만 그리도 오랜 세월을 재직하고 계신다는 것이 요즘의 세태와는 달라도 너무 다르다. 손님으로 자주 왔다는 협객 김두한과 시라소니만 의리가 있었던 게 아니었나 보다. 달짝지근하지만 느끼하지 않고 참 맛깔나다. 옛날식의 크기가 작은 하모니카 갈비라고 하던데 자꾸만 먹힌다. 전부 넓적한 갈비뼈가 붙어 있어 두 손으로 뼈를 잡고 갈빗살을 앞니로 뜯어 먹는 재미가 쏠쏠하다.

난 주로 소주를 마셨지만 사부님은 맥주만 드셨다. 젊은 시절에 너무 과음을 하셔서 독주는 몸에 무리가 간다며 사양하셨다. 풍류수업에는 당연히 주도수련(酒道修鍊)이 포함됐는데 첫째 잔, 둘째 잔, 셋째 잔까지의 술잔을 가급적 천천히 마실 것을 당부하셨고 이유는 그래야만 오랜 시간 음주를 해도 급하게 취하지 않고 즐길

수가 있다는 것이다. 반찬으로 나오는 도라지무침도 별미였는데 희한하게 소갈비랑 궁합이 잘 맞았다. 또 그 집의 메뉴 중엔 대구탕이 있었다. 그러나 생선 대구가 아니고 보신탕을 대신하는 갈빗살 탕이다. 일종의 육개장인데 우린 절대 그런 건 안 먹고 갈비만 뜯었다. 돈은 쥐뿔도 없었지만, 입맛은 최고만 찾았다. 그러곤 배를 완전히 채우지 않고 근처에 있는 '을지면옥'으로 단호하게 자리를 옮겼다. 갈비 뒤엔 물냉면이 제격이고 그중 을지면옥 육수 맛이 최고라는 믿음에 사부님은 반드시 을지면옥 물냉면만 고집하셨다.

사부이신 신 전문님은 특이한 방법으로 물냉면을 드신다. 삶은 계란 반쪽이 냉면 고명으로 딸려 나오는데 계란 노른자를 젓가락으로 정성껏 으깨서 국물과 잘 섞는다. 그래야만 국물 빛이 약간 노르스름해지며 빛깔도 곱고 고소한 맛이 살짝 더해져 더욱 맛있어진단다. 그리고 식초나 겨자는 아주 살짝만 넣는다. 식초 듬뿍 넣는 이들을 무식하다며 경멸한다. 면을 먹기 전에 의식을 치르듯이 두 손으로 그릇을 받치고 경건한 자세로 우선 육수부터 두어 모금 꿀꺽꿀꺽 삼킨다. 아 그 맛이란, 뭐라 표현키 어려운 참으로 오묘한 맛. 갈비 먹은 뒤의 느끼한 입맛을 단숨에 가시게 하는 시원한 맛이다. 그 첫 모금의 짜릿함은 오직 을지면옥 냉면만이 낼 수 있는 황홀한 경험이다. 당연히 을지면옥 냉면 맛에 중독되었다.

그건 순전히 사부님의 영향이다. 한 번 굳어진 입맛은 잘 안 변한다. 가끔은 아마 대한민국 냉면집 중에서 대중적으론 가장 유명할 것 같은 우래옥(1946년 개업)도 가고 평냉면으로 유명한 평래옥도 가고 동치미 육수 맛이 일품인 남포면옥도 갔지만 그건 다른 냉면도 맛보고 싶다는 제자들의 투정과 호기심 때문이었다. 어쨌든 우리 신전무파는 을지면옥의 광신도가 되고 말았다.

을지면옥 입구는 아주 작고 좁아 찾기도 쉽지 않다. 하지만 막상 들어가면 새 둥지처럼 넓고 아늑하다. 2층까지 있다. 냉면 맛도 일품이지만 바쁜 시간이나 한가한 시간이나 똑같이 차별 않고 쿨하게 손님을 받는 태도가 이 집의 또 다른 매력이다. 때론 귀한 육수를 거저 듬뿍 포장해주신다. 집에서 국수를 삶아 말아 먹으면 맛있다고. 이런 명가의 후덕함이 참으로 망극했다.

우래옥 냉면은 고집스럽고 세련된 맛으로 유명하다. 그렇지만 나는 김치말이란 메뉴를 더 좋아한다. 육수에 물김치를 섞고 참기름 몇 방울 뿌리고 면 밑에 찬밥을 깐 독특한 메뉴인데 칼칼하면서도 고소한 맛이 해장으로는 그만이다. 그것도 신 전무님이 알려주신 정보였다. 우래옥에서 20년간 냉면을 만드셨던 냉면명장 김태원(74) 씨는 육수 만드는 재료에 대해서 밝힌 적이 있다. 쇠고기, 돼지고기, 노계(老鷄), 감초, 생강, 파, 양파 등등이었다. 재미있는 것은 노계다. 영계가 아니고 노계란다. 뭘 모르는 하수들이 영계를 찾는다. 역시 명장답게 그분은 고수시다. 사부님도 자주 노계의 재발견이란 주제로 강의를 설파하셨던 기억이 있다.

냉면 좋아하는 이들은 서로 자기가 가는 단골 냉면집이 낫다며 자존심을 걸고 핏대 올리며 본인의 단골집을 옹호한다. 평양냉면이란 게 사실 묘한 맛이라서 처음 먹어본 이들은 그 진수를 알아채기 어렵다. 그저 밍밍하다고 할 것이고 이 심심한 걸 무슨 맛으로 먹는지 의아해하기 일쑤다. 여러 번 맛을 보고 예민하게 미감을 훈련한 뒤에야 비로소 평양냉면 맛의 진미를 알게 되는데 이때 자기 입맛이 더 뛰어남을 어떡하든 증명하고 싶은 심리가 있다. 어쨌든 우리에겐 그렇게 조선옥 양념갈비와 을지면옥 물냉면과의 환상의 궁합을 몇 년간 즐겼던 맛있는 기억이 있다.

그뿐 아니다. 박정희 대통령의 단골집 '부민옥'과 김대중 대통령의 단골집 '양미옥' 역시 우리들의 단골집이었다. 부민옥 양무침을 안주 삼아 술도 꽤나 마셨다. 또 빠트릴 수 없는 식당이 을지로의 최고참 '용금옥'인데, 이곳은 80세나 된 최고령의 서울식 추탕집이다. 롯데호텔 건너 을지로 입구 다동의 뒷골목에 있는 용금옥은 80년 세월을 찌그러진 낡은 한옥에서 겨우 버티고 서 있다. 신전무님이 아니었으면 아직도 그 존재를 모르고 있었을 것 같다. 그전까지 나는 추탕 맛을 잘 몰랐기 때문이다. 추탕은 인생을 살아본 사람이 아는 맛이다. 애들은 그 맛을 모른다. 한 살 두 살 나이가 들 때마다 추탕 맛의 묘미를 알게 된다.

골뱅이골목 '영락골뱅이'의 자학하며 먹는 매운맛을 즐기기도 했다. 어찌도 그리 매울까. 눈물, 콧물에 범벅이 된 채 헐떡거리며 매워서 얼얼해진 입 안을 맥주로 부시며 한량수업을 성실히 이행했다.

당시 한량수업엔 많은 비용이 필요했는데 전액을 청기와화방 조 사장님이 대셨다. 난 가난한 초보 화가 신세였고 신 전무님은 생활의 굴레에 자유로운 바람 같은 분이셨다. 조 사장님은 참으로 성품이 따뜻하고 훌륭하신 분이다. 그분에게 진 빚을 갚지 못해 늘 송구스럽다.

지금 사부님은 건강 때문에 화류계에서 은퇴하셨다. 그래서 주로 나 혼자 을지면옥에 들러 쓸쓸히 돼지고기 편육 반 접시와 물냉면을 시켜놓고 소주를 홀짝거리며 그때를 회상한다. 캬, 소주가 쓰면서 달다. 좋았던 그 시절, 맛있던 그 추억이 그립다. 희미해진 옛사랑의 그림자처럼 그때 그 모습들이 아른거린다. 사부님, 만수무강하세요!

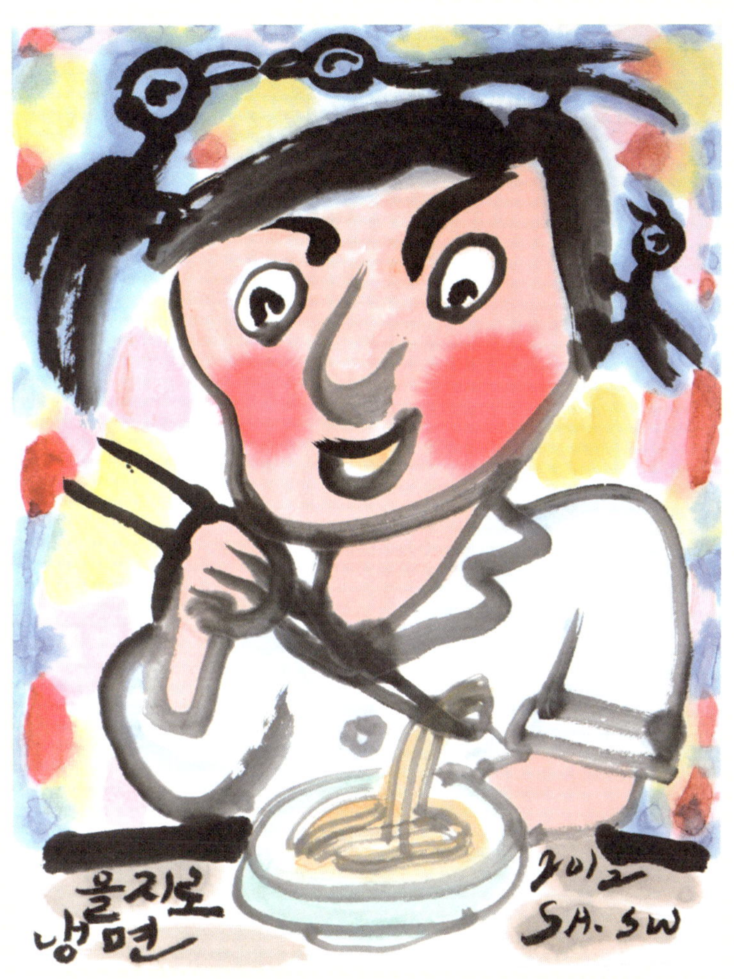
을지로
냉면
2012
SH. SW

내 마음의 고향 같은 단골집들

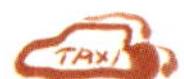

1980년 5월 15일. 광주사태를 앞두고 전국은 초긴장 상태. 서울역에서 대규모 집회가 열렸다. 서울의 대학은 모두 참가한 4·19 이후 최대의 시위였다. 대학생인 나도 시위에 참가했다. 시위대는 서울역에서 출발하여 남대문, 시청, 세종로, 중앙청을 거쳐 청와대까지 진격하려 했다. 대학생들이 대부분이었지만 일반 시민들도 합세하여 숫자가 대략 10만 명은 됐던 것 같다. 그런데 시위대는 세종로 동아일보사와 국제극장을 가로질러 있던 경찰 저지대에 막혀 더 이상 전진을 못하고 있었다. 집중적인 최루탄 세례를 맞더니 돌연 나타난 무술 진압대에 그 많은 시위대가 혼비백산하

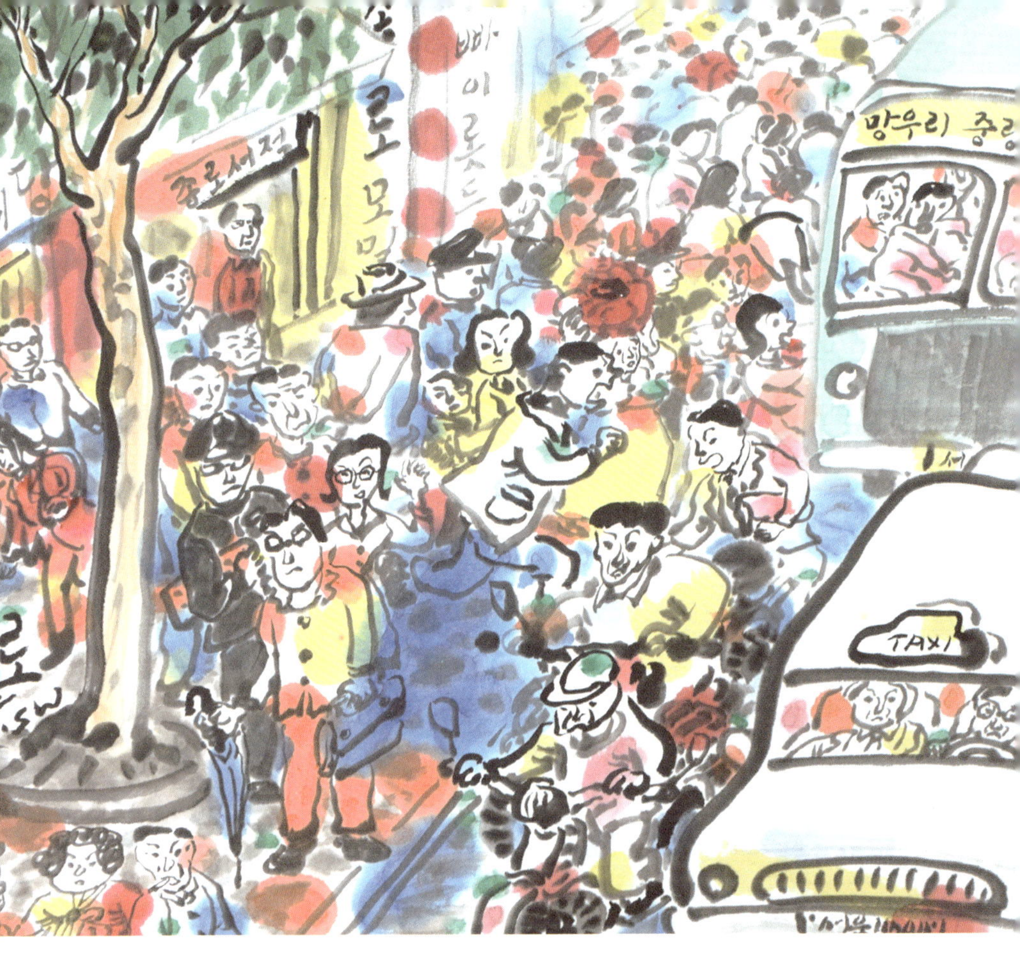

며 흩어지고 말았다. 그들은 청색 상하복을 입고 헬멧은 썼지만 긴
곤봉만 갖고 있을 뿐 보호대도 착용하지 않고 별다른 무장을 하지
않았다. 그러나 그들은 아주 무서운 존재였다. 군화 대신 운동화를
신고 있었던 그들은 매우 날렵한 무술 유단자들이었기 때문이다.

나도 전열에서 이탈해 정신없이 도망갔다. 쫓아오는 전투경찰들을 피해서 들어간 곳은 종로가 시작되는 곳에 있는 광화문우체국. 나는 하필 교련복을 입고 있어 표적이 될 수밖에 없는 처지였다. 우체국 여직원들이 빨리 영업대를 넘어 안쪽으로 들어와 우편물 집합장으로 숨으라고 했다. 그곳엔 우편물들이 산더미처럼 쌓여 있었고 우편물 배달차가 들어오는 곳이기도 했다.

그러나 그것도 잠시. 거기까지 경찰이 들이닥쳤다. 할 수 없이 그곳을 나왔는데 느닷없이 베이지색 점퍼를 입은 사복형사가 내 교련복 목덜미를 움켜잡는 것이다. 순간 반사적으로 뿌리치고 죽기 살기로 뛰었다.

종로1가로 해서 무교동 뒷골목 어느 한적한 다방 안으로 들어가 숨었다. 다행히 거기까지 경찰이 들어오진 않았다. 거기서 한참을 숨어 있는데 레지가 다방 안에 있던 한 아가씨를 데려왔다. 애인처럼 서로 팔짱을 끼고 나가면 괜찮을 것이라며. 그녀는 성균관대에 재학 중인 여대생. 시위를 하다가 나처럼 검거를 피해 다방 안으로 피신한 처지였다. 그렇게 우리는 그곳을 나와 명동까지 갈 수 있었고 나는 다행히 운행이 재개된 버스를 타고 불광동 집까지 무사히 갈 수 있었다. 우체국 여직원, 다방 레지, 여대생. 종로가 시작되는 그곳을 지나갈 때면 가끔 그때의 고마웠던 여성들이 생각난다.

　지금은 없어졌지만 종로1가엔 을지서적이란 대형 서점이 있었다. 1970년대엔 종로2가의 종로서적과 더불어 가장 규모가 큰 서점이었다. 중학생 시절 나는《김찬삼의 세계여행》과 그때 막 발간한 삼성출판사의《세계문학전집》을 즐겨 읽었다. 1974년인지 1975년인지 정확한 연도는 기억나지 않지만 어느 날 저녁 서점 폐문이 임박한 늦은 시간에 책을 사러 을지서적에 갔다. 서둘러 책을 사서는 계산대로 갔는데, 아! 이럴 수가. 여직원이……. 너무 아름다운 그녀의 모습에 나는 숨이 멎는 것 같았다. 그녀의 눈동자. 한눈에 반한다는 걸 그때 처음 알았다. 쿵쾅거리는 가슴을 안고 서점을 나왔다. 그러곤 다신 그 서점에 가지 않았다.

　그녀에 반한 내 모습을 들킬 것 같아 부끄러웠고 혹여나 그때 잘못 봐 그녀 모습에 실망하지 않을까 걱정돼서였다. 그냥 그 느낌 그대로 그녀를 간직하고 싶었다. 어쨌든 그날이 정말로 마지막 을지서적 방문이 됐다. 그 후론 그날 저녁처럼 한눈에 여성에게 반한 적이 아직 없었다.

　을지서적 건너, 그러니까 지금의 스탠다드차타드은행 자리엔 신신백화점이 있었다. 백화점이라고는 하지만 아케이드 정도 되는 단출한 상가였다. 그곳에 일본미술 서적을 판매하는 책방이 있었

는데 대학생 시절 나는 거기서 주로 전각에 관한 책을 샀다. 전각
이란 돌이나 옥, 상아 등에 글자를 새기는 것이다. 독학으로 전각
을 공부해 학교 선생님들이나 많은 선후배 화가들께 선물로 주기
도 했다. 그런데 전각뿐만 아니라 수영이나 탁구도 순전히 책만 보
고 익혔다. 선생님께 배울 경제적 여유가 없었기 때문이다.

나는 원래 수묵채색화를 전공했다. 지금도 그 분야를 즐겨 그리
고 있다. 그러나 지난 20년간은 주로 유화로 제작된 작품을 전시
회에 출품했다. 그렇지만 실은 누구한테도 유화의 기법을 한 번도
배운 적이 없다. 그저 책이나 전시된 명작들을 보고 내 나름대로
그렸다.

당연히 시행착오가 많았다. 지금도 능숙하고 세련된 기법을 구
사하지는 못한다. 그런 점이 오히려 기존의 방법들과는 차별점이
있는 것 같다는 평을 듣기도 하나 나만의 회화세계가 정립되려면
아직은 꽤 오랜 시간이 더 필요할 것 같다.

신신백화점 뒤편 피맛길엔 싸구려 방석집이 많았다. 1983년 가
을 인사동에서 술을 마시곤 2차로 방석집을 가다가 교통사고를 당
했다. 비가 쏟아지고 있는 화신 앞 건널목을 건너다 신호위반 택시
에 살짝 스치며 뒤로 넘어졌다. 안경이 비에 젖어 뺑소니차의 번호
가 보이질 않았다. 다행히 크게 다치진 않아 방석집 아가씨들이 다

친 곳을 주물러준 기억이 난다.

종로2가엔 종로서적이란 우리나라에서 제일 큰 서점이 있었다. 교보문고가 생기면서 가장 윗자린 내어주고 말았다. 그곳엔 작은 엘리베이터가 있었다. 1970년대까지만 해도 승강기가 없는 건물이 허다했다. 비좁더라도 5층에 있는 예술서적부까지 꼭 엘리베이터를 타고 올라갔다. 셀 수 없을 정도로 수많은 사람들이 종로서적의 책들을 통해 지식의 갈증을 풀었는데 어느샌가 달라진 세태의 변화로 사라지고 말았다.

종로서적뿐만 아니라 우리나라 제과의 대명사 종로2가 고려당도 없어졌다. 고려당이 불과 몇 년 후에 없어질 거라는 예측을 한 이는 아마도 거의 없었을 것 같다. 종로서적과 빠이롯드 건물 뒷골목은 젊은이들의 거리다. 오래전부터 청춘남녀가 만나 젊음을 즐기는 장소다.

대학에 막 입학한 새내기들이 미팅을 하느라 바쁜 계절은 역시 3월이다. 1980년 3월, 종로2가 뒷골목 지하다방에서 한국외대 2학년에 다니던 내 친구 성식이와 이화여대에 갓 들어간 화실 후배 정희의 소개팅을 주선했다. 정희는 예쁘고 발랄하고 아주 순진한 소녀였다.

그날 엄마 옷인지 언니 옷인지 바바리코트를 입고 나왔는데 무척 어색했다. 바가지 모양의 선머슴 같은 머리 스타일로 부끄러워하던 모습이 선하다. 인연은 아니었다. 그 만남이 끝이었다. 청순했던 정희도 지금은 쉰 살이 넘었을 것이고. 아름다운 소녀 시절이었는데.

종로서적 건너 YMCA 근처엔 입시 학원들이 많았다. 단과반 학원들이었다. 광화문의 대성학원이나 종로학원, 정일학원은 종합반 학원이고 경복학원, 대일학원, 대영학원, 상아탑학원 등은 단과 전문학원이었다. 대성학원은 1979년에 노량진으로, 대일학원은 서울역 앞으로 이전했다. 단과학원의 최고 인기교재는 송성문의《정통종합영어》, 홍성대의《수학의 정석》, 그리고 뒤에 나온《해법수학》 등이었다. 저자는 최용준이었던 것 같은데 확실치가 않다. 안현필의 오력일체나 삼위일체 영어는 유행이 지났다.

나 역시 새벽반에 여러 과목을 수강했지만 마냥 졸다 나오기 일쑤였고 성적엔 별로 도움이 되질 않았다. 특히 나는 수학을 못했다. 공부할 생각도 전혀 안 했다. 당시만 해도 대학 본고사엔 수학을 주관식으로 출제했다. 보통 네 문제에서 여섯 문제 정도 나왔고 고교 3년 내내 본 주관식 모의고사 수학문제를 나는 한 문제도 풀지 못했다.

대광고등학교를 졸업하며 종로2가 끝 금강제화에서 산 구두표를 담임인 물리담당 조정인 선생님께 선물했다. 1만 7500원짜리였다. 선생님은 대학도 합격하지 못했는데 이런 걸 받기가 미안하다며 떠나는 나를 복도 끝까지 쓸쓸한 표정으로 배웅 나오셨다. 참 실력 좋고 존경하는 선생님이셨다.

금강제화 뒤 피맛길엔 허름하기 이를 데 없고 간판도 없었지만 대학생들 사이에선 꽤 유명한 대폿집이 있었다.

막걸리 밀주를 만들어 판다는 소문에 밀주집, 문 앞에 전봇대가 있어 봇대집, 간판이 없어 이름 없는 집, 안주로 나오는 이면수가 유명해 이면수집 등등 다양한 이름으로 불렸다.

지금은 훨씬 넓어졌지만 여전히 그 자리에서 장사하고 있다. 그때 찌그러진 황주전자에 막걸리를 담아 내왔는데 언제부터인가 사람 수대로 크기가 다른 양푼에 막걸리가 찰랑찰랑 넘칠 듯 담겨 나온다.

아직도 대표 안주가 굵은 꽃소금에 찍어 먹는 기름에 지진 이면수다. 내가 유학하고 있을 때 친구 김명국, 오성식, 이천직, 최영신이 그곳에서 술 마시는 장면을 위로한답시고 사진 찍어 파리로 보내온 적이 있었다. 그런데 위로는커녕 마녀의 유혹처럼 더 향수에 빠지고 말았으니. 지금도 가끔 앨범 속의 그 사진을 들여다본다. 귀여운 자식들.

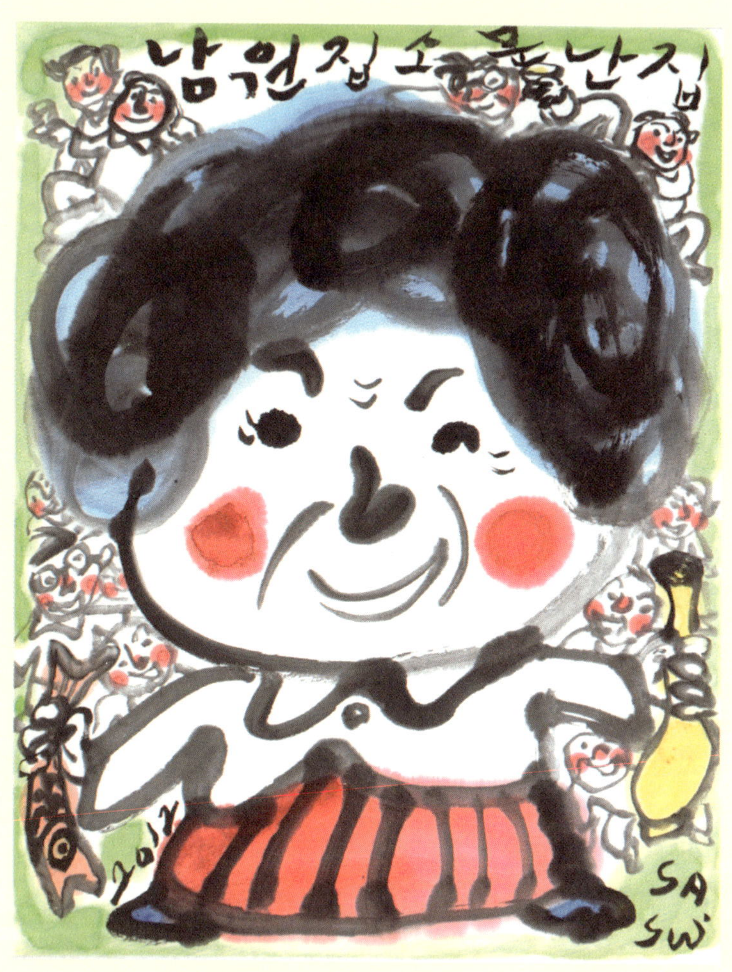

남원집 소풍난장
2012
SA
SW

과거뿐만 아니라 지금도 난 종로를 즐겨 찾는다. 내 단골집들이 있기 때문이다.

이전한 열차집 골목 안으로 들어가면 따뜻한 불빛의 둥근 조명이 켜져 있는 남원집이란 작은 대폿집이 나온다. 이곳이 내가 이 세상에서 유일하게 서서도 마시는 술집이다. 자리가 없으면 다음을 기약하고 돌아가는 게 상례련만 남원집에선 그럴 수 없다. 체면 불고하고 부뚜막 앞에 서서라도 한잔해야 한다. 그것도 감지덕지다. 시원스레 막걸리 한잔 들이켜고 이 집의 명물 대구조림탕은 못 먹더라도 주모가 즉석에서 쓱쓱 무쳐주신 상추무침 한 젓가락이라도 먹어야 직성이 풀린다. 서울 최고의 맛있는 대폿집이다. 이곳에 오면 누구나 다 뿌리 없는 나무가 된다. 너무 맛있어 자꾸 먹다 보니 취하는 건 당연. 그러니 뿌리 없는 나무처럼 흔들흔들거린다.

남원집에선 시건방지게 손님 맘대로 안주를 주문하지 말아야 한다. 그때그때 제철에 나는 맛난 재료를 우리 주모님이 알아서 주는 대로 먹는 게 상책이다. 오늘 찾아가 거나하게 취해 돌아와도 자고 나면 또 생각난다. 보물 같은 나의 단골집이다.

원래는 교보문고 뒤 피맛골에 있다가 재개발한답시고 어이없게도 깡그리 그곳이 헐리는 바람에 지금은 종로 르미에르빌딩 지하에 있는 소문난집이 또 자랑하고 싶은 나의 단골집이다. 이 집은 이름이 많다. 소문난집, 그랜드플라자, 최후의 대폿집이라고 하고 누구는 삼경원이라고도 한다. 놀랄 '경(驚)' 자를 써서 세 번 놀란다는 뜻이다. 첫째, 장소가 너무 누추해서 놀라고 둘째, 이 누추한 곳에 오는 손님들의 면면이 너무 화려해서 놀라고 셋째, 이곳의 주인 서영순 여사의 미모에 놀란단다.

1939년생인 서 여사님은 문인 못지않은 문재와 재치를 가졌다. 그러니 예술가들, 특히 문인들이 바글바글 들끓는다. 문인들의 집합소고 문인들의 도심 속 오아시스다. 새 건물로 이전한 탓에 예전의 소박한 맛은 없어졌지만, 주모의 입담과 손맛은 여전하다. 그런데 큰 불행이 있었다. 지난 초봄 여사께서 낙상하셔서 다리를 다친 탓에 가게가 계속 문을 닫고 있다. 한 달 후엔, 한 달 후엔, 하던 게 벌써 반년이다.

8월 안에 꼭 다시 문을 열어 그동안 허탕치고 돌아간 주객들을 다시 모아 예전처럼 시를 읊고 소주를 붓고 뜨끈한 순두부에 몸을 녹이며 우리의 문학과 인생이 아직 끝나지 않았음을 보여주어야 할 것이다.

서울 사람들의 고향은 서울서 이미 사라졌지만, 늘 가고 싶고 늘 보고 싶고 항상 맘이 편한 곳이 있다면 그곳이 서울 사람들의 고

향이 아닐까. 그곳은 바로 단골집이다. 단골 술집 말이다. 고향 가
는 길은 언제나 행복하다. 임금님 수라상 부럽지 않은 고향집 술상
이 기다리고 있기 때문이다.

문화유산이 될 서울 대표 전통시장

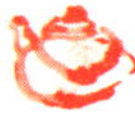

66 대 65. 뒤지고 있다. 종료 10초 전. 1967년 체코 세계여자농구 선수권대회 2차전. 상대는 주최국 체코. 1차전에서 예상외로 이탈리아를 꺾은 한국. 그러나 2차전은 패색이 짙었다. 공격권도 체코. 에이스 박신자마저 5반칙으로 퇴장. 그때 주희봉이 체코 선수의 공을 번개같이 가로채고는 곧바로 골 밑 김추자에게 롱패스. 단신의 김추자는 체코 수비수 한 명을 제치고 슛. 동시에 종료음이 울렸다. 골인! 거짓말 같은, 기적 같은 역전승이다. 모든 한국 선수들은 얼싸안고 코트에 뒹굴며 엉엉 울었다. 이어서 동독, 일본, 유고도 연파하고 결국 소련에 이어 준우승. 한국 구기종목 사상 최초

로 메달을 딴 것이다. 우승팀이 아닌데도 박신자는 대회 MVP로 뽑혔다.

　귀국 후 성대한 환영회가 열렸다. 역사상 최초의 카퍼레이드도 있었다. 며칠 후 광장시장에서는 별도의 환영식이 열렸다. 광장주식회사의 김철환 전무가 대한농구협회 부회장. 김 전무의 대표팀에 대한 애정은 각별했다. 지극한 정성을 쏟았다. 거기에 감복한 광장시장 상인들도 합세하여 여자농구대표팀을 딸같이 후원했다. 유니폼도 변변치 못한 시절이었는데 힘내라며 상인회 별로 정장, 한복, 평상복, 운동복들을 최고급으로 선물했다. 잘 먹어야 된다며 툭하면 광장식당으로 초대해 영양식을 대접했다. 그뿐만 아니라 연습경기 때면 조를 편성해 어김없이 찾아가 목이 터져라 응원했으니 여자대표팀이 부모, 형제들을 찾듯이 광장시장을 찾아온 것은 당연했다. 시장 상인들과 부둥켜안고 감동과 감사의 눈물을 같이 흘렸다.

　1905년에 개설되어, 110년에 가까운 한국에서 가장 오랜 역사를 가진 광장시장은 밝은 면만 품고 있진 않다. 씨름꾼으로서 처가살이로 빙빙 떠돌던 이정재는 같은 고향 출신인 대통령 경호실장 곽영주의 막강한 권력을 등에 업고 종로4가에서 6가에 이르는 동대문 일대의 상권을 모두 쥐게 된다. 정치권의 절대적 비호 아래

전쟁 때 전소된 광장시장을 싹 밀어버리고 1959년 이정재는 지금과 같은 모습으로 광장시장을 재건하여 상인들로부터 막대한 분양금을 받아 폭리를 취했다. 또한 과도한 관리비를 착취하여 원성을 듣다가 결국은 5·16 후 그의 오른팔 임화수와 함께 처형당했다.

"어휴 그때는 말도 못하게 바빴죠! 군대에 있을 때도 외출, 외박 나오면 여기 와서 일하다 들어갔어요."

광장시장의 양복점인 '천일라사' 우종범 대표의 얘기다. 그는 이 양복점에서만 41년째 재직 중이다. 의리의 사나이다.

70, 80년대엔 가게가 지금보다 여덟 배가량 컸었다며 우 대표는 그때를 회상한다.

"광장시장 3층에 있던 '광장캬바레'도 엄청나게 성황을 이뤘어요. 시장바구니들이 끝도 없이 늘어서 있었고 춤바람 난 아줌마들이 버글버글했었습니다."

사실 그 당시 화류계에서 놀아본 사람들은 '광장캬바레'를 다 안다. 무려 40년 가까운 역사를 가진 장안 최고의 카바레였기 때문. 그러나 강남에 최신 무도장들이 연이어 생기면서 명성이 흔들리더니 결국 IMF를 맞아 문을 닫았다. 천일라사의 창업자인 개성 상인 이희용 씨는 올 4월, 90세를 일기로 돌아가셨다. 지금은 우 대표 혼자서 사장, 경리, 청소 모두 손수하고 있다.

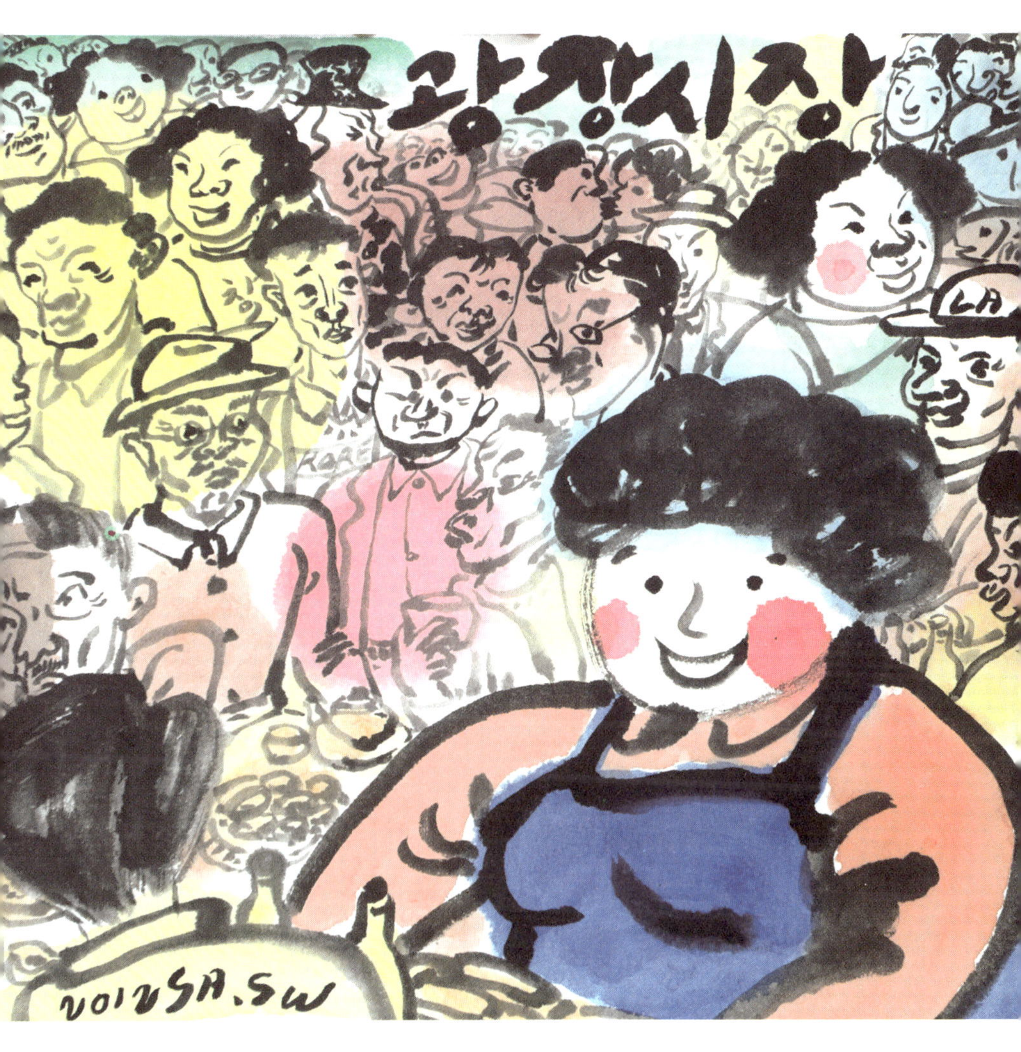

고향장시장
LA
KOREA

그런데 양복점에 있는 직물 때깔이 남다르다. 이탈리아제 '로로 피아나'란 천이라는데 참 좋다. 이리도 부드러울 수가! 20년 전만 해도 영국제를 알아줬지만, 지금은 이탈리아 천을 최고로 친다며 안 맞춰도 좋으니 일단 치수를 재자며 줄자를 들이댄다. 얼떨결에 양복 치수를 쟀다. 로로피아나로 하면 양복 정장 한 벌이 85만 원, 캐시미어 코트는 150만 원이고 제일모직은 55만 원이란다.

"백화점은 네, 다섯 배나 비싸요."

달짝지근한 말로 나를 꼬드긴다. 마음이 심란하다. 그런데 왠지 넘어가고 싶다. 아니 이미 난 넘어갔다. 사실 양복을 맞춰본 지가 언제인지 까마득하다. 결혼할 때 한 벌 해 입고는 그게 끝이었다. 정장을 입을 일이 없었다. 그날 난 이십 몇 년 만에 신사복을 맞췄다. 최고급으로……. 7일 후에 가봉하고 그로부터 보름 후에 찾아가란다. 후회 반, 기대 반이다. 에이, 믿어보자! 우 대표가 잘 가라고 나에게 90도로 절을 한다.

우리나라 5대 재벌집의 식탁에 오를 생선을 모두 공급한다는 '대원상회', 우리 집 어른이 40년 넘게 민어회를 주문하는 '영관상회'도 광장시장에 아직 그대로 있다. 요즘 광장시장의 대세인 '마약김밥' 분점으로 늘어선 줄도 대단하다. 우리 딸아이가 마른 굴비

살 찢어놓은 걸 좋아하는데 건어물 가게인 '한진상회'에서 꼭 구입한다. 그 집주인 아줌마가 아주 싹싹하고 물건도 실망시킨 적이 없기 때문이다. 작은 봉지가 3만 원, 큰 봉지가 6만 원. 녹찻물에 얼음 몇 개 넣고 밥을 말아 마른 굴비살과 먹으면 진미다. 오늘은 재래김 한 뭉치도 샀다. 1만 원. 인사하고 나가면서 "송이는 없어요?"라고 묻자 "송이는 '홍림'에 가야죠" 한다. 그러면서 나를 직접 반찬가게인 홍림에 데려다주었다. '홍림(洪林)' 특이한 이름이다. 송이가 좋았다. 올해는 9년 만의 풍작이란다. 그래도 중국산으로 샀다. 값이 싸기에 그랬다. 1킬로그램에 15만 원. 아주 실하다. 모양은 좀 남사스럽다. 간장게장이 무척이나 맛있어 보인다. 1킬로그램에 4만 원. 그것도 샀다.

선비 같은 모습의 사장님께 홍림이 무슨 뜻이냐 묻자 어머니 성인 '홍' 자와 자신의 성인 '임' 자를 합한 것이며 그것으로 인감도장도 새겼다고 유래를 친절히 설명해주신다. 효자시다. 오죽 어머니를 생각하는 마음이 크면 그렇게 지었을까. 이 집도 역사가 무려 60년. 그런데 간판엔 서양화 한 점이 새겨져 있다. 무슨 그림이냐고 묻자 자신의 아버지 그림이란다. 누구실까? 바로 근대미술의 선각자 '임군홍(1912~1979)' 선생. 깜짝 놀랐다. 임군홍 선생의 아드님이시라니. 선생은 양화의 개척자지만 한국전쟁 때 납북되는 바람에 우리 미술사에서 지워졌다가 최근에서야 비로소 재조명받고 있다. 올해가 탄생 100주년. 무려 80점이나 되는 유작을 모진 세월을 견디며 소장하고 계시지만 탄생기념 전시회가 없어 괜히 나까지 송구스럽다.

자존심이 강한 임군홍 선생은 순전히 독학으로 서양화를 익혔다. 다양한 소재를 섭렵했었고 특히 인물화에서 기념비적인 작품들을 많이 남겼다. 홍림의 임덕진 사장은 임군홍 선생의 둘째 아드님으로 세 살 때 아버지가 납북되어 얼굴은 기억 못한다. 그러면서도 지금껏 유작과 유품을 빠짐없이 잘 보관하고 있었다. 무용가 최승희를 그린 철도청 달력에 관한 비화와 그때 최승희의 모습을 찍은 진품 사진을 지금도 갖고 있노라며 힘주어 말할 때는 그가 얼마나 아버지를 존경하고 그리워하는지를 여실히 느낄 수 있었다. 그의 집안은 서울에서만 600여 년을 산 서울 토박이. 사실 나도 그렇다. 말을 나누다 보니 어이쿠, 고등학교 12년 선배님이시다. 세상이 좁다. 일본 손님들이 계속 몰려와 할 수 없이 인사를 하고 아쉽게 가게를 나왔다.

광장시장 좌판 주점들은 손님들로 북적인다. 걸어가기가 힘들 정도다. 50년 경력의 ‘기철이네’ 사장님은 기철이가 낼모레면 쉰 살이 되는데도 장가를 못 가 걱정이 태산이라며 팔뚝만 한 아바이

순대를 성큼성큼 썰어 손님에게 내준다. 한양공대 전기과 65학번인 '할머니집'의 2대 사장님은 선을 무려 50번도 넘게 본 끝에 사모님을 만나 결혼하셨다. 결혼 참 잘하셨다. 솜씨 좋은 사모님 덕분에 할머니집 순댓국, 머리고기는 광장시장 최고의 맛을 자랑한다. 오세훈 씨가 서울시장으로 재직할 때 이곳에서 그와 난 머리고기에 막걸리를 마신 적이 있었다. 그로부터 한 달 후 그는 서울시장을 그만두었다. 정치는 참으로 알 수 없고 알고 싶지도 않다. 몇 년 전 쓰러져 한참을 고생했던 '회 원조집' 사장님은 지난 7월에 또 쓰러지셨다. 다행히 겨우 일어나 지금도 장사를 하시지만 2년 후엔 50년 넘게 일했던 시장을 떠나신단다. 아드님이 말린다며……. 끝까지 자식 사랑이시다.

58년 개띠 '오순네' 사장 박오순 씨는 '서울야고'(공부는 안 하고 달밤에 체조했단다)를 졸업하고 잠깐 회사를 다녔다. 퇴직 후 퇴직금으로 기차여행 하다 기차 안에서 남편을 만났다. 곧바로 눈이 맞아 부리나케 배를 맞대고 산 지도 어언 31년. 그래도 그녀의 남편 사랑은 변함이 없다. 신혼 때 연탄가스 마신 후유증으로 지금껏 고생하는 남편을 위해서라면 무엇이든지 하겠다는 오순네. 2남 8녀중 다섯 번째 딸이라 오순네고 윗언니인 박사순 씨는 바로 옆에서 '사순네'란 상호로 장사하고 있다. 이순이 언니는 광장시장 근처에서 단란주점 하다 망해 놀고 있고 막내는 전북 새만금교회 목사 사모님. 고향인 부안에서 아직도 생존해 계시는 친정 엄마께 추석 때 컵라면 다섯 박스와 돈 20만 원을 보냈다고 한다. 오순네 바깥 선생은 철학원의 철학자시다.

난 지난해 대보름날 오순네에서 왕년의 대배우 '문희' 선생과 오 색나물에 빈대떡으로 진하게 한잔했다. 그녀는 전성기 때엔 '경국 지색'이었다. 그런데 그날 그녀의 소탈한 성품과 식성에 놀랐다. 1947년생으로 1965년 이만희 감독의 〈흑맥〉으로 데뷔하여 270 편쯤의 영화를 찍었다고 한다. 소탈한 성격과 식성은 주로 트럭으 로 이동하고 허름한 숙소에서 생활했던 경험 때문이라는데 그녀 가 출연했던 수많은 영화들이 주마등처럼 스쳐 지나간다.

항상 붐비는 구제품 점포들과 대조적으로 늘 한산한 곳이 한복 상가. 우리나라를 뜻하는 '한(韓)' 자를 쓰는 한복, 한식, 한옥, 한지 등은 전국의 종합대학교에 학과가 개설된 곳이 없다. 참 희한한 나 라다. 남의 것만 가르친다. 얼마 전 부산영화제 개막할 때 보니 여 배우들이 온통 속살만 더 보여주려 안달할 뿐 기품 있는 우리옷을 입고 나온 배우는 보질 못했다. 어쩌다가 이 정도로 천박하게 됐는 지. 광장시장 2층의 수많은 한복점들이 참으로 걱정된다. 20년 후, 30년 후에 우리옷 만드는 장인들이 과연 그때도 남아 있을까. 만약 남아 있지 않다면 어떻게 되는 걸까. 국민소득이 아무리 높아져도 그렇게 된다면 분명히 그건 비천한 상놈의 나라다.

광장주식회사 송호식 회장은 전형적인 서울양반. KS 출신답지 않게 나서길 싫어한다. 있는 듯 없는 듯 조용한 태도와 온화한 성품은 회사 운영 방식 역시 마찬가지인 듯. 공허한 언행보단 책임과 믿음이 절대적인 분위기다. 김학석 사장도 49년이나 근속했다. 놀라울 뿐이다. 송 회장은 섣부른 변화를 극도로 경계한다. 자신의 역할은 시장의 원형을 잘 보존해 다음 세대로 넘겨주는 것뿐이란다. 다양한 입장의 상인들에게 회사를 맡은 40년 가까운 세월 동안 변함없이 신뢰와 지지를 받으며 봉직했다. 진실한 교감의 결과다. 사실 이곳을 재개발하면 비교할 수 없을 정도로 훨씬 많은 금전적 이득이 생기겠지만 송 회장은 단호하다. 그는 진정한 애국자다.

광장주식회사 입구 좌판 주점의 안경 낀 사장님은 3개월 전에 갑상선 수술을 하셨다. 그래서 지금은 친구 두 분이 대신 가게를 운영한다. 항정살 직화구이가 이 집의 별미. 소주 한 잔 따르며 공상에 젖어본다. 이웃 나라 일본엔 1400년 역사의 회사가 있다. 일부러 찾아가 확인도 했다. 그런데 국내서 제일 오래됐다는 광장시장은 이제 겨우 백여 년. 우리도 오백 년, 천 년의 세월을 견뎌낸 자랑스러운 전통시장을 만들 순 없을까. 어쩌면 송 회장도 그런 꿈을 꾸는지 모르겠다. 수백 년 후, 광장시장에서 만든 한복을 입고 우주 자가용을 타고 장보러 다니는 상상. 유네스코지정 인류문화유산 '광장시장'. 소주가 달다.

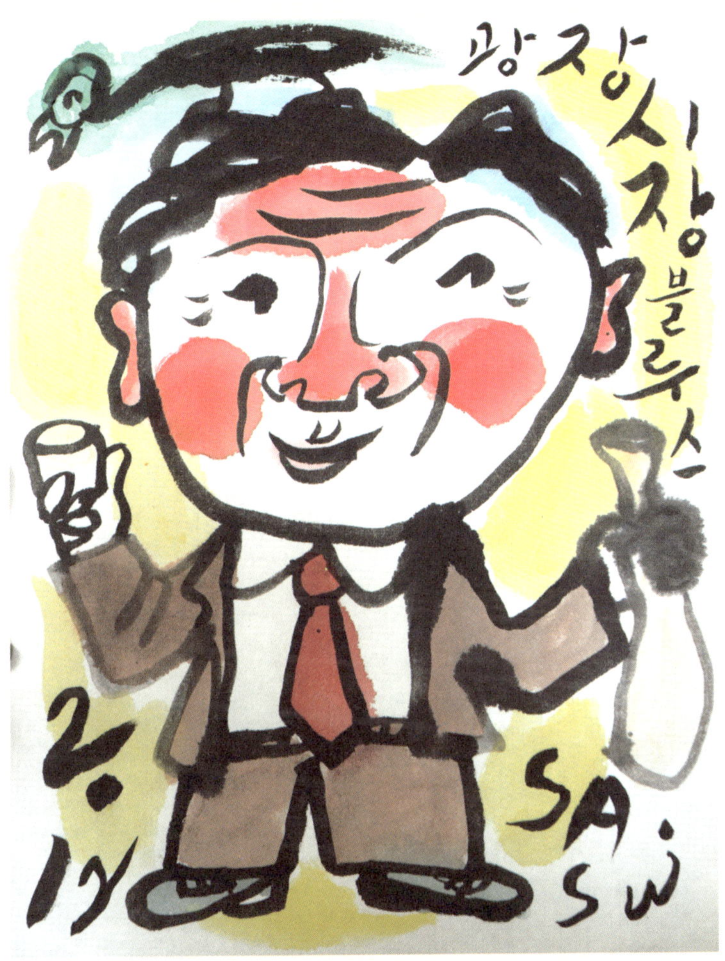

광장 블루스
SASSW

나의 술과 그림이 시작된 곳

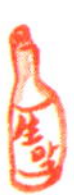

오성식이란 중학 때부터 친구가 있다. 생활영어로 유명하다. 면목중 동창인 우린 청량리 '시조사'란 종교 단체의 선교사에게서 영어를 배울 기회가 있었다. 나는 불과 며칠 만에 그만뒀다. 따분하고 어려워 금세 싫증을 낸 것이다. 그러나 오성식은 그곳에서 꾸준히 회화 실력을 쌓았고 순전히 자기 힘만으로 영어책을 저술하기도 했다. 중학생으로는 놀라운 열정이다. 각종 영어 웅변대회를 석권했던 건 당연했다.

1970년대 초반만 해도 일본인 외엔 영어권 외국인과 만날 기회가 많지 않았다. 광화문·덕수궁 근처나 가야 겨우 만날 수 있었다.

그러지 않으면 이태원에 가서 외출 나온 미군을 만나야 했다.

주말마다 중학생 오성식은 광화문 네거리에 서서 코 큰 사람만 보면 무조건 쫓아가 단 몇 마디라도 말을 건네며 악착같이 영어를 배웠다. 그때 내 역할은 조수였다. 당시 우리 집엔《한국의 여행》이란 중앙서관에서 나온 두꺼운 전집이 있었는데 그걸 몇 권 가지고 나와 내가 들고 서 있으면 성식이가 길에 선 채로 외국인에게 책을 펼쳐 한국의 여기저기를 설명하는 것이다. 지금 생각하면 황당하기도 하고 기특하기도 한 추억이다.

한번은 추운 겨울날 광화문에서 젊은 백인 남자에게 성식이가 열심히 설명을 했는데 귀찮기도 한 표정이지만 그 백인은 차마 거절을 못해 대화는 계속 이어졌다. 졸졸 쫓아가며 계속 영어로 말을 건넸다. 물론 나는 항상 단 한 마디도 못하고 꿀 먹은 벙어리가 되어 무거운 책만 안은 채 성식이를 수행했다. 백인 남자가 도착한 곳은 광화문 뒷골목의 작은 여인숙. 방 안까지 우린 따라 들어갔다. 아주 작은 온돌방이었는데 젊은 한국 여자가 방 안에 있었다. 이불이 깔려 있었고 그녀는 그 안에 누워 있었다. 여자는 간단한 영어만 조금 했다. 남자는 방에 들어가자 윗옷만 벗고는 역시 이불에 들어가 여자와 찰싹 붙으며 나란히 눕는 것이다. 남는 공간은 거의 없는 방이었다. 우리 둘은 방 한편에 비집고 앉아서 나란히

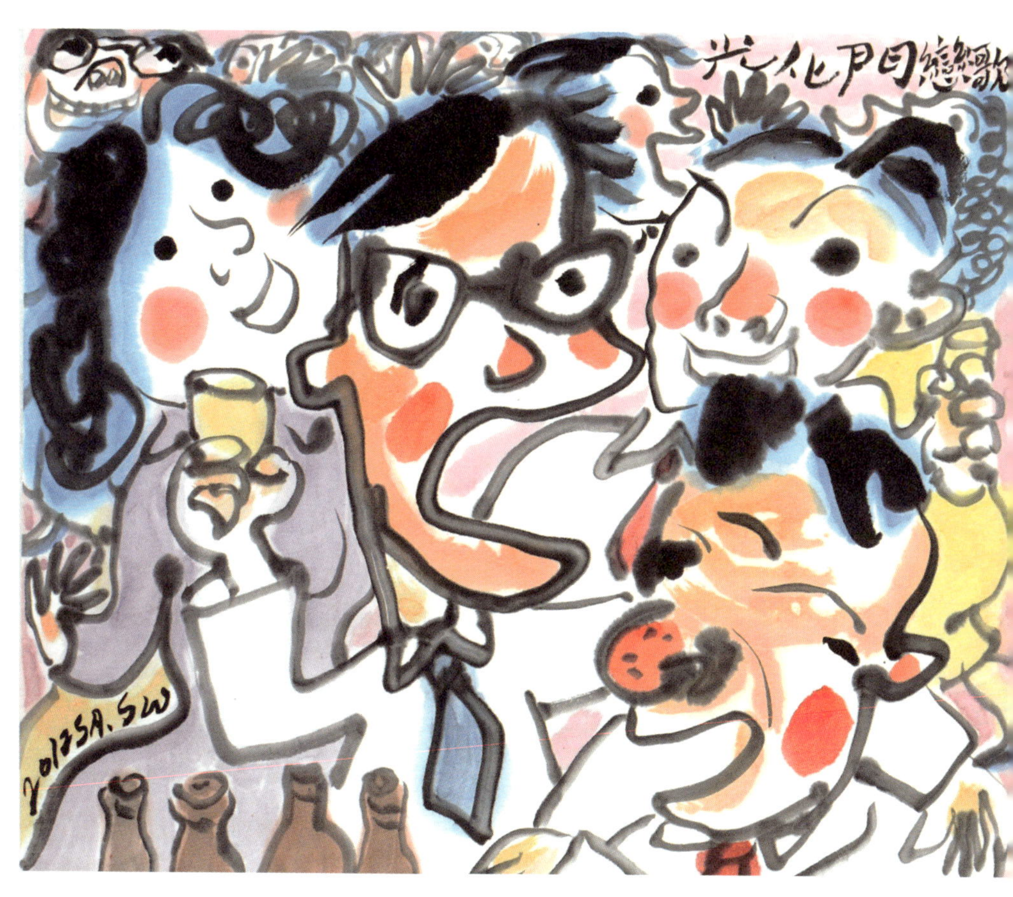

光化門口戀歌
2013A, Sw

누워 있는 남녀를 빤히 쳐다보며 나는 지시하는 대로 책을 펼치고 성식이는 열심히 영어로 설명하고 남자는 마지못해 대답하는 웃지 못할 장면이었다.

알고 보니 남자는 프랑스인. 그땐 남녀가 그렇게 누워 있는 게 무슨 뜻인지도 몰랐던 숙맥이었으니……. 나의 광화문에 관한 추억은 그게 시작이다. 40년이나 지난 매우 오래전 일인데도 이상하게 그 남녀의 얼굴 모습이 어느 정도는 생각나고 방 안 풍경도 아주 생생히 기억난다.

나는 1976년 8월 2일 광화문 대성학원 앞 당주동의 서울미술학원에서 생애 처음으로 본격적인 미술수업을 받았다. 대광고교 1학년 때였다. 목탄으로 각면 예수상과 아그리파 석고 데생을 했고 며칠 후인 8월 14일부터 동양화를 배우기 시작했다. 처음엔 사군자였다. 어렵기도 했지만 너무 재밌어 데생이나 학과 공부는 거의 안 하고 온통 수묵화 그리기에 열중했다. 사군자와 화조화를 수련하다가 그해 겨울방학에 드디어 산수화도 배우기 시작했다. 그런데 이렇게 안 될 수가. 해도 해도 그림이 안 되는 것이다. 지도하는 정종해 선생님도 안타까워하셨다.

또 하필 그때 나는 집안 내력인 비염이 심해져 안국동 정이비인

후과에서 콧속의 뼈 몇 개를 잘라내는 수술을 받고는 며칠 입원해야 하는 처지가 됐다. 출혈도 많았다. 굉장히 아픈 수술을 마친 후 입원실 침대에 누워 있는데 천장이 아른거리며 온통 산수화로 보였다. 미칠 정도로 그리고 싶었다. 조금만 더 그려보면 어떤 실마리가 풀릴 것 같았다.

견디다 못해 밤중에 몰래 병원을 빠져나와 멀지 않은 광화문 화실로 걸어가 밤새도록 그림을 그렸다. 한 장, 두 장, 세 장……. 한참을 그리고 있는데 뭔가 뜨끈한 액체가 코에서 흘러내리는 게 아닌가. 피가 마구 쏟아지는 것이었다. 겨우 지혈을 하고는 또 그렸다. 통행금지가 풀린 다음 엉망진창이 된 몸을 이끌고 병원 침대로 돌아왔다.

언젠가는 화실에서 밤새 그림을 그리는데 참을 수 없을 만큼 배가 고팠다. 창밖을 보니 저 멀리 새문안교회 쪽에 불빛이 보였다. 거기 가서 먹을 것을 얻으려 화실 밖을 나가자마자 방범대원에게 통행금지 위반으로 걸렸다. 화실 관리인이신 황명학 아저씨가 사정해 겨우 파출소 신세는 면한 적이 있었다. '미쳐야 미친다(不狂不及).' 참 좋았던 시절이다.

서울미술학원엔 김원배 선생님이란 데생 선생님이 계셨다. 미술뿐만 아니고 내 인생의 스승 같으신 분이셨다. 난 고등학생이지

만 선생님은 늘 나를 술집에 데리고 다니셨다. 저녁 무렵 광화문
에 도착하면 교육회관, 여왕봉 다방을 지나 우리나라 최초의 슈퍼
마켓인 고려쇼핑 골목 안의 하얀집이나 다래, 미리내 같은 분식집
에서 간단히 떡라면이나 쫄면으로 저녁을 때웠다. 실기수업을 마
치면 선생님과 우리의 단골인 박대포나 평양집에서 소주로 하루
일과를 정리했다. 안주는 주로 양념 얹은 생두부. 가끔은 세종로를
건너 '한국일보 가기 전에 있던 '호반'에서 맥주를 마셨다. 그곳에
선 안주로 날김을 왜간장에 찍어 먹었는데 참 별미였다.

그때도 막걸리가 있었지만 요즘처럼 품질이 좋지 못해 탈이 나
기 일쑤였다. 청주에서 온 학교 선배님은 막걸리를 과음하고 화실
에서 등산용 침낭에 들어가 주무셨는데 침낭 안에서 계속 구토를
했는데도 너무 취해 그걸 모른 채 괴롭다며 데굴거리고 계속 잤으
니 다음 날 그 광경이란 끔찍할 정도로 대단했다.

고3 끝 무렵부터는 나는 혼자서도 술집을 자주 갔다. 세종문화
회관이 1978년에 완공됐다. 그러나 광화문 골목 안 풍경은 그때나
지금이나 별로 변하질 않았다. 가게 상호만 바뀌었지 골목의 지형
은 변한 게 없다. 지금의 일품당 골목 광화문김치찌개집 안쪽으로
스탠드바가 몇 집 있었다. 아직 고등학생이었지만 가끔 나는 그곳

에서 혼자 스탠드바에 앉아 마티니나 진토닉을 마셨다. 그게 멋인 줄 알았다.

세종문화회관이 개관하고 얼마 되지 않아 대만 국적의 세계적인 화가라고 하는 장대천(張大千)이란 수염 긴 화가가 그곳에서 개인전을 열었다. 사진 속의 작가 얼굴이 도사님 같았고 브라질에 있는 그의 집이 대저택이라 매우 놀랐다. 화가가 저렇게 잘 살다니! 수묵채색으로 연꽃과 관세음보살상이나 발묵산수를 힘차고 웅대한 필치로 그렸는데 그 화가가 젊은 시절 사막인 돈황석굴에 가서 오랫동안 벽화를 보며 연구했다는 말을 듣고는 큰 감동을 받았다. 그의 그림값이 지금은 그때로부터 수백 배가 올랐다고 한다.

나는 지금도 여전히 광화문 나들이를 즐겨한다. 어릴 적 이곳에서 그림을 배워 화가가 됐고 또한 화류계 생활을 시작한 곳도 여기 광화문이기 때문에 나로선 고향 같은 곳이다. 새문안교회 건너에 있는 홍국생명 지하의 씨네큐브. 보기 힘든 예술영화를 상영하는 곳으로 유명하다. 얼마 전에도 아내랑 〈케빈에 대하여〉란 영화를 봤다. 입구엔 조나단 브롭스키의 〈망치질하는 사람〉이란 아주 천천히 움직이는 대형 조각품이 서 있다. 우리나라의 대표적인 환경조형물 중의 하나다. 기업에서 사회를 위해 문화적 기여를 하는 모범 사례로 꼽힌다. 이 덕분에 광화문 주변이 문화의 향기로 풍요로워졌다.

광화문에 가면 자동으로 카페 소우(小雨)를 들른다. 세종문화회관 옆 골목 광화문김치찌개집 바로 옆에 소우란 작은 간판이 있고 마치 화장실처럼 생긴 문을 열면 한 평쯤 되는 반지하 공간이 있다. 새 둥지같이 생겼다. 이런 곳에서 어떻게 술을 마시나 할 정도로 협소하다. 옆 사람과 어깨를 맞닿고 앉아야 한다. 그렇게 자리를 잡으면 자연스럽게 처음 만난 옆 사람들과 아는 사이처럼 친해지고 금방 라이브카페가 되어 소우는 들썩거린다. 주인 마담과의 수다도 정겹다.

광화문 직장인 가수들의 통기타 반주로 양희은, 송창식, 김광석을 만난다. 여섯이나 일곱이면 꽉 찰 것 같은 이 작은 공간에 언젠가는 스물여섯 명이나 들어와 술 마시며 노래한 적도 있단다. 기네스북에 기록될지도 모를 만큼 놀랄 일이다.

삼전 회전초밥 2층의 '가을'. 광화문 주변 직장인들의 해방구다. 나는 아내와 싱가포르에서 온 아내의 친구 김희정 씨 부부와 넷이서 소우에 이어 광화문의 명물 라이브카페 가을로 2차를 갔다.

"춤을 자제해주시고 꼭 추실 분은 자기 자리에서 추시길 부탁드립니다."

가수의 간곡한 부탁에도 손님들은 막무가내로 흔들어댄다. 노

래는 신중현의 〈아름다운 강산〉. '난리블루스'란 이런 광경을 두고
하는 말 같다. 광란의 춤이다. 무엇이 이들을 이렇게 열광하게 만
들까. 남자나 여자나 나이가 최소한 마흔은 넘었다. '이치현과 벗
님들'의 노래가 나오자 넥타이를 풀어 헤친 어떤 이는 듣도 보도
못한 희한한 춤으로 폭소를 자아낸다. 광화문판 디스코란다.

마침 무대 바로 앞 명당에 자리가 생겼다. 앉자마자 급하게 차가
운 맥주를 연거푸 두 잔 마셨다. 열기가 이만저만이 아니다. 오늘
의 마지막 가수가 등장한다. 짙은 선글라스를 낀 여가수. 많이 들
어본 노래인데 제목을 모르겠다. 어찌 됐건 중장년 손님들은 다시
광란의 춤판을 벌인다. 부부같이 보이는 남녀는 없는 것 같다. 40
대 여성이 체육복 차림으로 긴 머리칼을 휘날리며 열정적으로 몸
을 흔들어댄다. 무아지경이다. 우리 테이블 바로 앞 복도에서 50
대 중년의 남자들이 부담스러울 정도로 들이대며 춤을 춘다. 같이
추자며 우릴 끌어내려 애쓴다. 기겁한 우리가 안 나가겠다고 버티
자 가위바위보로 결정하잔다. 기가 막힌다. 언제 봤다고. 자정이
다 됐는데도 춤추는 손님들로 복도가 꽉 찼다. 집에는 언제들 가려
고 저러나.

춤추는 남자, 춤추는 여자, 귓속말하는 척하며 뽀뽀하는 남녀,
뭔가 기대하면서 호시탐탐 기회를 엿보는 여자들. 가을은 지금 요

지경. 하지만 모처럼 많이 웃었다. 서울에서 이리도 즐거운 곳이 얼마나 될까. 블루스곡이 나온다. 짝 없는 남자들이 서로 껴안고 춤춘다. 황홀한 표정이 가관이다. 그래도 그 모습이 진지하다. 카페 가을은 행복한 난장판이다.

가을을 나와 아쉬움에 한잔 더하자며 요즘 뜨는 하늘이란 카페로 향했다. 소우가 있는 골목 끝이다. 소우의 두 배쯤 크다. 손님 중에 기타 고수가 많다. 남자 손님들이 우르르 들어오는데 아까 가을에서 본 남자들이다. 옆에 여자들이 있으니 나를 부러워한다. "가을에서 달고 왔네" 하면서. 그게 아닌데, 말하기도 그렇고…….

〈오빠 생각〉, 〈연가〉 등 손님들이 부르는 노래마다 '캬' 하며 감탄사가 나온다. 옛날 생각 때문이다. 1970년대의 강촌쯤으로 돌아간 것 같다. 윤형주의 〈조개껍질 묶어〉가 나오더니 산울림의 〈회상〉("길을 걸었지 누군가 옆에 있다고")과 김광석의 〈일어나〉까지 카페 하늘에서 우린 정말 구름 위를 걷고 있었다.

깊은 밤 새벽별을 보며 우리 두 부부는 카페를 나왔다. 24시간 영업하는 화목 순댓국집 앞에서 택시를 탔다. 택시 안 라디오의 음악이 또한 흥겹다.

"흐르는 강물을 거꾸로 거슬러 오르는 연어들의 도무지 알 수 없는 그들만의 신비한 이유처럼~"

강산에다. 그렇다. 삶이 힘들고 우릴 지치게 해도 언제든지, 광화문은 힘찬 연어들처럼 진정 우릴 다시 살맛 나게 했다. 역시 산다는 것은 좋은 거다. 고맙다!

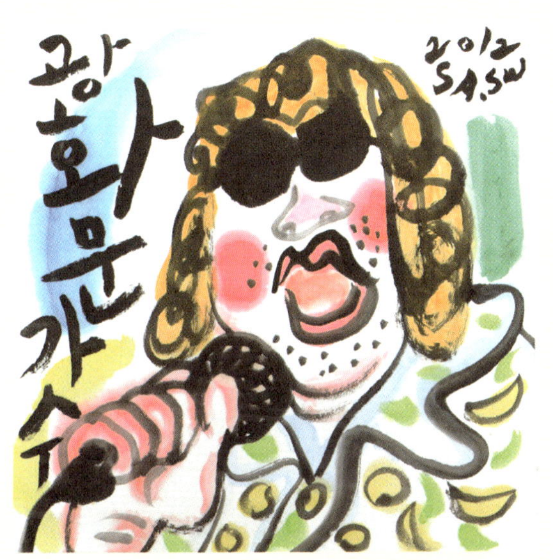
광화문가수
2012
SJ.SW

차 한잔하고 싶은
예쁜 사람들이 사는 곳

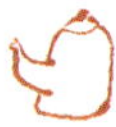

또 뭔가?

새우 샐러드, 동해 피문어, 홍어찜과 돼지고기 수육, 방어회, 전어회무침, 조기구이, 김치찜이 나왔다.

이번엔 아귀 간이란다. 맛보기 쉽지 않은 별미다. 뭐가 남았냐고 묻자 복국이나 김치찌개 중에 골라 밥 먹으란다. 산해진미, 진수성찬도 좋지만 아이고 이건 좀 너무하는 것 아니냐.

배가 부르면 그저 사양하거나 안 먹으면 그만이지만 여기선 그럴 수가 없다. 전라북도 김제의 지주 딸로 태어나 맛있는 것 밝히는 가풍 때문에 세상천지의 진미 별미 일미는 둘째가라면 서러울 정도로 먹어보며 자란 탓으로 착착 혀에 감기는 감칠 난 맛의 요리를 만들어내는 '복있는 집' 권규화 여사의 내공 덕에 이미 용량은 넘쳤건만 욕심 많은 손은 식탁과 벌려진 입 사이를 쉬지 않고 오간다. 고문이다. 행복하고 황홀한 고문이다.

가슴 먹먹하리만큼 오색단풍이 시리게 물든 서초구 우면산 자락엔 예술의전당이 점잖게 앉아 있고 널찍한 대공연장 주변의 붉게 잘 익은 감들을 탄성 지르며 비라보다가 내려와선 대로를 막바로 건너 골목 안으로 이삼십 발자국 걸어 들어가면 왼편에 쓰러져가는 몰골의 작은 식당이 겨우 눈에 들어온다.

'복있는 집.' 점집 상호 같지만 밥집이다. 허름하다고 얕보다간 낭패 본다. 찌개류의 단품요리도 있으나 저녁엔 그저 제철요리코스 딱 한 가지뿐. 1인 5만 원부터인 고급요릿집. 단골들 대부분 이 집을 늦게 안 것을 분하게 여길 정도고 오는 손님들의 면면이 화려해서 기죽기 십상. 마치 노름판의 화투패처럼 이쪽저쪽에서 으스대며 명함을 들이대니 영락없는 강호무림의 용쟁호투. 방 한 칸밖에 없는 월매집 꼬라지의 밥집에 전직 국무총리 세 분이 우연히 제각기 오는 바람에 거시기하게 밥 먹은 적도 있었다. 그러나 뭐니 뭐니 해도 섰다판엔 장땡이나 3·8광땡이 최고인 것처럼 화류계에선 주색잡기며 미식 감별에 두루 능한 '한량'이 최고다. 국무총리

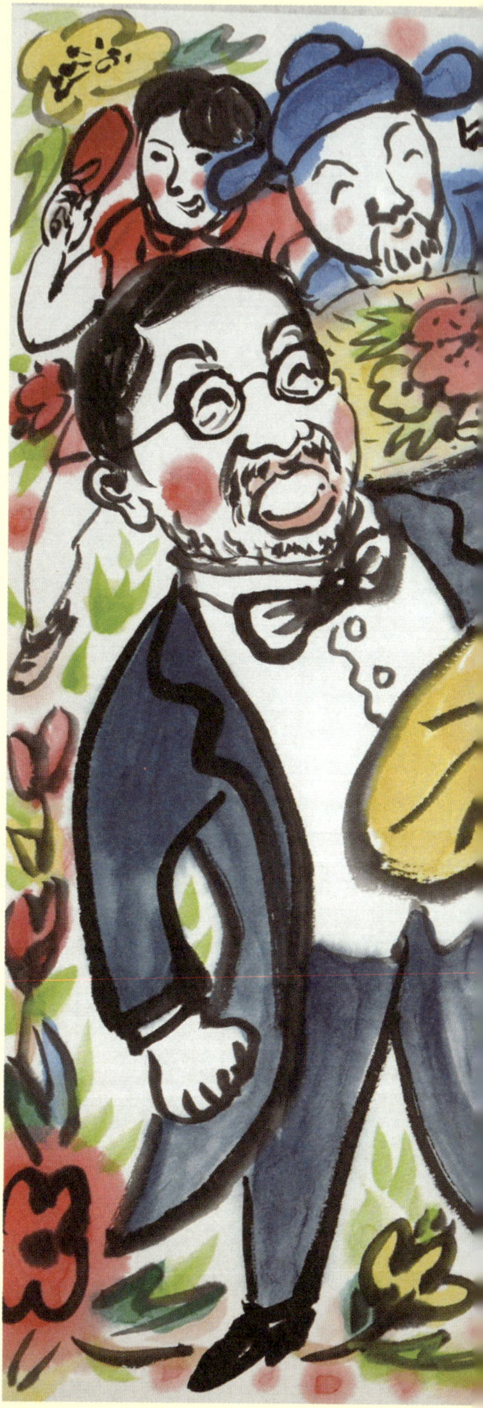

조강지처가 느닷없이 주름을 펴고
성형을 해서 나타난다면 난 배신감을
느낄 것 같다. 같이 살아온 세월의 흔적도
지워졌기 때문이다. 서울에서도 강남은
보톡스 주사 맞은 얼굴 같지만 방배동은
비교적 세월의 매력을 간직한 동네다.

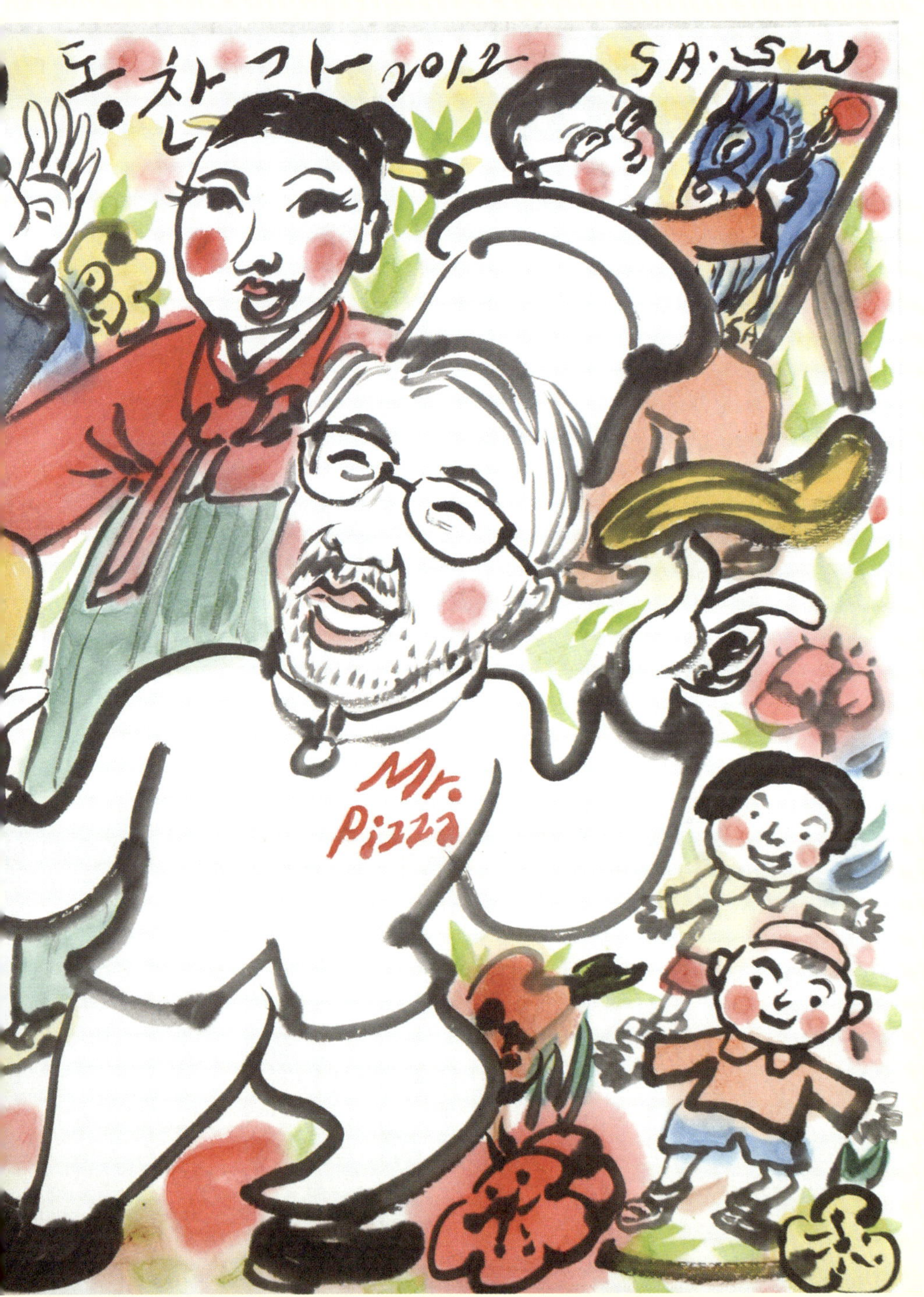

2012
SA·SW
Mr. Pizza

며 재벌회장도 울고 갈 끗발의 왕손님들이 몇몇 있다만 그중에서도 국보급 소리꾼들이 으뜸인 듯싶다.

얼마 전에도 테너 박인수(74) 선생이 저명한 교수 제자들과 복 있는 집을 뒤집어놓고 가셨단다. 박인수 선생이 누구인가. 가수 중의 가수고 한량 중의 한량이다. 단연 우리나라 서양 소리의 대명사다. 일찍이 줄리아드에서 마리아 칼라스에게 사사한 후 오페라 가수로 잘나가다가 한국 음식 유혹을 못 참고 귀국해 서울음대 교수로 재직했었다. 지금은 방배동 백석예술대 석좌교수. 그러나 대중가요 가수 이동원과 〈향수〉란 노래를 불렀다가 국립오페라단에서 제명되는 희한한 코미디의 주연이 된 적도 있었다. 박 선생은 워낙 권위주의나 허세하고는 먼 분이라 밥 먹고 술 먹다 흥이 나면 장소 불문하고 오페라의 아리아를 불러 재끼는데 여기 복있는 집도 그런 즉석무대 중의 하나다. 그 큰 성량으로 가곡을 부르니 이 누추한 집이 들썩거리는 것은 당연지사일 테고.

왕손님 중엔 판소리꾼도 많다. 명창 채수정도 그중 한 사람. 웬만한 사내 열을 상대하고도 남을 듬직한 체구다. 시원시원한 이목구비 때문에 얻어진 판소리계의 마리아 칼라스란 별명이 참으로 잘 어울리는 소리꾼이다. 판소리로 대한민국 최초로 박사학위를 받았고 국악인이라면 누구나 부러워할 유명 국악대상들도 수상한 한국 국악계의 미래를 지고 갈 명창 중의 명창. 그녀가 느릿느릿 진양조장단으로 사시사철 망부석이 되어 울고 있는 춘향의 처절한 심정을 천연덕스럽게 목 놓아 울면 밥집 안의 좌중도 덩달아 가슴을 후벼 판다. 춘향과 몽룡의 〈사랑가〉 중 두 사람이 뜨겁게 애정을 나누는 장면에 이르러선 중중모리장단에서 자진모리장단으로 빨라진다. 숨넘어갈 듯 한껏 고조된 흥으로 소리한다. 손님들도 덩달아 어깨가 들썩이며 사랑의 감정에 같이 흠뻑 빠져든다. 그런 곳이 여기 복있는 집. 장안의 한량 중 겨뤄보고 싶은 이 있으면 이리로 오시라. 유흥비 넉넉히 챙겨 오는 것 잊지 마시고.

나는 지금 우면산 아래 방배동에 살고 있다. 오랜 떠돌이 생활 끝에 정착한 지도 20년이 넘었다. 오늘은 내가 사는 동네의 자랑을 늘어놓고 싶다.

방배동 삼익아파트나 전라북도 출신의 대학생들 기숙사인 전북장학숙 주변엔 참으로 감이 많이 열렸다. 웬일인지 올핸 더욱 풍년이다. 홍시가 새벽안개 자욱한 골목에서 가로등 불빛 받으며 부지런한 행인들에게 제일 먼저 아침인사를 건넨다. '오늘도 복 많이 받으시라고.' 그리고 가게 중 제일 먼저 떡집의 불이 켜지면 비로소 방배동의 새날이 열린다.

삼익아파트 입구의 떡집 '떡향기'에서는 갖은 종류의 떡들을 새벽부터 직접 빚는다. 인절미, 송편, 바람떡, 절편, 쑥굴레, 무지개떡과 이 집이 자랑하는 두텁떡 등 세기도 힘든 다양한 떡들을 만들어낸다. 난 그중에 절편을 좋아한다. 멋쟁이 떡이기 때문이다. 흰 절편, 파란 절편, 분홍 절편 등 색깔도 예쁘지만 무엇보다도 떡살로 찍어낸 다양한 문양의 무늬가 멋있다. 예전엔 혼숫감으로 떡살을 꼭 챙길 정도로 친정집 안방 살림의 품위를 가늠하는 필수 혼수품이었다.

또한 한 켜 한 켜 켜를 이뤄 지층처럼 보이는 시루떡도 좋아한다. 오랜 시간 동안 따뜻한 마음들이 차곡차곡 얹힌 것 같다. 잔치때 떡을 만들어 돌리는 풍습이 있어서인지 방배동은 새벽마다 잔치가 벌어지는 것 같다.

방배동 가게들마다 아침 기지개를 켤 때쯤 '예림아트'도 문을 연다. 표구와 액자 전문집이다. 예림아트 김춘한 사장은 1987년 내 작업실이 논현동에 있을 때 오랫동안 몸담았던 표구사에서 막 분가해 그 동네에 자신의 점포를 열었다. 그때부터 인연을 맺었다. 그리고 내가 곧 방배동으로 이사 오자 김 사장도 나를 따라 곧장 같이 왔다. 내 그림의 모든 액자를 만들어준다. 25년째 동고동락하고 있다. 운명이다. 남은 생애 내내 역시 그럴 것이다. 그저 미안하고 고마울 뿐이다. 그림 보는 눈이 예리해 새로운 그림을 그리면 김 사장에게 귀중한 비평을 부탁하고 있다. 뛰어난 장인이자 친구이자 내 예술의 조언자다.

그리고 이웃의 '원경그릇'이 환한 아침 인사를 건넨다. 우리 도자기로 만든 그릇가게다. 서양그릇같이 기교나 인공미가 아니다. 중국처럼 거만하지도, 일본처럼 신경질적이지도 않다. 간결하고 질박하다. 그런데 더욱 아름답고 현대적이다. 시간이 갈수록 싫증은커녕 사랑스러움이 더해진다. 놀랍다. 보면 볼수록 놀라운 것이 우리의 청자요 분청이며 백자다.

우리에겐 자랑스러운 도자기 민족으로서의 DNA가 면면히 흐르고 있다. 정작 우리만 우리를 몰라준다. 라면이나 김치 쪼가리 같은 하찮은 음식이라도 제대로 된 생활자기에 담으면 보는 느낌과 맛은 전혀 달라진다.

이웃 나라 일본에선 길거리 포장마차에서도 도자기 그릇에 국수를 말아 내놓는다. 플라스틱 용기를 천박하다며 경멸한다. 그것이 문화고 자부심이다. '종갓집 새댁' 같은 아름답고 깔끔하고 귀엽고 대견하고 애틋한 모습의 우리 명품자기들이 그득한 원경그릇은 방배동 여인들의 자존심이다.

원경그릇 건너엔 '유락칼국수'란 장안에 꽤 알려진 칼국수집이 있다. 그런데 원래는 유락분식이었고 흔한 분식집처럼 이것저것 잡다한 메뉴가 많았었다. 장사도 시원찮았다. 그러다가 궁리 끝에 18년 전 유락칼국수로 상호를 변경하고 메뉴도 한 종류만 집중해서 개발했는데 그게 대히트를 쳤다. 점심시간에는 으레 줄을 서서 번호표를 받아야 할 정도로 대박이 났다. 그런데 인생이란 참으로 얄궂다. 그렇게 장사가 잘되고 이제 좀 호강하려나 했더니 덜컥 사장님께서 병이 드셨다. 결국 부귀영화도 누려보지 못한 채 돌아가시고 지금은 사모님만 홀로 남아 여전히 맛있는 칼국수를 만들며 하늘에 계신 사장님을 대신해 어려운 이웃들도 도우면서 힘껏 사신다.

어떤 곳이 살기 좋은 동네일까? 애매한 질문이다. 기준이 모호하다. 언젠가 모 언론사에서 그런 질문을 받은 적이 있었다. 그때 나는 서슴없이 '탁구장'이 있는 동네가 살기 좋은 동네라고 다소 엉뚱한 대답을 내놓았다.

탁구장은 찾으려 하면 사실 쉽지 않다. 여건이 은근히 까다롭다. 화려한 유흥가나 인적이 드문 부촌에 탁구장은 보이지 않을 것이다. 가족이나 친구와 함께하는 운동이다 보니 단란한 가정들이 많아야 하고 민망스러운 업소들이 주변에 없어야 한다. 편안하고 소박하고 적당한 여유를 갖춘 사람들이 거주하는 곳, 간혹 아이들 웃음소리가 들리는 사람 냄새 물씬 나는 곳에 비로소 탁구장이 생긴다. 방배역 근처엔 전 국가대표 이계선 관장 내외가 최선을 다해 지도하는 국가대표급 탁구장이 있다.

조선 초기 태종 이방원의 첫째아들 양녕대군과 유부녀 '어리'와의 러브스토리는, 영국의 왕 에드워드 8세가 두 번의 이혼 경력이 있는 미국인 심프슨 부인과의 결혼을 위해 왕위를 스스로 내놓으며 이룬 헌신적이고 순애보적인 사랑은 아니었지만, 세자 폐위를 감수할 정도로 대단히 파격적이고 낭만적인 사건이었다.

자유로운 영혼을 가진 양녕과 역사상 가장 뛰어난 성군인 동생 충녕(세종대왕) 사이에 긴 둘째 효령은 애당초 세속적인 권력엔 아무런 흥미가 없었다. 그저 책이나 읽고 절간에서 북이나 두드렸다. 불심과 효심이 깊었고 늘 미소 짓는 온화한 성격이었다. 술도 못 마셨다. 한량의 기질이라곤 전혀 없었다. 《반야바라밀다심경》을 동생이 만든 한글로 국역한 이도 효령이었다. 그런 인품 덕인지 세종, 문종, 단종, 세조, 예종, 성종 등 여섯 왕들을 거치며 무려 91세까지 장수를 누렸다. 당시로서는 놀랍다. 양녕은 69세까지 살았고 세종은 54세에 승천했다.

효령대군의 능과 위패를 모신 사당인 청권사가 방배역 4번 출구 앞에 오롯이 자리하여 백성들을 바라보고 있다.

조무래기 한 무더기가 와글거린다. 어린애들 보기가 예전 같지 않은 요즘 저리 많은 꼬마들을 한꺼번에 보는 것도 반갑다. '저 고 사리들이 언제 커서 돈 벌고 시집 장가 갈까?' 흐뭇한 걱정이 든다. 일주일에 한두 번은 방배동 영유유치원 아이들이 줄 맞춰 짝과 손 잡고 동네를 탐방한다.

오늘은 방배역 미스터피자 본사 앞에서 뭔가 들여다보며 재잘 거린다. 건물 안에 걸린 그림들과 벽화를 보고 있다. 저마다 한마 디씩 하는데 참으로 앙증맞다. 꼬마들 표정이 한결같이 밝은 걸 보 니 그림 수준이 만족스러운가 보다. 미스터피자는 이미 국내 1위 를 넘었고 세계 1위를 향해 무섭게 질주하고 있는 토종 브랜드. 회 사에선 감사의 선물로 당대 최고의 미술작품들을 상설전시하고는 누구라도 볼 수 있도록 개방하고 있다. 고객과 주민을 위한 갤러리 다. 아름다운 기부며 쉽지 않은 발상이다.

살다 보면 '저 사람한텐 도저히 안 되겠어!' 하고 등급이 다름 을 스스로 인정해야만 하는 특출 난 절대강자들이 간혹 있다. 미스 터피자가 속해 있는 MPK그룹 정우현 회장이 그런 강자고 진정한 '꾼'이다. 경남 하동 산골의 8남매 중 일곱째로 태어나 지금의 신

화적 기업인에 이르기까지의 인생역정을 살펴보면 좌충우돌도 이만저만이 아니다. 무모한 도전과 성공에의 의지는 기상천외하고 가슴 찡한 사연까지 통쾌와 감동이 뒤범벅된다. 그러면서도 늘 삶의 전 과정은 정성과 정직의 반복이었다. 매일 시(詩)를 읽고 누구보다도 술이 세며 남을 위해 눈물 흘릴 줄 아는 사나이 중의 사나이다.

진짜 사나이 정 회장의 지나온 인생을 살펴보면 어릴 때는 농사꾼이요 싸움군, 노래꾼, 술꾼으로 하동과 진주 일대 그리고 상경하여 서울에서도 이름을 떨쳤고 젊을 때는 ROTC 출신의 유능한 소대장으로서 부대들을 누볐으며 전역 후엔 섬유사업에 뛰어들어 혼신의 노력으로 15년 만에 동대문 일등 장사꾼이 되었다. 그러곤 전혀 다른 업종인 피자 사업에 도전하여 1990년 이대앞에 미스터 피자 1호점을 시작한 이후 지금껏 400여 개의 국내 매장과 27개의 해외 매장을 거느린 국내 피자계의 지존이 되었다. 당시 우리나라에선 생소한 피자 사업을 결심하기까지의 계기와 창업 과정, 최초의 매장 설립 그리고 확장하면서 맞게 되는 도전과 극복 과정들은 그야말로 인기 기업드라마 뺨치게 흥미진진했다. 물론 결말은 해피엔드였고.

그런데 신용의 전도사 같은 정 회장이 최근 갑작스럽게 금주를 선언했다. 일 년이라는 한시적 금주지만 나같이 그와의 음주동석을 큰 기쁨으로 삼았던 애주가들에겐 서운함을 넘어 상실감마저 들게 한 사건이었다. 그 이후 정 회장을 따르던 수많은 음주도반들은 어쩔 수 없이 시련의 시대를 보내고 있는 중이다.

하지만 그 또한 놀라운 결단력의 발로이니 다시 한 번 고개 숙여지지 않을 수 없다. 천하제일 음주도인이 변화된 습관으로 새로운 일 년을 보내겠다는 이유만으로 단칼에 금주를 실행하는 모습을 보면서 역시 정 회장은 예사롭지 않은 고수 중의 고수임을 다시 한 번 느꼈다.

전설적 주당 수주 변영로가 《동아일보》에 자신의 금주선언문을 기고하고 가슴에 금주패를 달고 다녔던 일화도 생각났다. 술자리에서 담담히 술잔을 거부하는 정 회장의 자태가 숙연할 정도다. 이젠 어서 일 년이 지나고 금주 기간이 끝나 큰 잔에 가득 술을 담아 호기 있게 서로의 술잔을 부딪치며 콸콸콸 폭포처럼 입 안에 부어댈 날만을 기다릴밖에 도리가 없다.

조강지처가 느닷없이 주름을 펴고 성형을 해서 나타난다면 난 배신감을 느낄 것 같다. 같이 살아온 세월의 흔적도 지워졌기 때문이다. 서울에서도 강남은 보톡스 주사 맞은 얼굴 같지만 방배동은 비교적 세월의 매력을 간직한 동네다. 노랗게 낙엽이 쌓여간다. 방배중학교 인근 주민인 조용필이 불러서인지 쓸쓸함과 위로가 교차하는 〈그 겨울의 찻집〉이 유독 정겹게 들린다. 따뜻한 차 한잔하고 싶다. "예쁜아, 차 한잔할까?" 예쁜 찻집, 예쁜 사람이 많은 곳, 방배동이다.

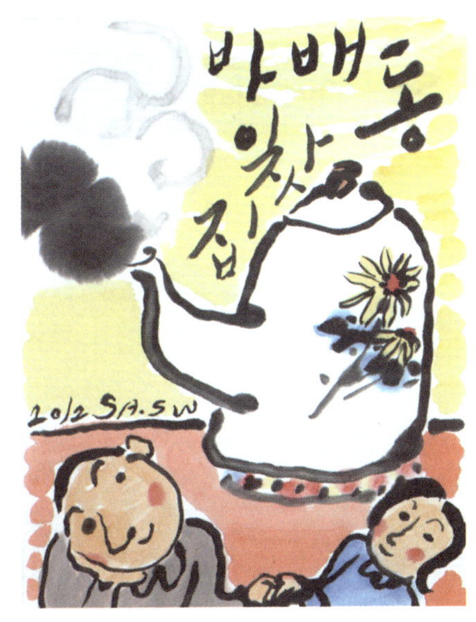

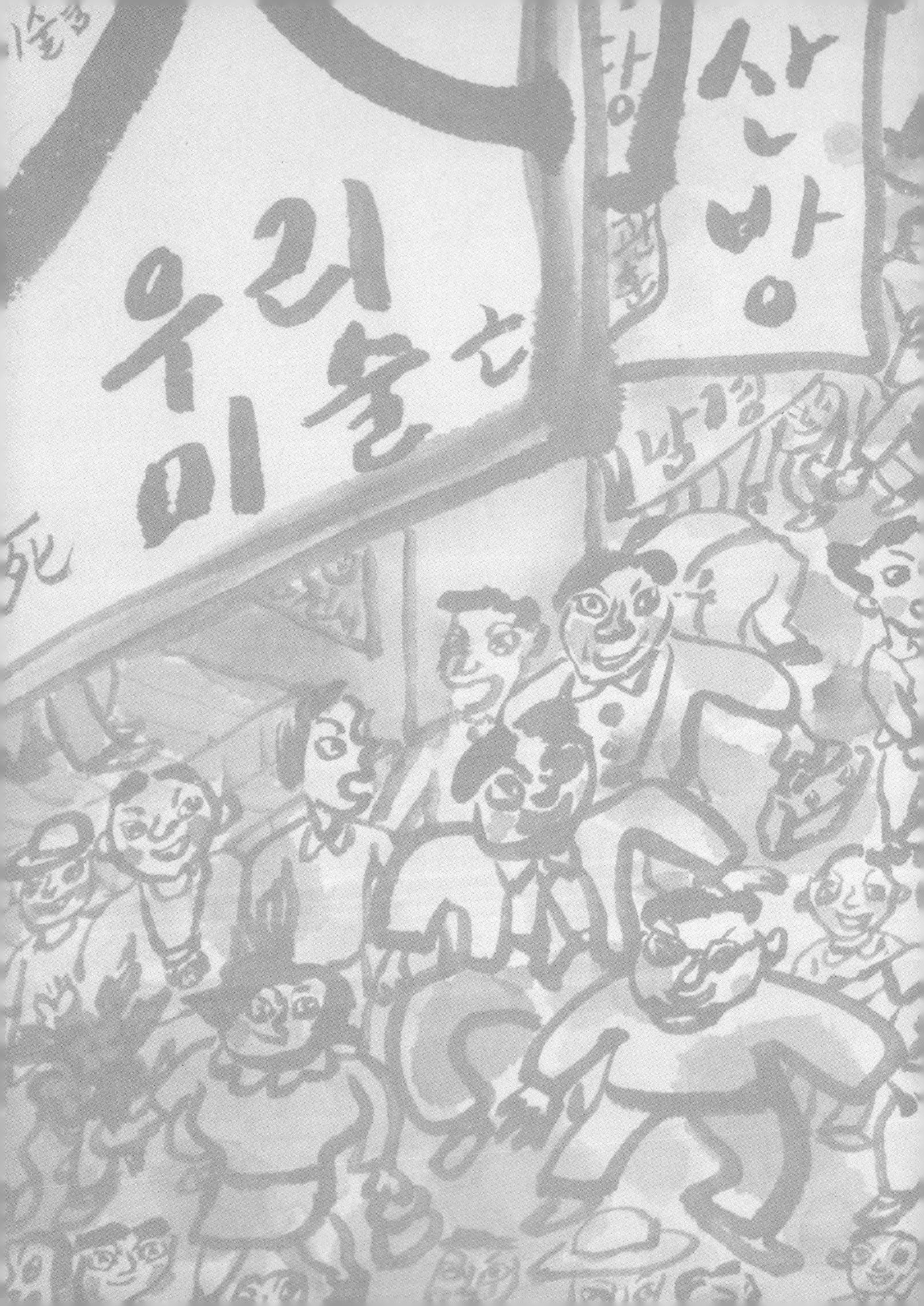

우리의
술는
산바
死

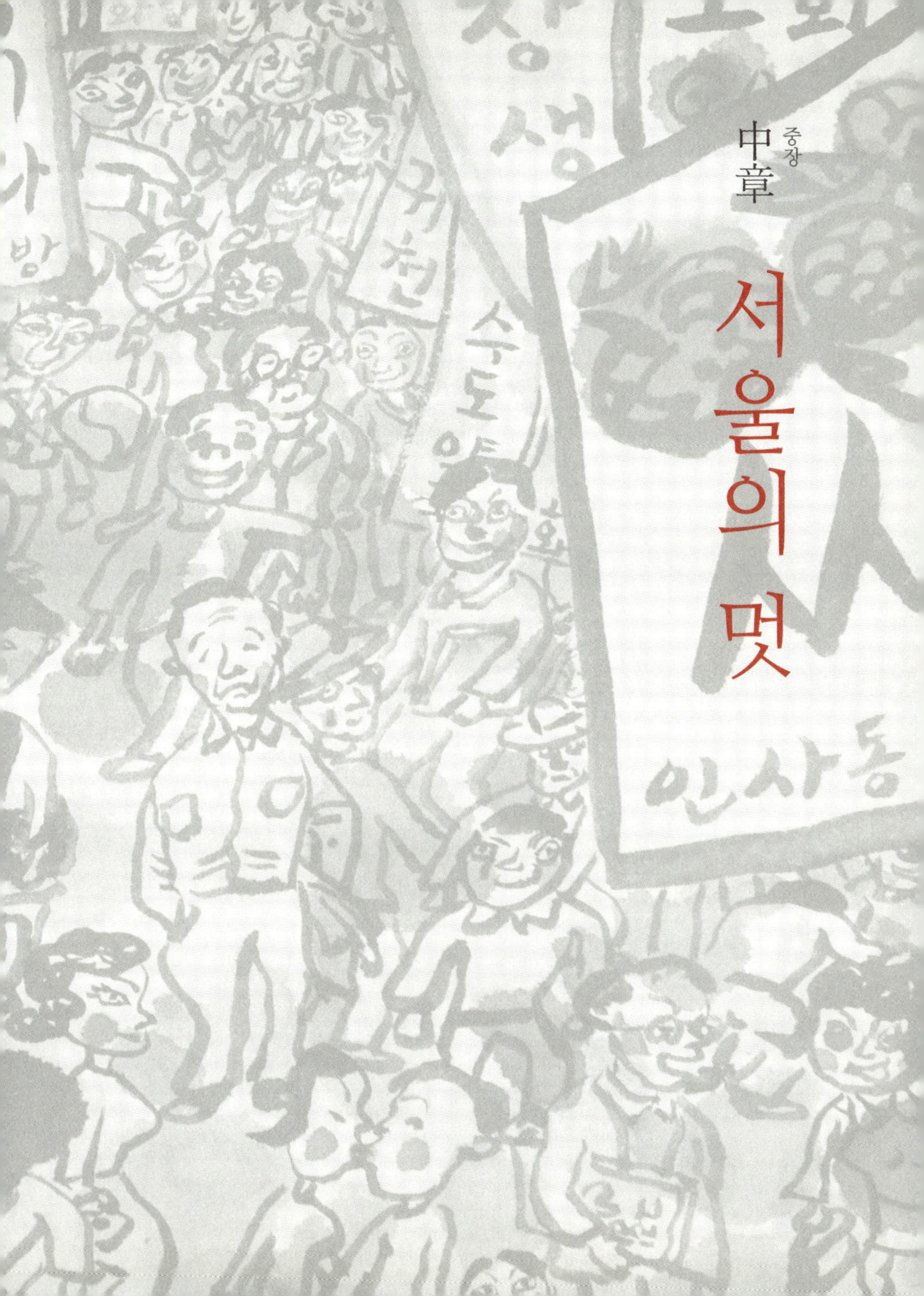

中章 ^{중장}

서울의 멋

최첨단 유행의 거리에서
옛 다방을 추억하다

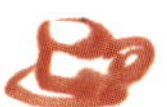

일요일. 온종일 자고 있다. 접착제로 붙인 듯 배를 바닥에 딱 붙이고선 엎드려 잔다. 그런데 그런 나를 딸내미가 몇 시간 전부터 깨운다. 참으로 귀찮다. 나도 계속 버텼다. 애가 이렇게까지 질기게 나오는 건 필시 꿍꿍이속이 있는 게다. 대학생이 된 후엔 바쁘단 핑계로 소 닭 보듯이 아빠를 보던 애인데. 아이고 더 이상 못 견디겠다.

오후 5시. 항복 선언하고 아직도 햇살이 뜨거운 한여름 날의 길거리로 모녀 꽁무닐 따라 복날의 황구(黃狗)처럼 비실비실 끌려간다. 힘없는 가장의 비애다.

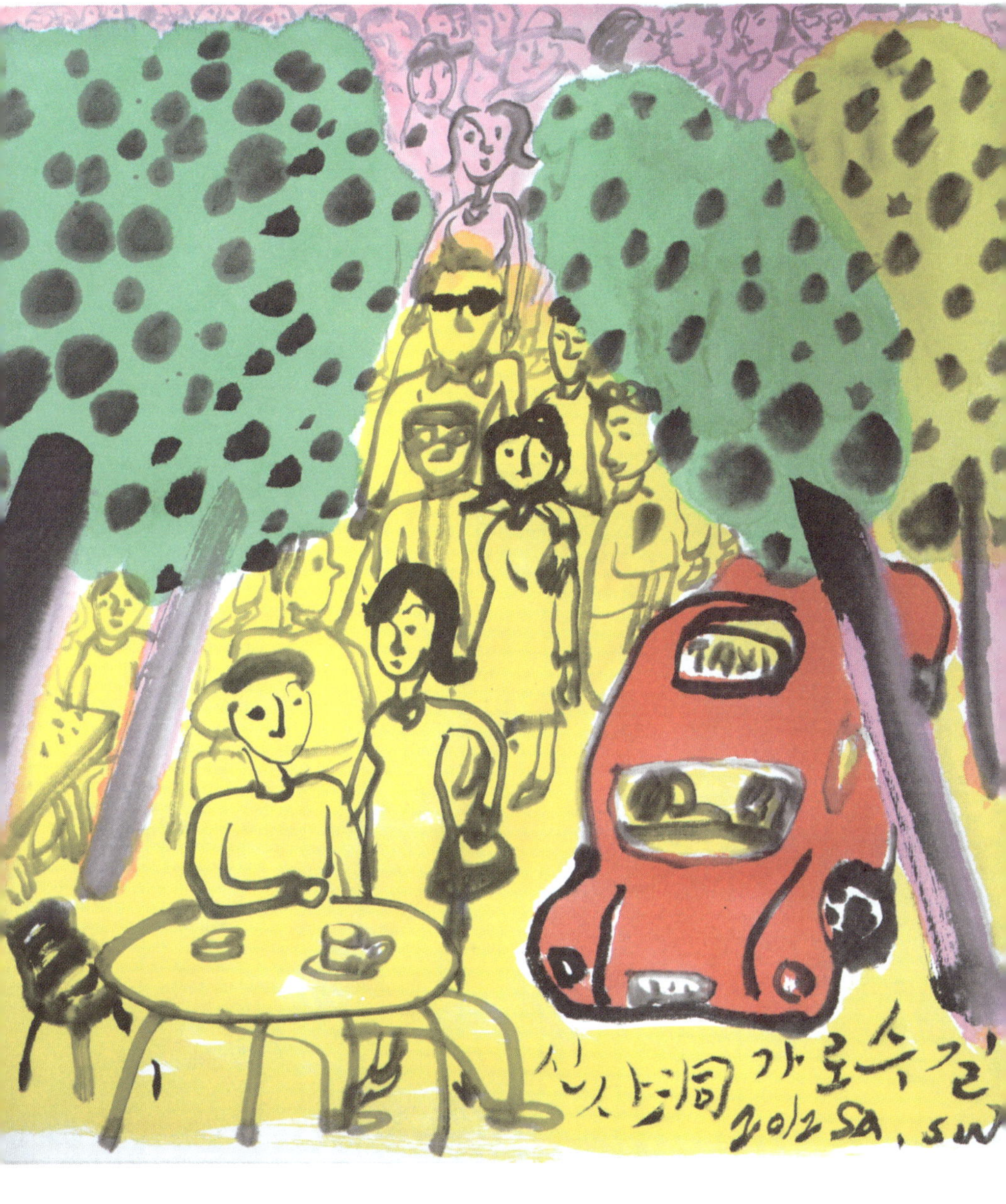

TAXI
인사洞 가로수길
2012 Sa, sw

우리가 간 곳은 신사동 가로수길. 은행나무 가로수가 많다고 해서 이름 붙여진 길이 700미터쯤의 길. 1993년 '예화랑'이 인사동에서 이곳으로 이사 오면서 평범한 강남의 사잇길에 불과했던 이 길이 재미나고 트렌디한 거리로 바뀌는 계기가 됐다. 적지 않은 화랑들과 디자이너 숍, 카페와 식당들이 하나둘 들어섰기 때문. 그런데 지금 예화랑의 주인인 이숙영 여사님은 안 계신다. 어린 딸에게 화랑 운영을 가르쳐주시던 여사님은 몇 년 전 갑자기 몹쓸 병에 걸려 돌아가셨다. 정말 갑자기 돌아가셨다. 우아하고 아름다우셨던 여사님은 안 계시지만 그 따님이 지금도 여전히 가로수길에서 열심히 화랑을 지키고 있다.

나도 그런 아픈 기억이 있다. 1989년 봄, 쉰세 살의 엄마와 나도 갑자기 이별했다. 저녁나절 쓰러지시곤 그걸로 끝이었다. 단 한 마디의 말도 남기질 못하셨다. 쉰세 살은 지금의 내 나이이다. 나와 내 동생들 모두 결혼 전이었고 내 첫 개인전을 석 달 남겨놓고 있었다. 우리 삼 남매 옆에서 늘 유장하게 흐르던 큰 강물이 거짓말같이 뚝 멈추곤 사라진 것이다. 너무 황당해서 처음엔 화도 안 났다. 이건 아니라며 세상을 부정했다. 사실을 사실로 받아들이기까진 꽤 긴 시간이 필요했다.

양장점을 하셨던 내 엄마를 닮았는가, 한 번도 보지 못한 할머니지만 딸도 옷 만드는 일을 하고 싶어 한다. 중학교 1학년 때부터 중요무형문화재 침선장이신 구혜자 선생님께 한복 짓는 공부를 해서 올해 의류학을 전공하는 대학생이 됐다. 하늘에 계신 울 엄마도 그런 손녀가 대견해 흐뭇하게 내려다보고 있을 것 같다. "그렇지, 엄마?"

애개개, 그럴 줄 알았다. 명랑 뻔뻔한 딸내미가 나를 끌고 간 곳은 액세서리 점 '트롤비즈'. 덴마크에서 만들었다는데 이 친구들 상술이 보통 아니다. 무려 700여 개나 되는 각종 장식물에 일일이 그럴듯한 스토리를 담았다. 한번 그 모양에 반하면 계속 사야 할 것 같다. 그것들이 모여 팔찌도 되고 목걸이도 되고 반지도 된다. '어이쿠 가격이' 어이가 상실될 정도다. 예쁘긴 한데……, '이것 참' 한숨을 쉬어도 소용없다. 내 돈이 왕창 털렸다. 일요일의 대참사다.

쇼핑을 끝내고 가게 문을 나서는데 웬 잘생긴 청년이 사진기를 들이대며 마누라에게 다가와 사진 찍기를 간청한다. 자신은 패션 디자이너인데 입고 있는 의상의 패턴과 디자인이 좋다며 참고용으로 쓰고 싶단다. 허허허 요즘말로 마누라님 멘탈붕괴 되시겠다. 배시시 웃으며 표정관리에 무진 애쓴다. 그런데 딸내민 기분 안 좋다. 자기가 아니고 엄마라는 게 분한 것이다. 여자들이란…… 쯧쯔다!

가로수길엔 노점상도 많다. 대개가 액세서리를 팔고 있다. 서울엔 이런 노점상이 예전부터 많았지만 이대앞 액세서리 노점상은 내겐 좀 특별하다. 부끄러운 기억이 있기 때문이다. '은호'라는 술집이 있었다. 대학생 때 자주 갔던 싸구려 맥줏집. 허름하지만 접대하는 아가씨도 있는 이른바 '싸롱'. 편해서 자주 갔고 때로는 너무 취하면 술집 방 한쪽에서 쓰러져 자곤 했다. 그때만 해도 술집에서 자고 그다음 날 나오는 게 다반사. 친척이나 가까운 동네 사람처럼 손님들을 편하고 살갑게 대해주던 주인아주머니는 외상도 잘 받아주셨다.

한데 그 집엔 내 나이 비슷한 아가씨가 있었다. 말수가 적고 가냘픈 모습으로 손님들에게 인기가 많았다. 내 친구 동서는 그녀에게 반해 하루가 멀다 하고 통닭을 사 들고 들락거렸다. 그 아이 때문은 아니겠지만 동서는 친구 중 장가를 제일 늦게 갔다.

그런데 어느 초여름 날, 그 아가씨가 나에게 부탁이 있다고 했다. 꼭 해보고 싶은 게 있는데 이대앞에 가서 예쁜 액세서리를 사고 싶다는 것이다. 또래의 여대생들이 남자친구와 함께 노점상에서 즐겁게 물건도 고르고 발랄한 학창 생활을 하는 것이 몹시 부러웠나 보다. 그리고 그녀는 나를 손님으로만 생각한 게 아닌 것 같고. 그게 뭐 어렵겠냐며 다음 날 이대 앞에서 그녀를 만났다. 명랑하고 상큼한 대학가 풍경에 주눅이 들었는지 조금 파리한 모습이었다.

한데 평소보단 나름 수수하게 차려입고는 나온 것 같은데 왠지 그녀의 옷차림은 이대 앞을 오가는 다른 아가씨들과는 다르게 보였다. 그런 그녀의 모습이 신경 쓰였다. 왜냐하면 내가 아르바이트로 가르친 학생들이 적지 않게 이대에 다니고 있었고 그 학생들을 만날까 봐 걱정됐기 때문이다. 그녀 옆에 서 있는 게 여간 부담스러운 게 아니었다. 원래는 진짜 애인처럼 액세서리도 이것저것 사주고 오리지널튀김도 맛있게 먹고 그린하우스에 가서 달콤한 케이크도 사 먹으려고 했다. 결국 난 급한 약속이 있다며 도망치듯 그녀를 떠났다. 그때 그녀의 황당하면서도 쓸쓸한 표정이란……. 내 비겁한 속물근성으로 모든 게 엉망진창이 됐다. 고작 30분 정도나 같이 있었을까. 미워할 수밖에 없는 내 치사한 과거의 한 페이지다.

가로수길 노점상은 젊은 청년 주인이 많다. 땡볕에 땀 뻘뻘 흘리며 하나라도 더 팔아보려고 애쓴다. 안쓰럽다. 그들도 부모에겐 귀한 자식이고 누군가에겐 애틋한 첫사랑이었을 것이다. 통통하고 큰 뿔테안경을 쓴 노점 청년이 길에 선 채 배달돼 온 잡채밥을 허겁지겁 먹고 있다. 잡채가 불어 터졌다. 측은한 마음에 뭐 사줄 게 없나 살펴봤다.

청년이 잡채밥 먹기를 중단하고 나에게 여러 가지를 권한다. 표정이 사뭇 진지하다. 그 사이 잡채는 더 불어 아예 축 늘어졌다. 햇살이 먹다 남은 밥알들 위로 속절없이 내리쬔다. 그런데 살 게 하나도 없다. 미안하다. 그냥 간다.

요즘 한류(韓流)가 대세라는데 내 생각은 다르다. 적어도 요식업계는 온통 일류(日流)다. 지금 서울은 일본식당 천지다. 가로수길만 하더라도 도쿄맑음, 와라쿠, 오헤야, 오비야, 유노추보, 몽 등 일일이 세기도 힘들다.

그런데 여긴 동네 일식집처럼 무채 무더기 위에 회 잔뜩 썰어 내오는 그런 구닥다리 횟집은 없다. 희한한 메뉴도 많고 크기와 모양도 앙증맞다. 예전의 일식집과는 경쟁력이 상대가 안 될 정도로 세련됐다. 정신 똑바로 차리지 않으면 전엔 아무리 잘됐어도 순식간에 망하는 세상이다.

가로수길 한가운데에 '커피스미스'란 카페가 있다. 엄청 크고 복층의 개방형 창고같이 특이하게 생겼다.

들도 보도 못한 찻집이다. 그 큰 공간에 손님들로 꽉 차 앉을 자리가 없다. 들어갈 엄두도 안 나고 자리에 앉는다 해도 어떻게 차를 주문해야 할지 모르겠다. 나이 든 사람은 안 보인다. 격세지감이랄까. 예전의 다방과는 달라도 너무 다르다. 곱게 한복 차려입은 마담이 있고 미쓰리, 미쓰박, 송양, 김양 하는 레지들이 '오봉' 들고 커피를 나르고 그 레지한테 추파를 던지는 아저씨들이 값비싼 쌍화차를 사 주며 은근슬쩍 아가씨 손도 잡고, 엉큼하게 엉덩이에 손도 대보고, 뿌연 어항엔 살찐 금붕어들이 왔다 갔다 하고, 배달 갔다 막 들어온 레지는 덥다며 괜히 껌만 질근질근 씹어대고. 그런 게 얼마 전까지의 우리네 다방 풍경이었는데 참으로 겁나게 변했다.

전화가 귀하던 시절 다방은 접선뿐만 아니라 일터이기도 했다. 인사동 사루비아 다방은 나까마라고 불리는 그림 거간꾼과 가난한 무명화가들로 늘 북적였다. 이름은 기억 안 나지만 키가 크고 우아한 용모의 마담은 인사동의 자랑이었다. 늘 그윽한 미소를 짓고 있었다. 그녀 역시 항상 한복을 단정히 입고 있었는데 그것은 손님에 대한 예의였다.

인사동 화랑가의 화상들과 화가들은 아침에 출근하면 우선 사루비아 다방에 가서 마담께 문안 인사를 드리고 차 한잔 마시며 하루를 시작했다.

충무로 스카라극장 근처의 가요골목엔 가수 신카나리아가 운영하던 모나미 다방이 있었다. 그 다방은 한국 대중가요의 귀한 산실

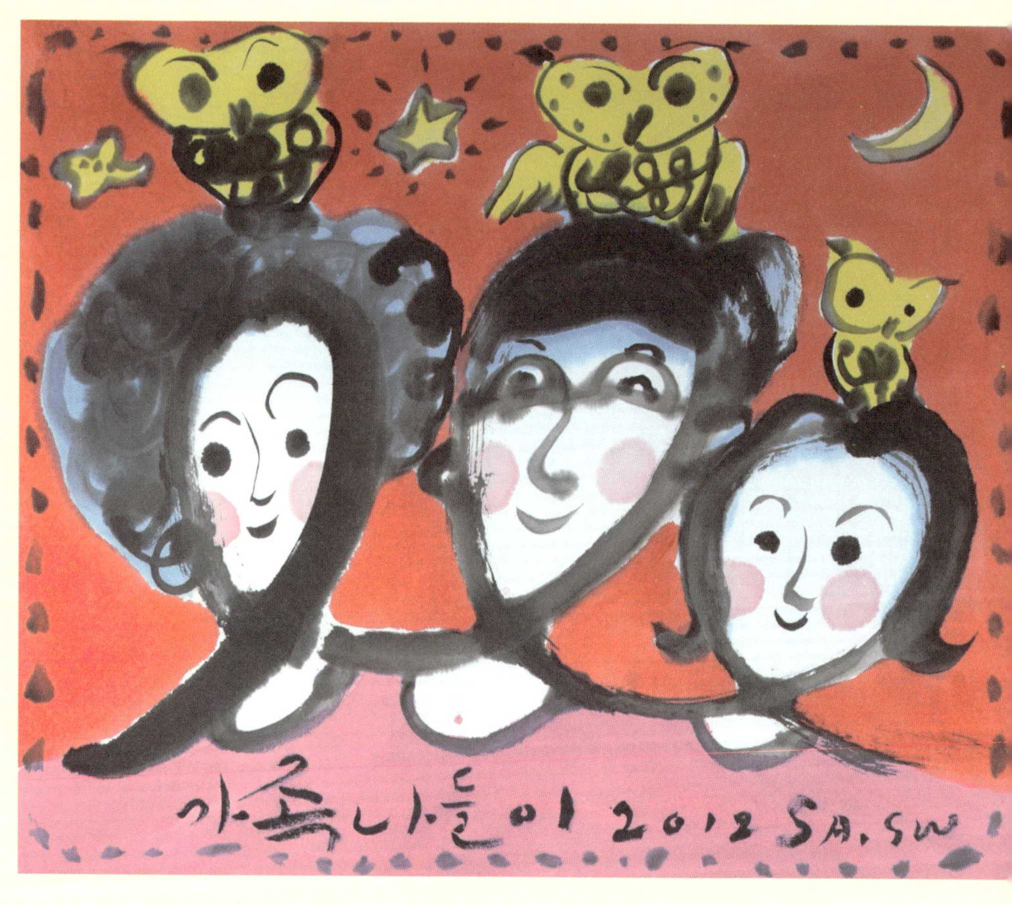
2012 SA.SW

이었다. 신인 가수들이 하늘과 같으신 작곡가, 작사가 선생님께 곡을 받으려고 점심도 거른 채 온종일 죽치며 애꿎은 성냥개비만 쌓아 올리던 다방이었다. 배호, 나훈아 같은 전설의 가수들도 모두 이곳에서 남루하고 서글픈 무명 시절을 보냈었다고 한다.

영화인들은 근처의 태극 다방이나 스타 다방으로 몰렸다. 스카라극장에서 중부경찰서 일대까지 영화사들이 들어서고 영화인들의 밤샘 작업과 시나리오 집필을 위한 여관, 식당, 대폿집, 양복점, 다방들로 영화타운이 형성되어 '한국의 할리우드'로 불리던 시절도 있었다.

아주 어렸을 때라 나는 가보지는 못했지만 명동성당 근처엔 배우 강효실이 최무룡과 이혼한 후 운영하던 다방인 성지가 있었다. 거긴 연극인, 문인, 화가 같은 호주머니가 적막강산인 명동백작들의 아지트였고 광화문의 여왕봉 다방, 충무로의 본전 다방, 김기수의 참피온 다방, 평화시장의 명보 다방들도 꽤나 이름을 날린 다방들이었지만 그런 옛 풍경을 간직한 다방을 서울에서 찾기란 쉽지 않을 것 같고. 이젠 추억과 기억 속에만 남아 있는 빛바랜 사진이 됐으니. 그저 세상 변하는 모습이 두렵기도 하고 무상하기도 하여, 거기에 적응 못하는 나 자신이 점점 초라하게만 느껴진다.

실컷 걸었다. 다리도 아프고 더운 날씨에 목도 탄다. 일본 장인이 직접 빵을 만든다는 '도쿄빵야'에 들어갔다. 냉녹차를 시켜 단숨에 들이켰다. 얼음만 남았다. 찬물 좀 리콜이 안 되느냐고 물었더니 딸내미가 리콜이 아니고 리필이란다. 그래 맞다. 리필! 금방 밥 먹어야 하는데 모녀는 제과점에 앉은 채 집에 갖고 가려고 산 빵을 야금야금 뜯어 먹는다. 말려도 계속 먹는다. 카레빵과 사과 한 개가 통째로 들어간 도쿄링고란 빵이다. 못마땅하다. 조금만 참으면 맛있게 저녁을 먹을 수 있을 텐데. 예감 적중. 마누라와 딸내민 배불러 밥 못 먹겠단다. 그냥 집에 가잔다. 울화가 치민다. 자느라고 점심도 못 먹었다. 여자들은 안 그런 척하면서도 실은 참 이기적이다.

택시 타러 길을 건너는데 초승달이 신사역 주변을 은은히 밝히고 있다. 예쁘다. 우리 딸 손톱처럼 참 곱다. 택시에 앉으니 배고프고, 아이고 힘들다. 그렇지만 즐거운 하루였다. 인생 뭐 있나. 가족끼리 오손도손 모여 밥이나 실컷 먹는 게 최고 아닌가. 저녁은 집에 가서 맘껏 먹자. 문득 나훈아의 〈찻집의 고독〉이란 노래가 생각난다.

"그 다방에 들어설 때에 / 내 가슴은 뛰고 있었지 / 기다리는 그 순간만은 / 꿈길처럼 감미로웠다~"

그런데 나훈아는 어디서 뭐하고 있지? 모르겠다. 알아서 잘 있
겠지. 어쨌거나 더워서, 다리 아파서 우리 가족 모두는 헬렐레다.
헬렐레!

낭만과 예술이 흐르던 그곳에
건배를

1975년 여름. 중학교 3년생인 나는 방학을 맞아 친구 오성식, 김명국과 함께 서해안의 섬 덕적도로 여행을 갔다. 스스로 떠난 최초의 여행이었다. 바다도 처음 봤다. 바닷가에서 텐트 치고 밥도 해 먹고 파도 소리와 함께 잠을 자며 여행의 즐거움을 만끽했다. 그때 바로 옆 텐트엔 서울서 온 누나들이 있었다. 비교적 예뻤고 더군다나 그쪽도 우리와 똑같이 세 명이었다. 당시로서는 굉장히 야한 비키니 수영복을 입고 있어서 우린 무척이나 부끄러웠다. 누나들은 그런 차림으로 우리와 백사장에서 공놀이도 하고 밥도 같이 해 먹고 수영도 했다. 때론 물속에서 갑자기 솟구치면 누나들의 가슴만 살짝 가린 수영복이 속절없이 흘러내렸다. 젊은 여자의 가슴을 처음 봤고 바다가 참 고마웠다.

누나들은 모두 서울 명동에서 직장 생활을 했다. 둘은 미도파 백화점에서, 한 명은 '톰보이'라는 여성 의류 매장에서 일했다. 톰보이에서 일하는 누나가 제일 예뻤다. 서울에 와서 우리는 사진 교환을 핑계로 누나들을 몇 번이나 만났다. 명동따로국밥집과 명동교자가 있는 먹자골목에는 월남 국숫집이 있었다. 요즘의 베트남 쌀국수와는 전혀 달랐다. 막 월남전쟁이 끝난 직후였다. 동그란 면이 고무줄처럼 쫄깃쫄깃했는데 그 신기한 국수를 먹고 로얄호텔 건너에 있는 탁구장에서 탁구를 치기도 했다.

2년 전 사라예보 세계탁구선수권 대회에서 우리 여자선수들이 중공을 꺾고 역사상 처음으로 세계대회 우승을 했다. 귀국 때 카퍼레이드도 하고 온 나라가 들썩거렸다. 그 때문에 탁구 붐이 일어 전국에 탁구장이 갑자기 많이 생겼다. 우리 할머니도 부랴부랴 면목동에 탁구장을 만들었다. 거기서 나는 혼자 오는 사람을 위해 같이 쳐주는 아르바이트를 하다가 진짜 탁구선수가 되어 2년여간 운동선수 생활을 하기도 했다.

누나들과 제과점도 갔다. 1970년대 중반까지만 해도 중고생들이 보호자 없이 친구들끼리만 빵집에 갔다가 교외단속 선생님께

걸리면 정학을 받기도 했다. 빵집을 '후랏빠'라고 하는 불량 학생들의 온상처럼 여겼기 때문이다.

덕적도에서 만난 세 명의 예쁜 누나들 때문에 명동은 우리에게 달콤하고 두근거리는 낭만의 장소로 기억됐다. 누나들과 만날 명분을 찾지 못한 우리는 명동에 금단증세가 생겼다. 명동을 못 가면서 삶이 무기력해졌다. 공부도 운동도 관심이 없었다.

그즈음 가까운 친구 몇 명과 엉뚱하게도 갑자기 화투놀음에 빠졌다. 한 해 전 가을, 속리산으로 간 수학여행에서 화투를 배웠고 그중 '섰다'란 종목에 우린 심취했다. 화투패 두 장으로 땡이나 족보가 높으면 이기는 놀음이었다. 김명국, 오성식, 이천직, 소승호와 나는 학교 앞 윤영구의 빈집에서 거의 매일 섰다를 했다. 물론 돈을 걸고 했다. 친구 부모님이 돌아오시기 전 서둘러 판을 접고 그 돈으로 우리는 버스를 타고 명동으로 진출했다. 매일매일 초저녁마다 출근했다.

명동 어귀 미도파백화점과 코스모스백화점엔 정말 예쁜 액세서리나 학용품이 많았다. 서울에서도 변두리인 면목동, 그것도 용마산 꼭대기에 있던 면목중학교에 다니는 촌뜨기들로서는 모든 게 황홀했다. 그러나 고입 연합고사가 다가오고 내 성적으론 인문계 주간은 못 가고 야간 정도를 겨우 갈 수 있다는 담임선생님의 진

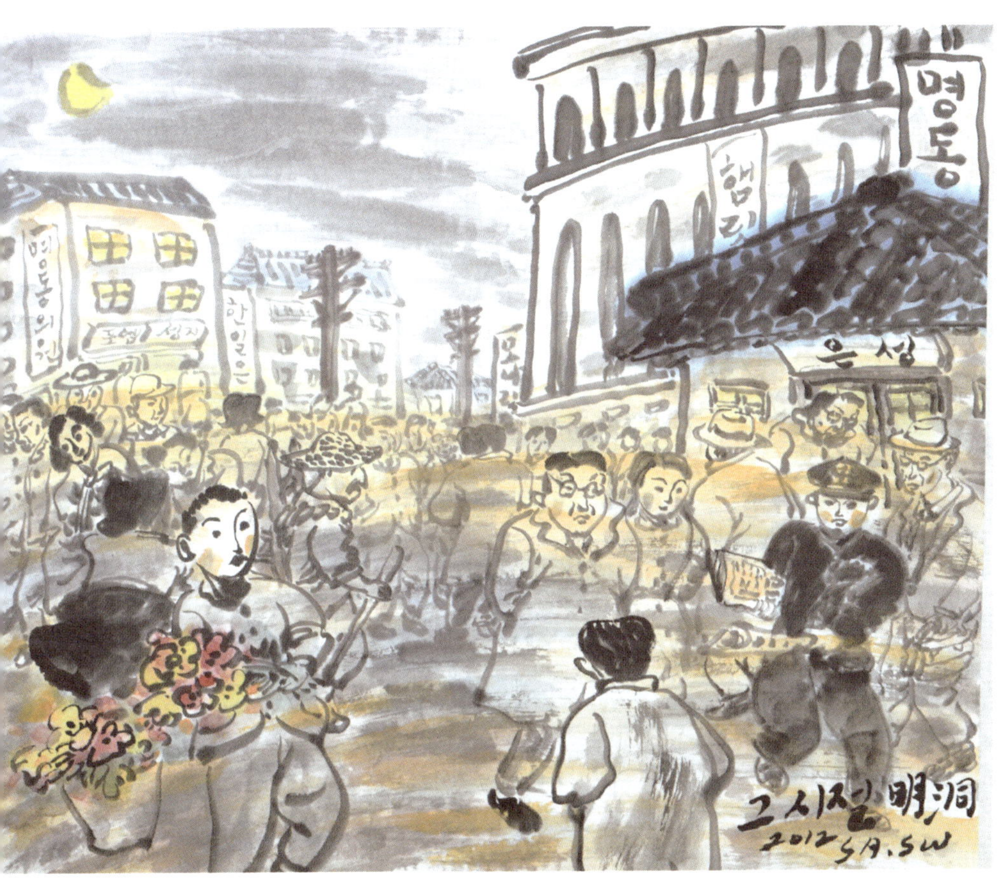

명동
함리
은성
명동의음
호설 성지
한일은
포서리
그시절 明洞
2012 SA.SW

학평가가 있었다. 70명 중 35등쯤의 성적이었다. 대학은 하도 많이 떨어지니 그래도 괜찮지만 고입 연합고사에 떨어지면 큰 창피였기에 명동 기행도 끝장났다. 좋은 시절이 지나간 것이다.

1960년대 서울선 웬만큼 사는 집에는 가정부가 있었다. 식모라고 불렀다. 몇 해 전 TV에서 방영한 〈내 이름은 김삼순〉이란 드라마가 있었는데 예전엔 삼순이란 일반적으로 식순이, 차순이, 공순이를 지칭하는 좋지 못한 단어였다. 우리 집에도 식모 누나가 있었다. 순덕이 누나였다. 코가 크고 명랑한 성격이었다. 나보다 대여섯 살 정도 많았다. 우린 사이좋게 지냈다.

나는 집에서 병아리 기르기를 좋아했다. 그런데 그 병아리란 놈들은 모이를 많이 주면 배가 불러도 계속 먹는다. 그러면 모이주머니가 털 바깥으로 불쑥 튀어나오고 곧 터져 죽을 것같이 보인다. 순덕이 누나와 나는 병아리 수술을 했다. 튀어나온 모이주머니를 면도칼로 베어서 내용물을 빼고 가는 실로 꿰매는 것이다. 그런데 그러면 병아리는 바로 죽었다. 우리들의 수술은 한 번도 성공하지 못했다.

순덕이 누나에게겐 한 달에 한 번 외출이 허락됐는데 그날이면 누난 꼭 명동에 갔다. 있는 대로 멋을 냈고 때론 고모들 옷을 빌려 입고 나가기도 했다. 돈이 없으니 뭘 사는 건 아니었다. 그냥 하루 종일 명동의 의상실 쇼윈도에 걸린 옷들을 보거나 백화점을 쏘다니다 돌아왔다. 명동은 서울의 서울이었다. 모든 유행은 명동에서 탄생했다. 1960년대나 1970년대 중반까지만 해도 명동과 그 주변 말고는 갈 만한 번화가가 거의 없었다. 종로의 화신백화점이나 신신백화점 근방이나 갈까. 아직 강남은 개발 전이라 논밭이나 과수원이 많았다. 식모살이로 갖은 고생을 해도 휘황찬란한 명동을 한 달에 한 번 본다는 것만으로도 누나는 충분한 보상을 받는 것이라 여겼던 것 같다. 명동은 서울의 모든 식모 누나들에게 무지개 핀 꽃동산이었다.

성당 앞 로얄호텔에선 결혼식도 할 수 있었다. 호화결혼식인 셈인데 둘째 고모도 거기서 결혼식을 올리고 유네스코 쪽으로 내려와서 한일관 갈비탕으로 하객들을 대접했다. 그날 비가 굉장히 많이 왔다. 결혼식 날 비가 오면 잘산다는 속설처럼 고모는 고모부랑 아주 다복하게 잘살고 계셨었다. 그런데 얼마 전 고모부께서 갑자기 암으로 돌아가셨다는 믿지 못할 전갈을 받았다. 말문이 막혔다. 속설은 속설일 뿐이었나 보다. 음대 작곡과에 다니던 막내 고모를 위해 명동 대한음악사로 악보 사 오는 심부름을 자청하기도 했다. 즐거운 나들이였다.

대연각호텔 화재로 명동이 어수선하다가 1970년대 말 반도호텔 자리에 눈이 번쩍 뜨일 만한 최고급 호텔이 들어섰다. 롯데호텔이었다. 1979년 1월 나는 서울미대 입학시험에 낙방했다. 부모님이 나를 위로해주신다며 명동 사보이호텔 앞에서 전기구이 통닭으로 외식을 했고 롯데호텔 로비에 있는 그릴에서 아이스크림을 사 주셨다. 너무 비싸 하나만 주문해서 셋이 나눠 먹었다. 크리스털 유리그릇에 아주 부드러운 크림색 아이스크림이 탑처럼 높게 쌓여 있고 각종 열대과일이 얹혀 있었다. 예쁜 우산도 꽂혀 있었다. 그런 아이스크림은 먹은 적도 없을뿐더러 본 적도 없었다. 호텔 상점의 진열장엔 이태리 신사화가 놓여 있었는데 가격이 12만 원이었다. 아버지는 저렇게 비싼 구두를 어떻게 길바닥에서 신고 다닐 수 있겠느냐며 놀라워하셨다. 그 당시 국립대학 한 학기 등록금이 그쯤 했다.

1980년대 초반까지만 해도 연극이 명동에서 사라지진 않았다. 삼일로창고극장에서 추송웅이란 배우가 열연하는 〈빨간 피터의 고백〉이란 모노드라마가 화제였다. 그는 '살롱 떼아뜨르 추'라는 소극장도 명동에 열었다. 그러나 그가 1985년 44세로 사망하면서 명동에서 연극은 사라졌다.

어머니는 화가가 꿈인 내 걱정을 많이 하셨다. 어느 날엔 TV를 보며 울고 계셨는데 화가 이중섭의 애절한 삶을 그린 연극이었다.

석원이가 저렇게 힘들게 살면 안 되는데 하며 우시는 것이었다. 지금은 국민화가로 칭송받고 있는 이중섭은 1955년 명동 미도파화랑에서 처음이자 마지막인 정식 개인전을 열었다. 전시된 작품 45점 중에 26점이나 예약되는 드문 성황을 이뤘다. 그러나 예약된 작품은 영원한 예약으로 그친 게 허다했다. 과시욕과 허영으로 믿지 못할 예약을 남발한 것이다. 중섭은 순진하게도 성공을 확신하고 신세 갚는다며 외상으로 매일 명동에서 친구들과 비싼 술을 마셨다.

전시 후 중섭은 파산에 이르렀고 가족에 대한 그리움과 궁핍에 괴로운 나날을 보내다가 이듬해 적십자병원에서 무연고자 신분으로 쓸쓸히 혼자 숨을 거뒀다. 그의 나이 40세였고 어쩌면 고흐보다도 더 비극적인 삶이었다.

현재 공사 중인 명동 중국대사관은 원래 자유중국대사관이었다. 1970년대엔 대만을 '자유중국', 중국은 '중공'이라 불렀다. 1976년 말 고등학생이었던 나는 교복을 입고 자유중국대사관의 굳게 닫힌 웅장한 문을 두드렸다. 유학을 가기 위해서였다. 대학생들과 화실에서 같이 그림을 그리면서 내가 훨씬 잘 그리는 것 같은 착각을 했고 교만은 나날이 심해졌다. 그러니 한국에선 더 배울게 없다고 생각해 자유중국으로 유학을 가려 했다. 하지만 그때만 해도 조기유학은 불가능. 군대를 갔다 오고 대학을 마친 후 다시 오라는 설명을 듣고는 힘없이 돌아설 수밖에 없었다.

동국대학교 미술학과에 입학했다. 교양학부 강의를 담당하던 교수 중엔 국보급 문인들이 재직하고 있거나 거쳐 가셨다. 양주동 박사나 미당 서정주 시인도 계셨다. 내가 입학하던 해 미당 선생은 정년퇴임했다.

그분은 학생들과 고고장 가는 걸 좋아하셨다. 명동 마이하우스라는 고고장까지는 학교에서 불과 두 정거장. 명동 가는 버스 안에서 머리 땋은 여학생을 보면 예쁘다며 조물조물 막 만지기도 하셨다. 그러면 여학생은 낯선 할아버지가 막무가내로 자기 머리를 만지니까 혼비백산하고. 그땐 나이트클럽을 '고고장'이라고 불렀다. 코파카바나, 바나나클럽, 로젠켈러, 우산속, 마패 등이 서울의 유명 고고장이었다.

1981년 명동 코리아극장에서 임권택 감독의 명작 〈만다라〉를 봤다. 흰 눈이 쌓여 있는 겨울 풍경이 끝없이 이어지는 황량한 대지. 광대한 자연 속에서 삶의 길을 찾으려 고뇌하는 스님들. 뭔가에 얻어맞은 듯 대학생인 나는 큰 충격을 받았다. 짜릿하면서도 저려오는 가슴을 붙잡고 간 곳은 명동의 음악 감상실 '필하모니'. 홀로 의자에 깊숙이 몸을 파묻은 채 말러 교향곡과 브루크너의 현란한 협주곡을 들으며 인생이 뭔지, 어떻게 살아야 하는지, 뭐가 예술인지를 곱씹기도 했다.

지금은 2012년 8월. 연일 35도가 넘는 무더위다. 나는 환갑이 거의 다 된 명동따로국밥집에서 국밥과 막걸리 한 통으로 궁상맞게 홀로 늦은 점심을 하고 있다. 에어컨이 잘 안 돌아가 등줄기에 땀이 밴다. 마치 30년 전이나 40년 전의 냉방기 없는 시절의 여름으로 돌아간 것 같다. 뒷좌석에선 일본인 관광객들이 모둠전에 맥주를 마신다.

시인 박인환과 이진섭이 즉석에서 시를 짓고 작곡을 하고 임만섭이 노래한 명동상송 〈세월이 가면〉이 탄생했던 빈대떡집이 명동에서 사라진 지는 아주 오래전이다. 박수근, 김수영, 전혜린, 이봉구, 변영로, 손응성, 천경자 등 당대의 멋쟁이 예술가들이 끝까지 수호하려 했던 최불암 씨의 어머니가 주인인 주점 은성도 지금은 터만 남아 있을 뿐이다.

명동은 온통 공사 중이다. 커피숍이나 화장품 가게로 변신 중이다. 명동성당마저도 공사 장비를 가득 실은 트럭들로 북새통이다. 행인들은 태반이 외국 관광객들이고 점원은 낯선 외국어로 손님을 잡아끈다. 이제 명동은 그 시절 명동이 아니다. 낡은 건물에 허름한 옷차림의 행인들, 꽃 파는 소년, 호외를 돌리는 고학생, 그리고 무엇보다도 예술가들로 북적거렸던 주점과 다방들. 이젠 그런 건 명동에 남아 있지 않다.

다시는 예전 명동은 볼 수 없다. 나는 내가 봤던, 또 그보다 훨씬 전 인간의 냄새와 예술의 향기가 진동했던 명동을 그리며 쓸쓸히 막걸리를 장마처럼 잔에 쏟아붓는다. 허공에 건배다. 추억에 건배다. 잘 가거라, 안녕 명동이여!

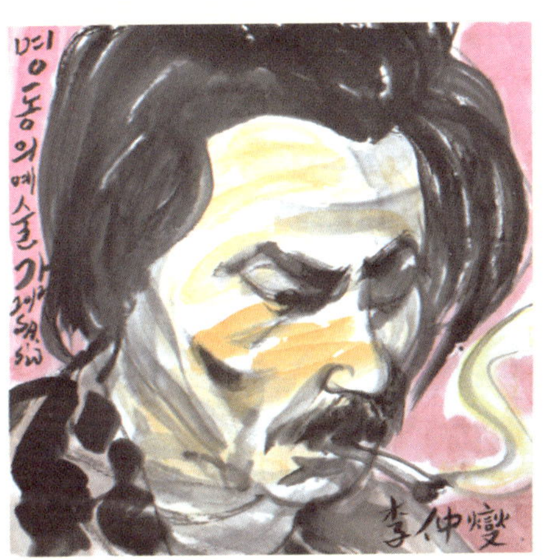

민중의 예술가
李仲燮

고수들이 모이는 문화의 거리

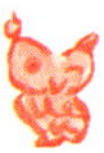

동숭동 공락춘 2층 방에서 선배가 약혼을 했다. 고등학생인 우리는 짜장면을, 선배들은 짬뽕 안주에 배갈(고량주)을 마셨다. 신부에게 준 예물은 곰 인형. 형수는 참 예뻤다. 가난했지만 아름다운 약혼식으로 기억된다. 1976년 동숭동 소방서 옆 성베다교회는 대광고와 숙명여고가 주축인 한빛모임의 집회 장소였고 나는 한빛 19기 회원이었다. 그곳은 아직 대학로라 불리기 전이었으며 바로 전해인 1975년, 서울대가 관악으로 이사했다. 대학로란 명칭은 1985년에 이르러서야 본격적으로 불린다. 당시 동숭동을 대표하는 두 곳의 중국집이 있었다. 공락춘과 진아춘. 서울대가 있던 시절, 법대와 문리대는 두 중국집을 자기들만의 아지트처럼 각각 점령했다.

우린 공락춘파였다. 소방서를 바라보면 왼편에 있었으나 지금은 공락춘도, 성베다교회도 모두 동숭동에서 사라졌다. 진아춘은 대로를 떠나 골목으로 숨었고, 서울대의 이사는 동숭동에 많은 변화를 가져왔다. 대학로는 점차 유흥 지역으로 바뀌었다. 할아버지 해장국집이나 화방의 대명사였던 아폴로 화방 같은 터줏대감들이 동숭동에서 자취를 감췄다.

1985년 시인이면서 당시 문예진흥원장이었던 정한모 선생의 건의에 따라 대학로란 명칭이 정식으로 부여됐다. 낙타 등처럼 생긴 낙산 아래 종로5가에서 혜화동 로터리에 이르는 쭉 뻗은 길을 따라 문화예술 거리가 조성된 것이다. 그러나 서울대가 있던 시절의 건물이 몇 개는 남아 있으나 예전의 고즈넉한 풍경은 이젠 찾기 힘들다.

그래도 다행스럽다고 할까, 1956년에 개업한 학림다방이 아직 그대로 있다. 물론 지하철 공사로 건물의 모습은 다소 변했지만 다락방이며 진한 원두커피의 맛은 그대로다.

학림의 창문을 통해 바깥을 바라보면 풍경이 늘 가을 같다. 그것은 아마도 길 건너에 있는 흥사단과 샘터사 외벽의 붉은 벽돌색이

옛날에는 속세를 멀리하고 인생을
유유자적하는 은둔고수가 있었다면
현대에는 변화된 21세기형 고수들이 있다.
그들은 적극적으로 인간들의 세계에
뛰어들어 희로애락을 공유하며 치열하게
경제 활동도 하지만 '자유'와 '꿈'을
늘 가슴속에 새기고 있다.

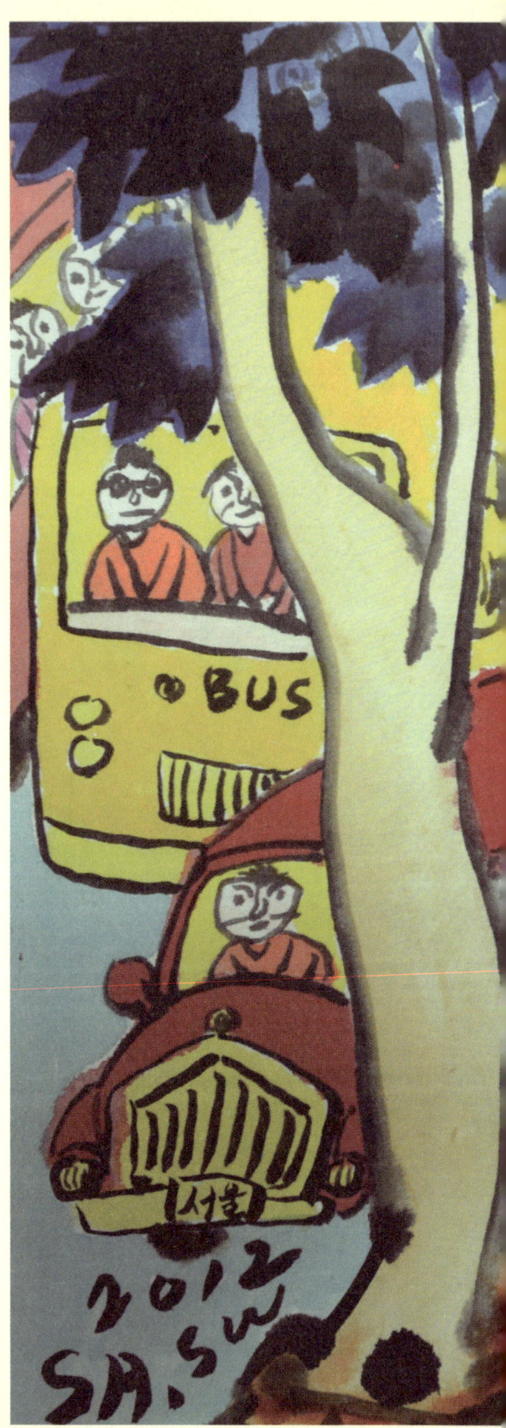

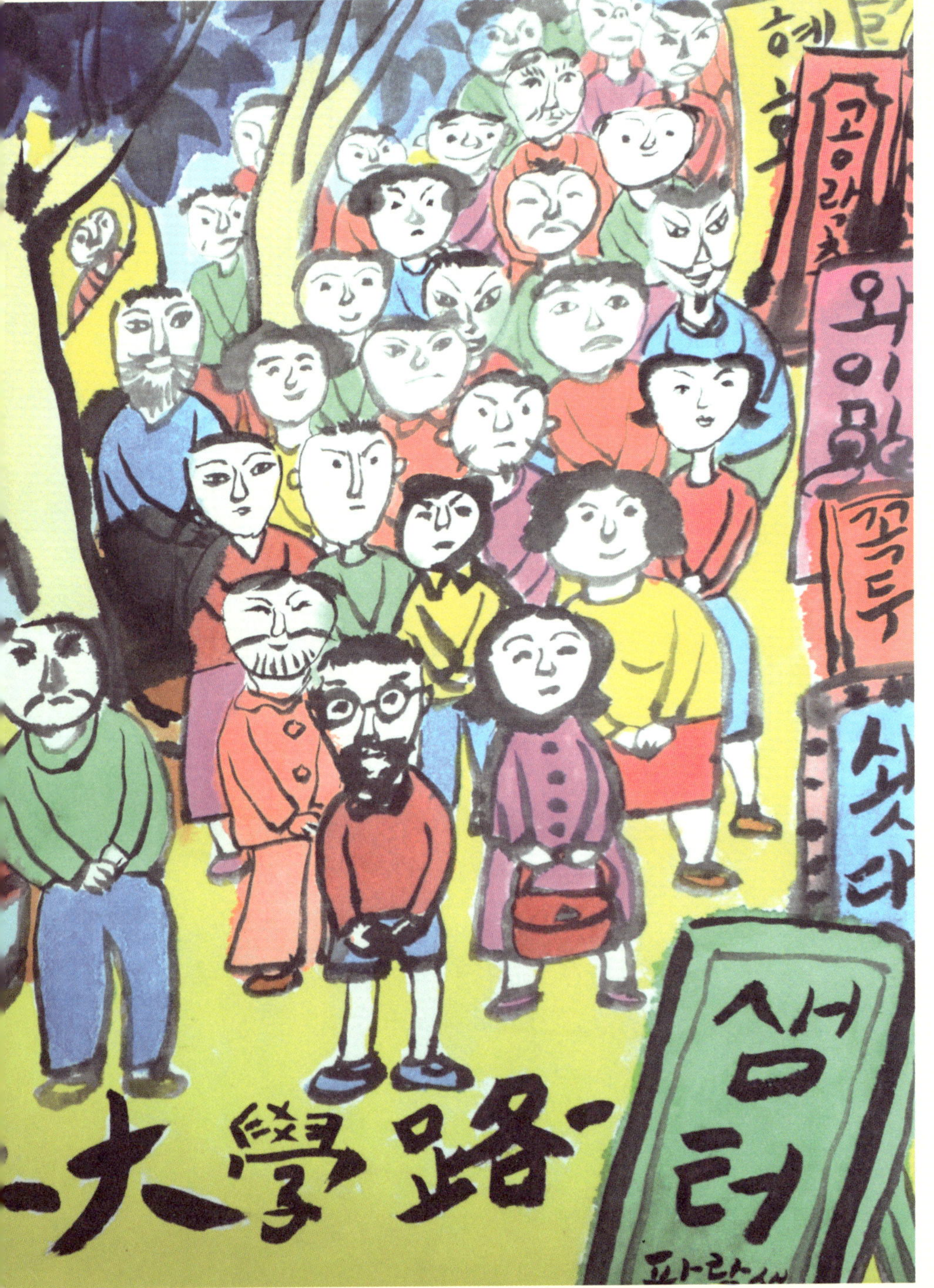
大學路
혜화
공아공
와이쯔
꼭두
썼디
섬터
파란싀

늦가을 단풍색을 닮은 까닭도 있을 것 같다. 다방에선 여전히 LP판 고전음악이 따스한 소리로 잔잔히 들려온다. 참으로 커피향과 잘 어울린다. 2012년의 강남 스타일이나 세련된 느낌과는 거리가 멀다. 1960년대나 1970년대로 시간 이동을 한 듯하다. 1960년대의 남루한 모더니즘이나 낭만주의 또는 1970년대의 저항주의 어딘가에서 서성거리고 있다는 다방 입구의 글귀가 공감된다.

"학림은 지금 매끄럽고 반들반들한 '현재'의 시간 위에 '과거'를 끊임없이 되살려 붙잡아 매두려는 위태로운 게임을 하고 있다."
(황동일)

대학로 서울대병원을 지날 때마다 착잡하다. 평생 절친의 딸이 고등학생이란 어린 나이로 힘들게 투병한 적이 있다. 소녀의 병명은 백혈병. 혈액암이다. 혈액암 병실은 아무런 장식도 없다. 그야말로 살벌함까지 느끼게 하는 하얀 콘크리트 상자. 나는 시집갈 때 주려고 한 선물을 미리 준다며 화사하게 그린 종이 그림 몇 점을 벽에 테이프로 붙여 장식해주었다. 혈액암 병실은 분진 때문에 벽에 못을 박을 수 없다. 위안을 주고 싶었다. 그러나 소녀는 그냥 속절없이 떠났다. 장례가 치러질 때 슬픔을 억누르고 조문객을 받던 친구의 모습이 통곡보다 오히려 더 슬퍼 보였다.

어쩌면 대학로가 그래도 옛 향수를 느끼게 하면서도 새로운 문화의 태동을 기대하게끔 보이는 것은 샘터 사옥이 있기 때문이 아닐까. 현대의 소비 문화를 적나라하게 보여주는 어지러운 상가들과 다소 고리타분하고 음침해 보이는 문화예술진흥원이나 서울대병원의 옛 병동 같은 과거의 유물 속에서 절묘하게 균형을 맞춰주는 듯 보인다. 샘터는 본래 서울대 도서관 자리. 그 앞으론 개천도 흘렀고 일명 미라보다리도 있었다. 샘터 사옥은 고 김수근 선생의 작품. 선생의 명성답게 명작이다. 담쟁이가 건물 전체를 덮고 있어 운치를 더한다. 현재는 선생의 제자인 승효상 선생이 부분적으로 개축을 하고 있다.

승 선생은 대한민국을 대표하는 건축가다. 또한 대단한 술꾼이다. 지난 초여름에 열흘간 프랑스의 수도원들을 몇몇 지우와 함께 승 선생의 명강을 들으며 기행한 적이 있다. 선생의 놀라운 기억력에도 놀랐지만 소위 '승효상 폭탄주'라 일컫는 샴페인에 코냑을 부어 제조한 요상한 술을 누군가가 정신을 잃을 정도가 될 때까지 입에 부어대는 해괴한 주법 때문에 매일매일 밤이 고통스러웠고 또 행복했다. 밤은 천국, 아침은 지옥의 연속이었으니…… 유명 건축가는 어떤 집에 살까 궁금했다. 선생은 사무실 위 건물 옥상에 산단다. 역시 선생이 추구하는 비움의 미학과 상통하는 검박한 취향을 느낄 수 있었다. 선생의 사무실도 동숭동에 있다.

1970년에 창간한 《샘터》라는 잡지를 안 읽어본 이는 드물 터. 따뜻한 시선으로 건강한 사회를 위해 시대의 거울이 되어 40여 년간 한 길을 걸어온 소중한 월간지다. 그동안 《샘터》가 우리 사회에 끼친 영향은 참으로 대단했다.

그런데 난 《샘터》에 관한 안 좋은 기억이 있다. 《샘터》는 내가 초등학교 4학년 때 발간됐는데 나오자마자 인기가 대단했다. 작고 간편한 판형에다 한글 전용, 그리고 매회 넘쳐나는 훈훈하고 감동적인 읽을거리들이 어른들뿐만 아니라 우리 같은 아이들까지도 호기심이 발동했을 정도다. 어느 날 나는 비슷한 시기에 등장해 인기를 끌었던 《소년중앙》이란 잡지를 산다며 아버지께 돈을 탔다. 그전까진 《새소년》과 《어깨동무》란 어린이 잡지가 유명했지만 쌈박하면서도 화려한 《소년중앙》의 출현은 어린이들 세계에서 큰 파장을 일으켰다. 한데 다른 것도 사다 보니 《소년중앙》을 살 돈이 모자랐다. 그래서 대신에 값이 저렴한 샘터를 산 것. 어지간해서 화를 안 내는 아버지께서 나중에 이 사실을 아시곤 의외로 날 꾸짖으시는 게 아닌가. 정직하지 못하다며. 평생 아버지가 나에게 그렇게 화내셨던 적은 기억으로는 두 번 정도밖에 없었던 것 같다. 다른 한 번은 고교 입학원서를 작성할 때 나의 어처구니없던 성적에 놀라서였고. 하여튼 그때나 지금이나 《샘터》는 싸다. 현재는 2500원. 9월호를 펼쳐보니 짝사랑이 특집. 옛날 생각나게 만드는 단어다. 내 기억 속의 마지막 짝사랑은 언제였지. 짝사랑마저 없는 삶은 너무 메마른데……

샘터의 발행인 김재순 전 국회의장은 7선의 관록에다 네 차례나 서울대 총동창회장을 역임한 존경받는 명사였지만 1993년 '토사구팽(兎死狗烹)'이란 말을 남기고 정계를 떠났다. 사냥이 끝났으니 사냥개를 잡아먹는다. 역시 정치는 무섭다. 현재는 영식인 김성구 사장이 《샘터》를 발간하고 있다. 김 사장은 일찍 수염을 길렀다. 조선일보 기자 시절부터 그의 수염은 유명했다. 다듬지 않은 수염과 짧은 머리칼, 도수 높은 동그란 은테안경, 스포츠용 손목시계 그리고 여름이면 늘 반바지. 이쯤 되면 그가 어떤 사람이라는 것이 대략 짐작될 것 같고. 김 사장은 자유인이다. 당혹스러울 정도로 솔직 담백하다. 명망 높은 집안의 도련님이지만 대단히 소탈하고 순정마초적인 남자다. 일상에선 감동의 빈도가 아이 못지않다. 어린 왕자가 약간 불량스럽게 성장한 모습이라고나 할까. 토끼가 자랐는데 당나귀가 됐다. 그런데 당나귀가 뜯어볼수록 더욱 매력적이라는 것은 알 만한 사람은 다 안다. 그도 술이 세다. 티 안 내는 고수다.

그러고 보니 대학로엔 고수가 많다. 쇳대박물관의 최홍규 관장도 고수다. 박박 밀어버린 머리 스타일부터 심상치 않다. 최가철물점을 경영하면서 2003년 마로니에 공원 뒤편 골목에 독창적이면서 멋진 박물관을 건립했다. 쇳대라니, 참으로 기발 났다. 쇳대는 열쇠의 방언. 녹슨 철판으로 뒤덮인 독특한 건물은 승효상 선생이 설계하고 법정 스님이 간판의 글씨를 쓰셨다. 샘터 김성구 사장이 낭만적이고 따뜻한 맘씨의 문화전도사라면 쇳대 최홍규 관장은 문화검객 같다. 예리한 감각과 풍운아적인 존재감이 물씬하다. 만만치 않은 내공의 소유자다. 그런데 구멍이 있는 자물쇠가 음과 여성을, 열쇠는 양과 남성을 상징한다는 사실을 아실는지. 그래서인지 대체로 양을 추구하는 서양은 열쇠가 발달했고, 음의 동양은 자물쇠 몸통이 발달했다.

박물관에 소장된 조선시대의 ㄷ자형 자물통들을 보노라면 마치 현대의 조각품을 보듯이 군더더기가 없고 세련돼서 놀랍다. 입구에서 기념품으로 판매하는 1만 원짜리 엿장수 가위가 모습은 투박한 게 앙증맞으면서 의외로 잘 들어 두 개나 샀다. 최 관장도 술이 세다. 같이 마셨다가 혼났다. 기억이 끊겼다. 대학로는 터가 이상하다. 예전엔 이곳 어딘가에 양조장이 있었을 것 같다. 그때 흘린 술들이 땅속에 숨어 아직 안 마르고 있는 것 같은 의심이 든다.

또 한 명의 대학로 고수를 소개하고 싶다. 꼭두박물관 김옥랑 관장이다. 여성이다. 꼭두는 인형을 대신한 말. 전통 상례에서 망자를 묘지까지 운반하기 위해 상여가 사용됐는데, 꼭두는 이 상여에 놓였던 나무 조각품이었고, 이미 이승에서 떠났지만 아직 저승에 도착하지 못한 망자를 위해 친구도 되고 수호자도 되고 하인도 되는 것이다. 세상에 있기도 하고 세상에 있지 않기도 하다. 마치 소풍 가는 아이처럼 꼭두의 모습이 씩씩하고 천진난만해 보이면서도 한편으론 슬픔과 눈물이 담겨 있기도 하다. 아! 이렇게 아름다울 수가. 이것이야말로 한국의 아름다움이다. 한국인의 해학과 원초적 정서가 그대로 담겨 있다.

아무도 꼭두에 관심을 갖지 않았을 때인 1970년대 초부터 김 관장은 꼭두를 수집했다. 그 수가 지금은 2만 점이 넘는다고 한다. 엄청난 집념이다. 일찍 남편과 사별하고 힘든 나날을 보내다가 무심코 찾아온 꼭두와의 인연이 인생을 바꿨다고 그녀는 고백한 적이 있다. 그로부터 40년. 김 관장의 꼭두 인생은 2년 전 동숭아트센터 안에 꼭두박물관을 건립하면서 결실을 맺었다. 전통의 현대적 재창조를 성실히 이행하듯 고전적이면서도 현대적인, 우리 것이면서도 세계적인 보물 같은 박물관을 구현했다. 상이라도 줘야 할 만큼 자랑스럽다. 그녀와 대면한 적은 없고 음주로 대작한 적은 더더욱 없다. 그런데 반년 전인가, 안국동 카페 아리랑에서 뒷좌석의 김 관장을 본 적이 있다. 나이보다 훨씬 젊어 보이고 아름다워 놀랐다. 그렇지만 왠지 술이 셀 것 같다. 조심해야겠다.

대학로 고수를 한 명 더 소개한다. 미스터피자 2층 구석에 처박혀 있는 와이미용실의 이강대 원장. 1970년대쯤의 미용실처럼 남루한 미용실. 그런데 여긴 늘 손님들로 바글바글. 30분, 1시간 기다리는 건 예사다. 최고의 가위손 이 원장 때문이다. 미용계의 고수다. 이곳의 커트 가격은 고작 9000원. 나는 단골이 된 지 10년 조금 넘었는데 맹세코 그동안 단 한 번도 다른 곳에다 머리를 맡긴 적이 없었다. 주로 지하철을 타고 오지만 가끔 택시를 타면 왕복 2만 6000원. 그래도 나는 줄기차게 여기만 온다. 왜냐면 좋으니깐, 실망시킨 적 없으니깐. 이 원장은 얼마 전 구파발 지나 삼송리 풍광 좋은 곳에 42평 신축 아파트도 장만했다고 자랑을 늘어놓는다. 그의 두 아들과 아내를 앉혀놓고 막걸리 한잔하는 것이 최고의 행복이란다.

옛날에는 속세를 멀리하고 인생을 유유자적하는 은둔고수가 있었다면 현대에는 변화된 21세기형 고수들이 있다. 그들은 적극적으로 인간들의 세계에 뛰어들어 희로애락을 공유하며 치열하게 경제 활동도 하지만 '자유'와 '꿈'을 늘 가슴속에 새기고 있다. 바람처럼 그물에도 걸리지 않는 자유로움과 소년 같은 마음으로 현실에서 일탈한 꿈을 꾸는 자가 진정한 현대판 고수다.

낙산의 터줏대감 김종선 대표 역시 현대판 고수다. 그는 옛골토성이라는 외식업체 대표이며 사누키 우동의 명인이자 이 나라에 처음으로 프랜차이즈를 도입했던 기업가지만 대학로에선 김종선 대장으로 그를 호칭한다. 왜냐면 김 대장은 여러 번 히말라야 원정대를 이끌고 그 모진 산들을 점령했기 때문이다. 히말라야뿐만 아니라 전 세계의 험난하기로 이름난 오지들은 직접 밟아봐야 직성이 풀리는 자유인이며 전문 여행가다.

또한 김 대장을 더욱 기이하게 생각하는 것은 10년 전부터 시작한 철갑상어 양식 때문이다. 세상의 가장 고급 음식 중 하나인 '캐비어'를 이 땅에서 생산하고야 말겠다는 엉뚱한 꿈에서 비롯된 철갑상어 양식은 황당하고 무모한 도전이었다. 전혀 경험과 여건이 갖춰지지 않은 상태에서 무작정 철갑상어 치어를 들여와 갖은 고생을 자초했다. 고생담은 꼬리에 꼬리를 문다.

어린 철갑상어들을 데리고 충청도, 강원도를 전전하다가 10년이 지난 지금은 경남 함양에 5만 평 규모의 찬란한 양식장을 갖추게 됐다. 꿈이 문턱까지 이루어진 것이다. 난 실제로 그곳까지 가서 확인했다. 10년간 대견스럽게 자란 철갑상어들이 양식장을 쉴 새 없이 헤엄치며 검은 황금알을 낳을 날만 기다리고 있는 것을……

"그이가 고수라고요?" 예쁜 소녀 같은 모습의 김 대장 부인은 환한 웃음을 지으며 이렇게 묻는다. "무슨……. 그 사람은 내 손바닥 안에 있어요. 그이가 고수라면 난 뭐죠?" 그녀에게 김 대장은 꿈 많은 어린아이였다. 꿈꾸는 고수기도 하고 바보 돈키호테기도 한 김 대장이 있어 우리 또한 행복하다.

2012년 9월의 일요일 오후. 샘터사에서 혜화동성당으로 슬슬 걸어가다 길가에 있는 김광균의 시비(詩碑)를 봤다.

"머언곳에 여인의 옷 벗는 소리."

〈설야〉의 한 구절. 참 좋다. 고등학교 국어시간에 이 시구절의 장면을 상상하며 흐뭇해하던 때가 아른거린다. 매주 일요일 혜화동성당 앞은 필리핀 장터. 빼곡히 들어선 필리핀 노점상마다 웃음꽃이 핀다. "남는 게 너무 없어요. 나도 먹고살아야지요." 익숙한 한국말이 정겹다. 모두들 행복해 죽겠다는 표정이다. 뭐가 저리도 좋을까. 낙천주의의 종결자들이다. 그래 좋다. 나도 '마부하이(Mabuhay)'다. '안녕하세요'란 필리핀 말이란다. 내 얼굴도 덩달아 행복해 죽을 것 같은 표정이 됐다. 이 오빤 필리핀 스타일이다!

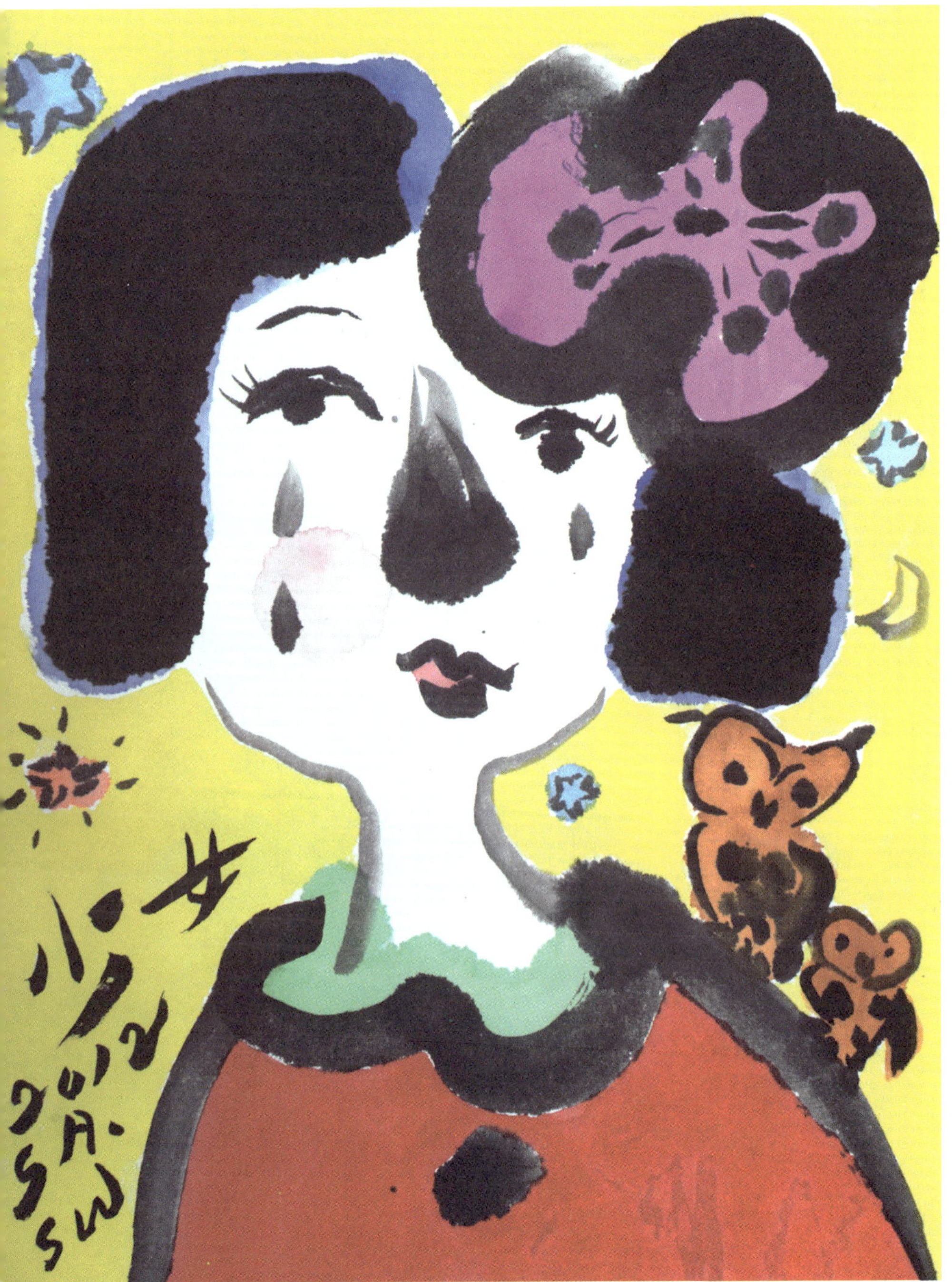
ハ
ン
ジ
つ
り
あ
さ
い

세상의 시름을 껴안은 모두의 낙원

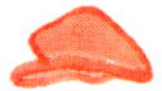

1984년 10월 하순의 늦은 밤. 인사동 네거리에서 택시를 잡고 있었다. 빈 택시는 어려울 것 같고 합승택시라도 잡으려고 "장안동, 장안동" 하며 열심히 외쳐댔다. 나는 대학을 마치고 장안동의 아홉 평 반짜리 시영아파트에서 매달 9만 원씩 내는 월세를 살고 있었다. 그렇게 한참을 택시를 기다리고 서 있는데 저만치에서 택시를 잡던 여인 두 명이 내게 다가오는 것이다. 가까이서 보니 아주머니와 젊은 아가씨. 아주머니가 조심스럽게 말을 건넨다.

"장안동 가세요? 초면에 죄송하지만, 이 아가씨도 장안동 가는데 같이 가주시면 안 될까요? 아가씨만 보내야 되는데 여자 혼자

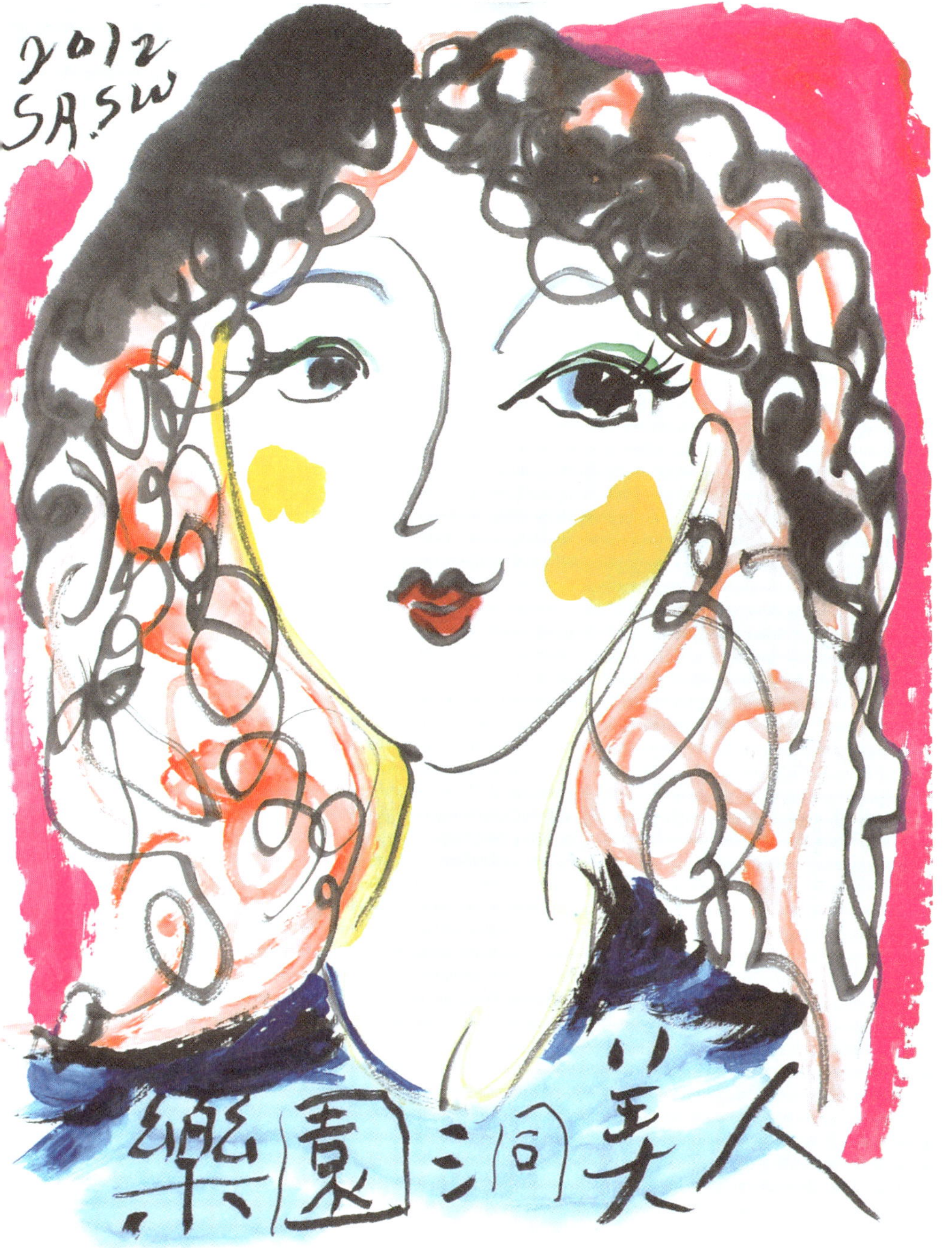

2012
SA.SW
樂園洞美人

택시 타기가……."

젊은 아가씨는 보기 드문 미인이었다. 어두컴컴했던 인사동 네거리가 훤히 밝아지는 것 같았다.

"아, 예 예 그러지요." 마지못해 응하는 척했지만 속으로는 '살다 보니 이런 횡재도 있구나'라는 생각이 들었다. 그렇게 우리 둘은 택시를 타고 장안동까지 갔다. 그 아가씨 역시 나와 같은 장안동 뚝방 옆 시영아파트에 살고 있는 게 아닌가. 참 묘한 인연이다. 택시 안에서 몇 마디 대화를 나누며 자세히 봤다. 모습뿐만 아니라 말투며 태도가 참으로 여성스러우면서 아름다웠다. 아마도 1984년 그해를 통틀어 내가 본 가장 아름다운 미인이라 해도 좋을 듯싶었다. 도착해서 몇 걸음 나란히 걸어가는데 택시비를 내주셨으니 자신이 술 한잔 사겠노라고 그녀가 청을 한다. 왜 아니 되겠느냐! 오늘은 참으로 운수대통한 날이다.

그 당시 장안동 시영아파트 주변엔 '오돌뼈'며 돼지곱창을 돌판에 구워 먹는 실내 포장마차가 많았다. 한 달 전 나는 이곳 장안동의 포장마차에서 연탄불에 안주를 굽고 있는 아낙네와 술 취한 주객을 소재로 그린 수묵담채화로 1984년도 대한민국미술대전에서 대상을 수상했었다. 그래서 받은 상금 800만 원으로 유학을 떠날 예정이었다. 그녀는 놀랍게도 낙원동에 있는 유명한 요정 '명월관'

의 가수. 낙원동 명월관이나 오진암은 술꾼이라면 꼭 가보고 싶은 '화류계의 성지' 같은 곳. 자신은 스탠더드 풍의 팝이나 가요를 주로 불렀지만 가수로서 이름을 날리진 못하고 줄곧 명월관에서 주객들을 상대로 노래를 하다가 오늘 그곳을 그만두었다고 한다. 도쿄 신주쿠에 있는 '유리'라는 주점의 가수로 취업이 되어 며칠 후엔 일본으로 떠나기 때문이란다.

그녀의 가수인생은 고달팠다. 애틋한 얘기들을 듣다 보니 술이 마냥 들어갔다. 그런데 그녀는 대단한 주당. 실내 포장마차의 소주를 둘이서 예닐곱 병쯤은 마셨던 것 같다. 그런데도 흔들림이 없다. 나만 죽게 생겼다. 마침 그녀도 한 달 전 나의 미술대전 수상 그림을 TV에서 봤었다고 한다. 생활 속에서 흔히 볼 수 있는 모습을 소재로 저런 그림을 그렸다는 것에 적지 않게 감명받았다고 들뜬 목소리로 얘기해주었다. 나를 보는 눈빛이 달라졌다. 모든 상황은 좋았지만 이를 어쩌나 나의 주력(酒力)이 달린다. 이제 곧 동이 틀 텐데……. 큰일이다. 오늘 아침에는 엄격한 기독교 학교인 나의 모교 대광고등학교에 가서 전교생과 선생님들 그리고 고명하신 초빙 인사들을 모시고 그해의 '모교를 빛낸 동문 상'을 받기로 예정돼 있었던 것이다. 존경하는 한경직 이사장님과 이사 중의 한 분이셨던 새문안교회 강신명 목사님의 얼굴이 아른거렸다. 하필이면 오늘 같은 날……. 안타깝도다. 이러지도 못하고 저러지도 못하다가 할 수 없이 못내 아쉬운 작별을 했다. 그녀는 내게 당부했다. 신주쿠에 오시면 꼭 '유리'에 들러달라고. 유명한 곳이기 때문에 찾기가 쉬울 거라며 몇 번이나 당부했다. 그리고 그녀와 헤어졌다. 휘적휘적 아쉬운 발걸음으로 집에 갔다. 그날 모교에서의 엄숙한 행사는 내 몸에서 뿜어 나오는 술 냄새 때문에 참으로 송구스러웠고 곤혹스러웠다. 그로부터 얼마 후 거짓말같이 정말 나는 신주쿠에 갈 수 있었지만 일본어를 전혀 못하는 내가 그곳에서 '유리'란 술집을 찾는다는 것은 한강 백사장에서 잃어버린 반지 찾는 것처럼 어렵게 느껴졌다. 낙원동 '명월관의 여가수', 좋았기도 하고 아쉬웠던 추억이었다.

2012년 가을, 그때를 회상하며 오래간만에 가본 낙원동. 명월관은 없어진 지 이미 오래고 지금 그 자리엔 한국사이버대학이 들어서 있었다. 또 다른 유명 요정인 오진암도 3년 전 철거됐고 대형호텔을 신축 중이다. 그 요정 골목엔 아직 작은 요정이 남아 있었다. 요즘엔 가격이 어떻게 되냐고 요정의 직원에게 물어봤더니 밴드 부르면 대략 일인당 35만 원 정도란다. 밴드라는 얘기에 다시 그때의 명월관 여가수가 생각났다.

〈목마와 숙녀〉, 〈세월이 가면〉 등으로 유명한 모더니즘 시인 박인환은 광복이 되자 다니던 평양의전을 그만두고 낙원동 입구에 '마리서사'라는 서점을 열었다. 마리는 프랑스의 여류화가 마리 로랑생에서 따온 이름. 재스민이란 뜻도 있다. 그는 이 서점에서 만난 한 살 아래의 훤칠한 미인이었던 이정숙과 1948년 덕수궁에서 결혼식을 올리고 세종로 지금의 교보문고 뒤편에 있던 처가에서 신접살림을 시작했다. 술 좋아하고 친구 좋아하던 시인 박인환은 시인 이상(李箱)의 기일(忌日)을 맞아 문우(文友)들과 내리 사흘을 술 마시다 1956년 3월 20일 31세의 나이로 별세한다. 심장마비였다.

홀로 남은 시인의 젊은 아내는 박인환이 즐겨 다니던 명동에서 험한 일을 해야 할 만큼 어렵게 살았다. 혼자 힘으로 2남 1녀를 길러야만 했다. 누구도 손가락질할 수 없는 서글픈 인생이었다.

낙원동 악기상가는 참 묘한 곳이다. 낙원상가 2, 3층엔 꽉 들어찬 각종 악기들이 사람처럼 손님을 반기고 있었는데 악기를 전혀 못 다루는 나에게도 마치 '삐끼'처럼 호객행위를 하는 것 같다. 그러니 진짜 음악인들은 어떨까. 몸이 뜨거워지고 이것저것 탐나는 시선으로 만져보고 연주해보고 싶을 게 뻔하다. 이렇게 한곳에 200개 이상의 악기상가만 밀접해 있는 곳은 세계에서도 유례가 없단다.

악기상가 2층 복도를 지나는데 낯익은 남자가 드럼스틱을 들고 행복한 표정으로 지나간다. 러닝셔츠 차림의 그는 재즈드러머 류복성 선생. 71세로는 전혀 보이지 않는 청년 같은 모습이다. 얼마 전엔 그의 데뷔 55주년 콘서트가 있었다. 그야말로 한국의 재즈대가지만 정작 본인은 자신을 '재즈거지'라며 조소한다.

중·고등 학생시절 〈벤허〉, 〈십계〉 등을 단체관람했던 4층의 허리우드극장은 서울아트시네마로 새로 탄생했다.

낙원상가 입구는 온통 돼지국밥 집들이다. 광주집, 전주집, 충청도집, 강원도집……. 1985년 여름 이곳들 중 한 곳에서, 지금은 지하철 역장으로 일하는 중학 동창 이천직과 머리고기에 소주를 마시며 TV 속 여가수에 흠뻑 빠졌던 기억이 있다. 바로 글래머 가수 김추자가 잠시 컴백한 것이다.

1969년 신중현 작곡의 〈늦기 전에〉, 〈월남에서 돌아온 김상사〉 등으로 데뷔한 춘천여고 응원단장 출신의 김추자는 등장하자마자 그 당시 가창력, 미모, 댄스의 삼박자를 갖춘 펄시스터즈조차 단박에 능가할 만큼 섹시 가수로서 대단한 인기를 끌었지만 1971년 12월의 이른바 '김추자 소주병 난자사건'으로 가요계에 큰 파문을 일으켰다.

당시엔 어찌나 그녀의 노래와 춤이 충격적이었는지 김추자가 사실은 간첩이고 그의 손짓이 암호라는 등 온갖 희한한 소문이 나기도 했는데, 그녀는 〈님은 먼 곳에〉, 〈거짓말이야〉, 〈나뭇잎이 떨어져서〉 등의 불후의 명곡들을 남겼다. 오죽하면 '담배는 청자, 노래는 추자'라는 말이 유행어로 돌았을 정도로 당대 최고의 인기 여가수였다.

낙원상가 앞 순댓국집에서 여전히 풍만한 김추자에 흥분될 정도로 매료돼 진탕 술을 마신 덕으로 장염에 걸려 며칠 심하게 고생했었다.

중학생 시절 여름방학. 종로2가 경복학원에서 '기초영문법'을 수강하던 나는 수업을 빼먹고 대낮에 낙원동 파고다극장에서 영화를 봤다. 관람객이 거의 없는 썰렁한 극장 안. 온통 널려 있는 빈자리를 놔두고 양복 입은 아저씨가 하필 내 바로 옆자리에 앉는 것이다. 그것도 정중하게 인사를 하고 앉는다. 중학생인 내게 말이다. 그러고는 얼마 후 그 아저씨의 손이 내 허벅지 위로 슬그머니 들어오는 것이 아닌가. 기겁을 한 나는 얼른 일어나 다른 자리로 가서 앉았다. 그런데 이번엔 다른 아저씨가 또 내 옆에 앉는다. 결국 바로 극장을 떠났다. 그곳은 동성연애자들이 많이 애용하던 극장이었다.

심야엔 갈 곳 없는 이들이 밤늦도록 영화를 보기도 했다. 나와는 동갑인 〈입 속의 검은 잎〉의 시인 기형도가 1989년 뇌졸중으로 새벽에 숨진 채 발견된 곳도 파고다극장. 그때 그의 나이 스물아홉이었고 중앙일보 기자로 재직 중이었다. 술자리에서 기형도가 즐겨 부르던 〈2인의 척후병〉이란 노랫소리가 들려올 것만 같다. 지금 극장은 고시원과 식당, 마트, 노래주점으로 바뀌었다. 극장과 탑골공원 사이 길바닥엔 술 취한 노인이 대자로 누워 있다. 낙원동 골목마다엔 술 취한 노인들이 유독 많았다. 그들은 몹시 쓸쓸하거나 아니면 무언가에 잔뜩 화가 난 듯 보였다.

1991년 인사동 금호미술관에서 개인전을 하고 있는 중에 모택동 모자를 쓰고 누더기 같은 옷을 걸치고 큼직한 숄더백을 멘 요상한 모습의 스님이 찾아왔다. 전시된 그림을 보고는 "이 그림을 내가 그렸다고 하면 대단했을 텐데" 하며 전시 내내 매일 들르시는 것이다.

스님은 낙원동 여관에서 기거한다고 했다. 대어(大魚), 그리고 알아볼 수 없는 한자에다 내 이름을 적은 자신의 두툼한 화집도 갖다 주셨다. 그분이 걸레스님으로 알려진 '중광'. 1935년 제주 출생인 중광스님은 27세에 통도사에서 출가했지만 여러 가지 기행으로 파문을 당했다. 그는 열다섯 나이에 집에서 기르던 암탉한테

동정을 바쳤다고 고백하기도 했다. 그러고 보니 그가 그린 많은 동물들이 인간의 성기를 달고 있다. 자신의 성기에 붓을 매달고 그 붓에 먹을 묻혀 그림을 그리는 등 파격적 기행으로 유명하지만, 그의 그림은 얽매임이 없이 자유로웠다. 경계를 태연하게 넘나드는 경이로운 작품들이 많았다. 무아지경에서 일사천리로 그린 것 같았다. 그렇지만 제도권 미술계에선 중광의 작품을 저속하다며 평가절하했다. 자신들의 기득권을 지키려 한다는 의심이 들었다.

중광은 2000년 평창동 가나아트센터에서 이승에서의 마지막 개인전을 열었다. 전시 제목은 '괜히 왔다 간다'였다. 그리고 2년 후 입적했다.

'인연이 있어 괴롭고, 인연이 없어 괴롭고, 만나도 괴롭고, 헤어져도 괴로우니 인연이란 괴로움이 얽힌 그물인가?'

스님이 기거했을 낙원동 여관촌을 지나며 생전 중광의 말을 곱씹었다.

우리나라에서 제일 오래된 지하마트인 낙원시장은 변한 게 하나도 없었다. 세상의 시름들이 세월 따라 켜켜이 앉혀진 듯 무거운 분위기였다. 가슴이 답답해서 금방 나오고 말았다. 인사동 쪽으로 건너려고 떡집 앞 건널목에 서 있다. 파란 신호등이 켜져 저편으로 건너가면 낙원을 떠난다. 낙원! 모든 이들의 파라다이스란 뜻이 오히려 냉소적으로 느껴지는 것은 무엇 때문일까. 비가 오려는 듯 하늘이 끄물거린다. 나도 오늘 이곳에 괜히 왔다 간다.

내가 중이 되면 구름 바람도
걸림 없이 살 줄 알았는데…….
이제는 구름 바람이 다 가도
나는 나란 그물에 걸려
가지를 못하는구나.
땅과 하늘이 오입하다 들켜
짐보따리를 싼다.

(걸레스님 중광, 〈허튼 소리〉 중에서)

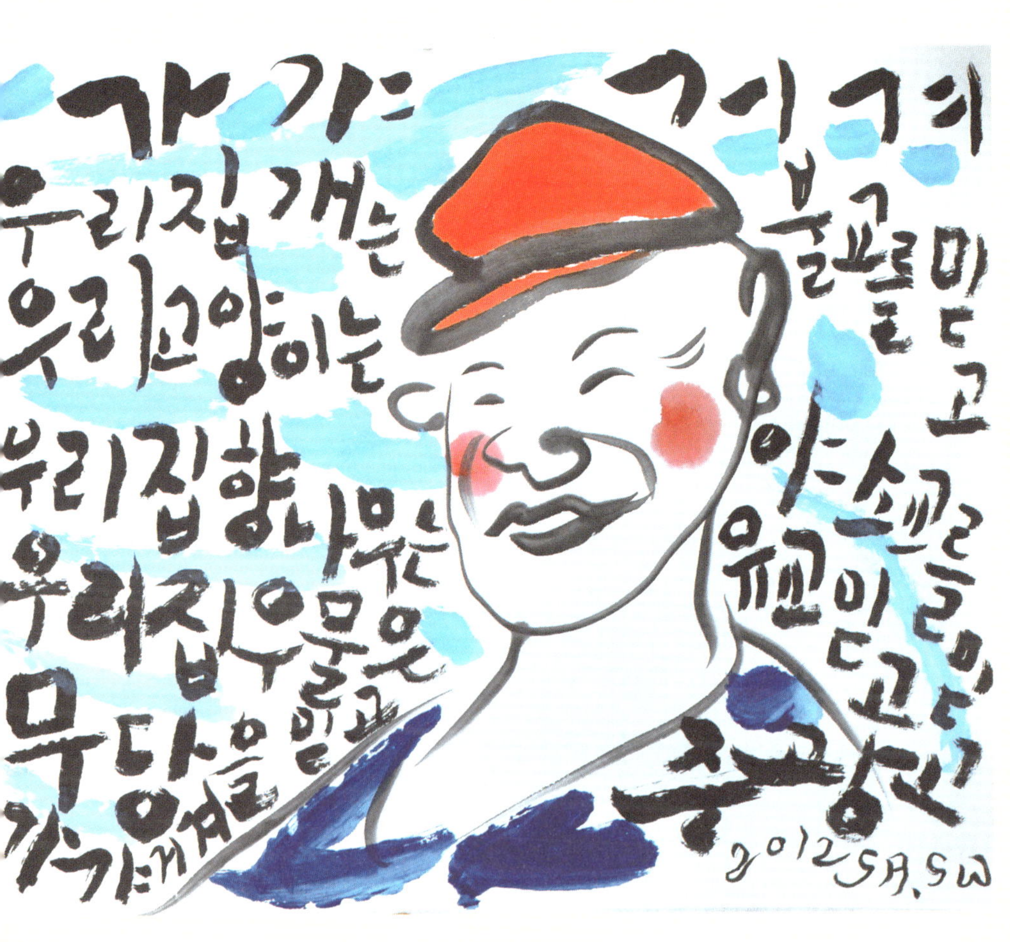
개가
우리집 개는
우리고양이는
우리집 향나무은
우리집우물은
무당을 얼고
가게에
그의 그의
불구불을믿고
아스께를
웃고임고믿
축항
2012 SA.SW

끝나지 말아야 할
잔치가 벌어지는 곳

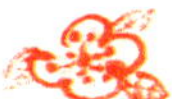

1988년 3월 어느 날, 나는 인사동 성화빌딩 1층 가나화랑 접견실에서 초조히 앉아 있었다. 1톤 용달로 방금 전 내 그림들을 싣고 와 화랑 벽에 가지런히 세워놓았다. 작업실에서 볼 때와는 달리 그림들이 왠지 초라해 보였다. 전날 화랑에서 내가 자료로 보낸 사진으론 잘 모르겠다며 그림들을 직접 보고 싶다는 연락이 있었다. 그런데 문제가 있었다. 화실에서 화랑까지 갈 수는 있었는데 돌아올 용달비가 조금 모자랐다. 수입이 거의 없을 때였다. 작은 돈이라 친구한테 융통할 수도 있었지만 그러고 싶지 않았다. 만약 화랑에서 퇴짜를 놓으면 인사동 골목에 다 버리고 올 작정이었다. 다음을 기약할 여유도 없었고 그만큼 절박했다.

유학 가 있던 파리에서 돌아왔을 때 상황은 안 좋았다. 경제적으로 집안 꼴이 말이 아니었다. 그래서 나선 것이 고액 과외. 친구인 영어강사 오성식이가 주선해주었다. 당시로서는 상상하기 어려운 보수를 받고 미술교습에 나서 1년 반 만에 집안의 모든 빚을 갚았다. 가르치는 것에 소질이 있었다.

그런데 회의가 들었다. '내가 무얼 하고 있는 거지?' 자괴감은 키져갔다. 결국 교습을 때려치웠다. 다시 화폭을 부여잡고 몸부림치듯 그림을 그렸다. '화가로서 먹고살 거야!' 그것이 내 결심이었다. 그러곤 다시 급속히 궁핍한 생활로 돌아갔다. 궁리 끝에 용기를 내서 내 그림들의 자료를 갖고 유일하게 이름을 알고 있던 화랑인 인사동 가나화랑의 문을 두드렸었다.

다행히 화랑은 날 전속작가로 받아들였다. 가지고 간 내 그림 전부도 인수했다. 호당 가격이 2만 원 남짓밖에 안 되는 신인 화가지만 어엿한 전업작가로서 내딛는 첫발이었다. 화랑서 매달 주는 지원금은 50만 원부터 시작했다. 그날부터 지금까지 날 후원했다. 25년 가까운 세월이었고 앞으로도 그럴 것이다.

내가 인사동과 첫 인연을 맺은 것은 1976년. 우리나라에서 제일 오래된 필방인 구하산방에 고등학교 교복을 입은 채 드나들면

서였다. 뻔질나게 찾아가 붓을 사 갔고 조계사 앞에 있던 동덕미술
관이나 문헌화랑, 경미화랑의 전람회들을 관람했었다. 그런 내가
기특했는지 구하산방의 할아버지 사장님은 날 위해 도록들을 모
아주셨고 자신이 다니던 성균관에 같이 가서 제례를 지내자고 종
용하셨다. 약주를 좋아한, 충청남도 홍성이 고향인 사장님은 날 데
리고 정종대폿집에서 화단의 재미난 얘기들을 많이 해주셨다. 그
림 잘 그리라고 좋은 벼루와 전각들을 선물로 내게 주셨었다. 유학
가면서 산나리꽃을 그린 그림을 선물로 드리며 인사를 하고 나왔
다. 그게 마지막이었다. 내가 떠난 후 얼마 지나지 않아 돌아가셨
다. 너무 약주를 많이 드셨다.

지금 나는 가을날 오후에 예전 영빈 가든 자리였던 쌈지길 옥상
에서 인사동을 내려다보고 있다. 일본의 건축가 안도 다다오가 설
계한 오모테산도 힐스와 유사한 형태의 쌈지길은 동선이 그곳보
다 오히려 편안했다. 규모가 작기도 했고 따뜻한 글자체로 곳곳에
쓰인 표지판 붓글씨나 민화풍의 그림들이 날 행복하게 했기 때문
이다. 쌈지길의 표지판 글씨나 그림들은 모두 이진경이라는 젊은
화가의 작품. 대단하다. 한번 만나보고 싶다.
　쌈지길 입구의 아원공방은 딸 부잣집 여섯 자매가 알콩달콩 꾸

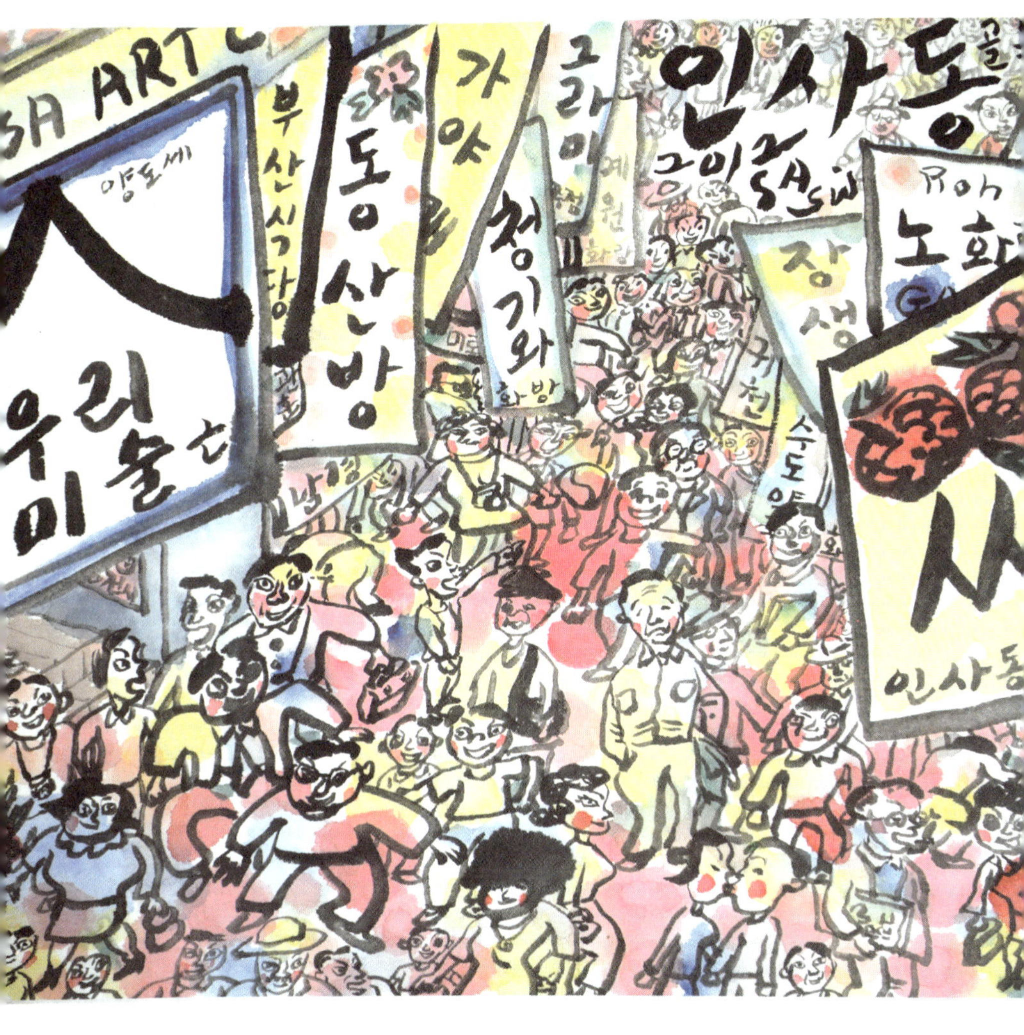
SA ART
인사동
부산시그라
동산방
가야
청기와
그림
예원화랑
그이굴SA
장생
노화
우리미술
인사동
화방
인사동

려가고 있다고 귀띔해준 이는 산악가이며 소설가이면서 한옥 와인바인 로마네 꽁띠의 주인 박인식 선생. 박 선생은 여태 휴대전화, 컴퓨터, TV, 운전면허, 신용카드가 없는 괴짜다. 사람 좋은 그는 일 년의 절반은 서울서, 나머지 절반은 파리에서 사는 골수 낭만파. 그도 술이 징하다.

그가 파리에서 서울로 오던 대한항공 기내에서 배낭에 잔뜩 넣어 간 포도주에 취해 장소를 착각하여 예쁜 스튜어디스를 붙잡고 노래를 시키자 마지못한 스튜어디스가 승객들에게 양해를 구한 후 우리 가곡을 멋들어지게 불러 우레와 같은 박수를 받았다는 일화는 참으로 흐뭇하다.

저 멀리 아라아트라는 휘장이 보인다. 처음 보는 이름이고 처음 보는 건물이다. '오윤'이라는 내가 좋아하는 작가의 전람회가 열리고 있었다. 얼른 쌈지길 계단을 내려왔다. 가는 도중에 목인박물관이 보였다. 죽음을 전시하는 박물관이지만 화려하고 아기자기해 북촌이나 다른 많은 지역의 박물관 건립에 영감을 준 곳이다. 지상과 천상을 잇는 나무인형들이 재잘거리며 속삭이고 있었다.

전시 뒤풀이 장소로 유명한 부산식당도 같은 골목 안에 있다. 생태탕이며 두부부침, 밑반찬으로 나오는 콩나물 무침이나 양배추 삶은 것이 예전 맛 그대로 나오고 콩 몇 개 올려놓은 금방 지은 쌀

밤도 변함이 없건만 4년 전 사장님은 돌아가셨다. 사모님이 대신해서 고생하고 계신다. 그냥 지나치기 뭐해 냉막걸리 한 통 주문해 호쾌하게 마셨다. 낮술이라 금방 취했다. 부산식당 앞 관훈미술관은 본래 산부인과. 그 자리에서 아이들도, 좋은 작품들도 숱하게 탄생했다.

아라아트의 개관전 중 하나로 오윤 추모전이 열리고 있었다. 오윤(1946~1986)은 1980년대 우리 미술계 변혁의 한복판에서 가장 존경받고 사랑받던 작가였다. 소위 민중미술 작가의 상징이다. 곱슬머리에 깡마른 몸매, 제비처럼 손짓 몸짓이 하늘하늘해 오제비란 별명도 얻었던 오윤은 춤도 잘 추고 노래도 잘했다.

그의 부친 오영수는 단편소설만 고집했던 소설가. 영화화되어 신인인 고은아를 일약 스타로 올려놓은 〈갯마을〉이 그의 작품. 바닷가 마을 청상과부의 사랑과 애환을 그린 문예영화였다. 그런데 오영수와 오윤의 예술관은 현격하게 달랐다. 아버진 순수예술을 신봉했고 아들은 민중의 삶과 유리된 예술은 존재가치가 없다는 신념을 갖고 있었다.

시인 김지하는 오윤에게 많은 영향을 끼쳤다. 그런 김지하를 오영수는 못마땅해했다. 더군다나 김지하의 담시 〈오적〉이 사상계에 실렸을 때 오윤의 그림이 삽화로 곁들여져 후일 오윤은 쫓기는 신세가 됐고 그의 아버지와 누이는 중앙정보부로 끌려가 곤욕을 치렀다.

소묘가 탁월했던 오윤에게 가르침을 받고자 난 내가 그린 소묘 뭉치를 들고 그가 잠시 기거하던 서대문미술학원으로 찾아간 적이 있었다. 그런데 문이 잠겨 있어 만나진 못했고 그의 이어지는 떠돌이 생활과 투병으로 결국 사제의 인연은 이뤄지지 않았다.

간경화증으로 고생하던 오윤은 1986년에 들어서면서 갑자기 신명 나게 판화작업에 몰두했다. 불현듯 생기가 돈은 것이다. 짧은 기간이었지만 엄청난 양의 작품들을 제작했다. 신비하고 기이한 일이었다. 그해 초여름 인사동 '그림마당 민'에서 처음으로 개인전을 열었다. 대성황이었고 연장 전시와 순회 전시도 약속되었다.

그런데 갑자기 코드가 빠진 TV처럼 그의 생애는 뚝 끊겼다. 전시 며칠 후인 7월 5일 거짓말같이 세상을 떠난 것이다. 그의 나이 마흔. 그도 술을 너무 마셨다. 만약 오윤이 5년만 더 살았다면, 아니 2년만이라도 더 살았다면 우리 미술은 어떻게 변했을까? 긴 한숨이 새어 나온다.

화단의 신동엽, 춤추는 도깨비, 칼노래를 부르는 무당이라 불렸던 오윤을 누군가가 저승에서 불러내 한판 신나는 그의 춤판을 보고 싶다.

나는 민중미술작가들을 불편해했다. 성향이 달랐기 때문이다. 거칠었다. 그들의 뒤풀이 장소는 부글부글 끓는 활화산 같았다. 화나면 화나는 대로 좋으면 좋은 대로 날것의 상태로 드러냈다. 복숭아꽃이 활짝 핀 것을 보고는 선홍색이 너무도 흥분된다며 꽃밭에 들어가선 용두질을 하고야마는 어처구니없을 정도로 솔직한 작가도 있었다. 그런데 우리 근현대미술에서 1980년대의 민중미술 말고 자생한 것이 있었을까? 민중미술을 빼면 모두 다 수입한 것이다. 우리 것이 아니었던 셈이다. 그만큼 민중미술의 가치는 탁월했지만 현실에선 외면받았었다.

개중엔 다른 시각도 있었다. 가나화랑의 이호재 사장은 우리 미술의 보물이라며 민중미술을 열심히 수집하더니 200여 점을 서울시립미술관에 기증해 화단을 놀라게 했다. 대단한 혜안이었다. 또 우리 미술사의 대 사건이라 불리는 민중미술의 신호탄 '현실과 발언' 창립전이 1980년 11월 인사동 동산방에서 우여곡절 끝에 열렸다. 한국 미술사의 성지가 된 것이다.

부산식당에서 마신 막걸리가 좀처럼 깨질 않는다. 술도 깰 겸 모과차나 한잔하려 천상병(1930~1993) 시인의 부인 목순옥 여사가 운영했던 찻집 귀천 쪽으로 설렁설렁 걸어갔다. 천상병 시인이 씨익 웃으며 인사동 골목 구멍가게에 앉아 막걸리를 마시는 순진무

구한 모습을 시인의 생전엔 흔히 볼 수 있었다. 동백림사건으로 문초를 받아 몸과 마음이 많이 상했고 생전에 유고시집이 나오는 등 수많은 일화와 기행으로 유명하지만 그는 원래 천재였다. 일찍이 마산중학 시절 문예지에 시를 발표했고 서울상대 재학 중 시와 평론에 추천을 마친 최연소 문학 2관왕이었다. 뒤뚱뒤뚱한 걸음걸이와 들쑥날쑥한 이를 드러내며 환히 웃던 시인 천상병은 희극배우 김희갑과 닮아 천희갑이라고도 불렸다.

1972년 친한 친구의 여동생과 김동리 선생의 주례로 결혼한 시인은 63년간의 이 세상 소풍을 마치고 하늘나라로 돌아갈 때까지 부인 목순옥 여사의 지극한 사랑을 받으며 말년을 행복하게 살았다. 목 여사마저 재작년에 갑자기 돌아가시어 찻집 귀천은 조카가 맡아 예전 모습 그대로 운영하고 있다.

90년대 초반, 우리나라 제일의 액자집인 청기와 화방 조귀래 사장은 술 좋아하는 나를 위해 술값을 도맡아 내기도 했다. 사실 조사장은 술을 잘 못한다. 나는 낮술에 취해 넓지 않은 청기와 화방 의자에 앉아 졸기 일쑤였다. 그래도 싫은 기색이 없으셨다. 벼룩도 낯짝이 있다던데 미안한 마음에 선물이라며 화방의 간판을 내가 새로 만들어 달았다. 조 사장이 싫든 좋든 내 맘대로 만든 것이다.

지금도 걸려 있는 물고기 모양의 간판이다.

저평가된 명품 발굴로 유명한 골동품상 가야재의 가게 안을 들여다보니 민예품들이 빼곡히 쌓여 있다. 그중 내 눈길을 끄는 것은 병풍과 비녀. 우리집이 큰집이라 어른들이 임종하시는 모습을 집에서 여러 번 본 적이 있다. 돌아가시면 병풍을 쳤다. 병풍 이쪽은 산 자의 공간이고 병풍 너머는 죽은 자의 공간이었다. 병풍의 의미가 숙연했다. 비녀는 순결과 절제의 상징이랄까, '나는 임자 있는 몸이니 넘보지 말라'는 듯 육체의 문에 빗장을 지른 것이다. 단호하고 애틋한 의미다.

오늘날 인사동은 무슨 의미일까? 갯벌같이 시간의 역사가 켜켜이 쌓인 곳, 또는 문화인들의 고향이나 해방구라며 예전 같은 의미를 부여하는 이들은 이젠 적다. 화상들이 즐겨 찾던 노래주점 그라미의 김춘수 사장을 인사동 길거리에서 우연히 만나 반갑다며 108년 된 이문설렁탕에 마주앉아 소주를 마셨다. 그림 보는 안목이 높기로 정평이 자자하고 배호 노래를 잘 부르는 노화랑 노승진 사장이 쓸쓸히 혼자 낙원상가 지하 일미식당에서 청국장으로 식사하는 걸 여러 번 봤었다고 그는 전한다. 절친했던 화상 동료들이 인사동을 떠났기 때문이다. 미술계의 극심한 불황에 더 버틸 수가 없었다.

인사동 터줏대감은 이제 몇 남지 않았다. 화랑과 표구점들이 없어지고 싸구려 기념품점들만 난무하는 인사동은 제소리를 못 내는 고장 난 풍금 같았다. 그뿐만이 아니었다.

내가 두 번이나 개인전을 열었던 인사아트센터엔 우리 미술의 사망을 고하는 검은 조기(弔旗)가 무겁게 펄럭이고 있다. 곧 시행하려는 미술품 양도세 때문이다. 28억 원 정도의 세금을 더 걷기 위해 만든 법이다. 누가 보든지 분명히 미술계의 심장을 향하는 독화살이다. 머지않아 우리 미술계는 심장을 부여잡고 피를 토하며 고꾸라질 것이다. 누구를 위한 법인지 묻고 싶다. 우리보다 백배도 더 커진 중국미술 시장. 문화적 종속이 두렵다. 큰 비가 오려는 듯 먹구름이 심상치 않다. 인사동, 잔치는 끝났다.

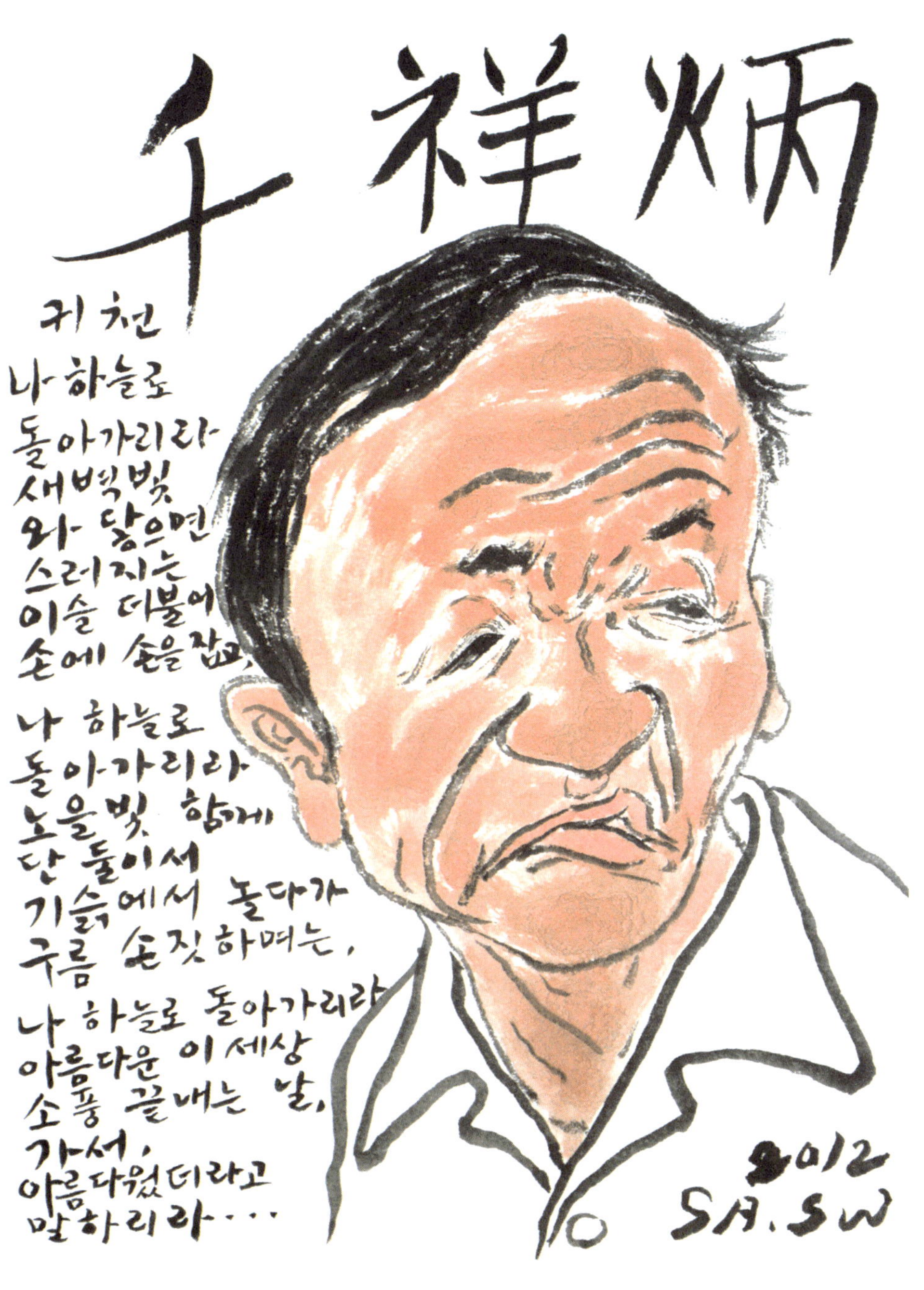
千 祥炳
귀천
나 하늘로
돌아가리라
새벽빛
와 닿으면
스러지는
이슬 더불어
손에 손을 잡고,

나 하늘로
돌아가리라
노을빛 함께
단 둘이서
기슭에서 놀다가
구름 손짓하며는,

나 하늘로 돌아가리라
아름다운 이 세상
소풍 끝내는 날,
가서,
아름다웠더라고
말하리라…

2012
5月.5W

명물들의 집합소 남산골

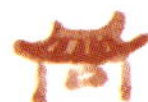

남산 케이블카를 지금껏 세 번 탔다. 1967년 초등학교에 막 입학해서 탄 것이 처음이었다. 사람들을 잔뜩 태운 큰 쇳덩어리가 하늘로 올라가는 게 신기했다. 남산 기슭에 어둠이 깔리기 시작하고 건물들에 불이 켜졌다. 그렇지만 내 눈길은 '리라초등학교'에 고정됐다. 노란 색깔이 확 띄었다. 시설이 최고급인 신설 사립학교라 호기심과 부러움도 들었다. 나는 동네 공립학교에 다니고 있었다.

그런데 실은 그 당시 우리 집은 상당한 부자였다. 집이 4층이었는데 지을 당시엔 성동구에서 가장 큰 건물이었다고 한다. 형편이 안 돼서 못 간 게 아니었다. 서울사대부속초등학교에 지원했지만 떨어져 어쩔 수 없이 집 근처의 광희초등학교에 입학했었다. 막상 들어가서 보니 오랜 역사에 아담한 동물원도 있어 꽤나 괜찮았다.

두 번째는 결혼하고 나서다. 날씨 좋은 날 어린 딸아이를 데리고 쟁반만 한 남산돈까스도 맛있게 먹고 기분 좋게 케이블카를 타고 올라갔다. 올라가서 서울을 내려다봤다. 참으로 집들이 많았다. 그런데 저렇게 많은 집들 중에서 내 집이 없다는 게 조금은 한심하고 착잡한 기분마저 들었다. 그때는 우리 집 형편이 안 좋았다. 지금은 나도 집이 있다.

2012년 9월 8일 토요일 초저녁, 나는 세 번째로 케이블카를 타고 남산을 올라왔다. 남산 팔각정 앞에서 사물놀이도 하고 무술시범도 보여준다. 전통 문화공연이다. 진짜 칼로 볏단과 대나무를 자른다. 안 잘릴까 봐 걱정된다. 대여섯 명이 시범을 보이는데 아니나 다를까 두 번째 사람의 대나무가 안 잘렸다. 또 한 사람은 자신의 창을 놓치는 실수도 했다. 그렇지만 모두들 진지했고 볼 만한 공연이었다. 박수를 많이 쳤다. 수고들 했다고.

N서울타워광장. 사람도 많다. 태반이 관광객들. 주로 중국인들이고 동남아시아나 일본인들이 섞여 있다. 배 나온 사람, 홀쭉한 사람, 웃는 사람, 피곤한 사람들이 서로 뒤엉켜 사진 찍기에 열중이다. 그들은 모습도 국적도 제각각이지만 모두가 하나같이 눈은

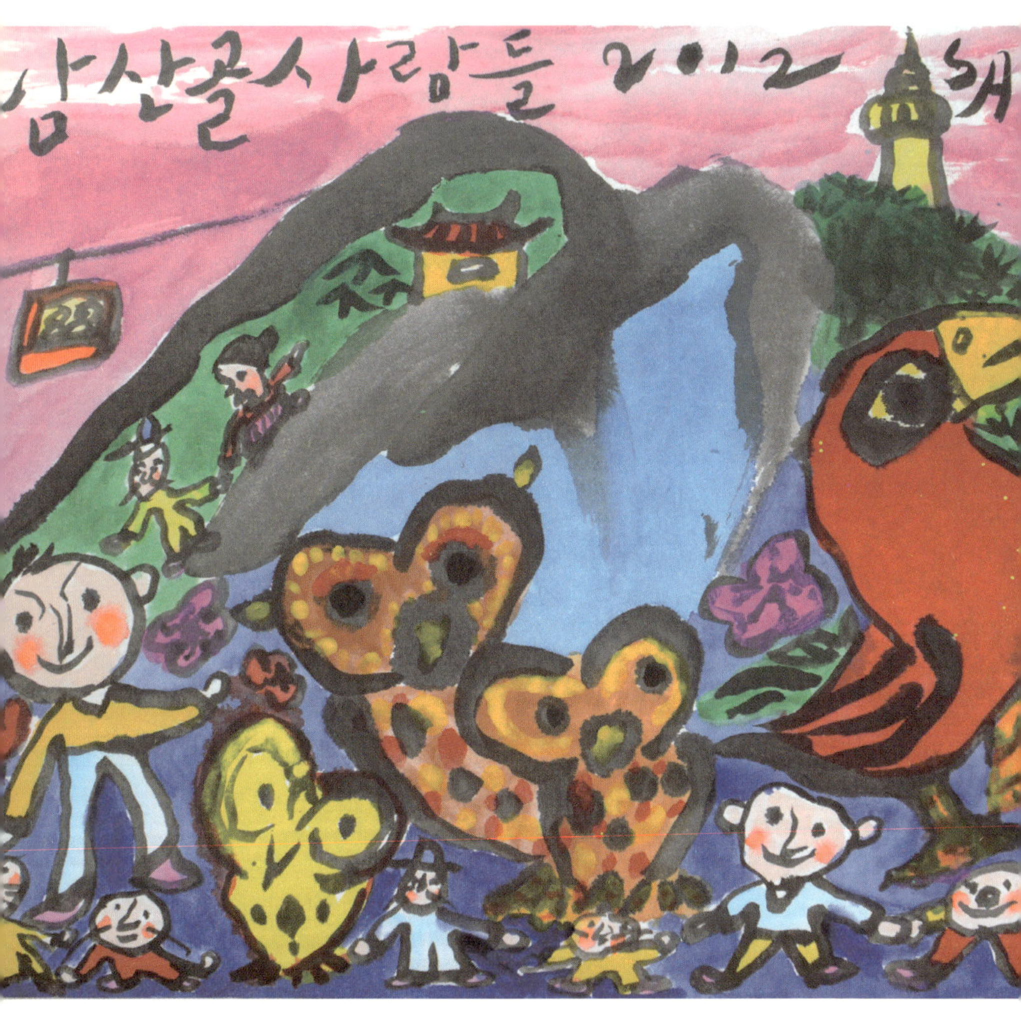
삼산꼴사람들 2012 해

두 개요, 귀도 두 개요, 코는 하나고, 입도 하나다. 또 보이진 않지
만 저마다 하나씩의 항문을 갖고 있을 것이다. 사람 수만큼의 항문
들이 N서울타워광장에서 왔다 갔다 한다고 생각하니 우습다.

예전엔 연인들이 남산에 뽀뽀하러 왔다. 서울에서 거의 유일하
게 뽀뽀가 허용된 공공장소였다. 으슥한 벤치마다엔 약속이나 한
듯이 남녀가 껴안고 있었고 그런 연인들을 괴롭히는 '양아치'들도
적지 않았다. 지금은 벤치들을 관광객들이 차지하고 있다. 연인들
이 매단 자물쇠 나무들이 이채롭다. 사랑의 자물쇠란다. 서로들 사
랑의 언약을 하고 증표로 남긴다며 자물쇠를 채운 후 열쇠는 찾을
수 없는 곳으로 버렸다. 꼭 저렇게 다짐을 해야 할까. 다 부질없는
짓인데…….

내가 양식을 처음 먹어봤던 남산 어린이회관의 식당도 회전식
이었는데 남산 N서울타워 레스토랑도 바닥이 360도 회전하며 조
금씩 돌아간다. N서울타워 5층 회전식 레스토랑에서 바라본 서울
풍경은 감동적이었다. 오후까지 날씨가 흐렸다. 그래서 혹 비가 올
까 걱정도 했다. 그런데 오히려 갑자기 하늘이 확 개면서 짙고 푸
른 하늘이 나타나고 연이어 붉은 선홍색 노을빛이 드리우며 청보
라색 구름 사이로 장엄한 일몰을 연출하는 게 아닌가. 오늘 만약
하루 종일 날씨가 좋았다면 황혼의 풍경이 지금처럼 다채롭지는

못한 채 그저 밋밋했을 것 같다. 인생도 그런 것 같고.

굴곡지고 비틀어졌어도 때론 그것이 더 아름답다. '잘될 거야' 하고 스스로 되뇌며 살아온 삶들이 꿈결 같다. 지금은 전에 왔을 때처럼 부러움과 결핍에 아쉬워하지 않는다. 그저 이 순간을 감사한다. 사는 게 지루하다면, 삶이 피곤하다면, 인생이 억울하다면, 남산타워 회전하는 레스토랑에서 사랑하는 이와 함께 붉고 푸른 노을을 바라보라. 세상이 이렇게도 아름다운 곳이었던가 하고 화들짝 놀랄 것이다. 새삼스럽게 우리가 살고 있는 이 세상의 아름 움에 찬사를 보낼 것이다.

남산코끼리 동국대학교. 그리고 애증과 상실. 그곳서 보낸 내 젊음은 떨림이고, 상처고, 명예고, 자존심이다. 동국대 입학 직후 철학개론 첫 시간, 김용정 교수님께서 말씀하셨다.

"이 땅에 불교가 전파된 지 1500년. 그 유장한 역사가 한국의 문화사이며, 철학의 역사고, 우리가 살아온, 살아갈 이유가 담겨 있는 물줄기입니다. 그리고 그 물줄기가 거대한 호수같이 모여 있는 곳이 여기 동국대학교입니다."

우리는 학창 시절 내내 만해 한용운이며 양주동 박사나 미당 서정주 시인과 함께했다. 문학과 철학 같은 인문학은 남산 기슭 동국대를 에워싸고 있는 공기 같은 존재였다. 4년 동안 그 공기를 실컷 마실 수 있었다.

전교에서 우리 과가 가장 여학생이 많았다. 그래서 미술학과엔 놀러 온 야구부 선수들을 심심찮게 볼 수 있었다. 여학생들이 응원부에 절대적으로 필요했기 때문이다. 김성한, 한대화, 민문식……. 그들은 야구만 잘한 게 아니라 사람도 좋았다. 지금은 모두가 중견의 야구인이 됐으니 세월이 그만큼 많이 변한 것이다.

동국대 출신 연예인은 세기 어려울 정도로 많다. 1980년 봄은 매일 데모의 연속이었다. 중문 앞 앰배서더호텔 근처는 늘 최루탄 연기로 자욱했다. 그런데 최루탄 연기에 콜록이며 정신없이 시위를 하고 있는데 우리 과가 있는 혜화관 건물 현관 기둥에 기대선 채 지긋이 그 장면을 보고 있는 긴 머리칼의 여인이 눈에 유독 띄었다. 〈겨울여자〉의 여배우 장미희였다. 그녀는 우리 과와 같은 강의동에서 수강했고 아마 시위 때문에 못 들어오고 있는 자신의 자가용을 기다리는 듯 보였다. 화면보다 훨씬 우아한 모습이었다.

앰배서더호텔 건너엔 일제강점기 때 지은 적산가옥이 몇 채 있었다. 강경시위 때마다 그곳은 쑥밭이 되어 우리들도 참으로 미안했다. 화염병과 돌 투척은 기본이었다. 졸업한 후 몇 해가 지나서 보니 적산가옥들은 말끔히 철거돼 있고 그 자리엔 초현대식 건물이 들어서 있었다. 녹슨 철판 같은 재료로 뒤덮여져 있는 승효상 선생 설계의 건물이었다. 지금은 그 건물을 흉내 내서 많이들 짓고 있지만 당시로서는 충격이었다. 녹슨 철판을 쓰다니. 우리 건축사에 남을 명작이다. 우리나라 광고인들의 사관학교라 불리는 광고 회사인 웰컴이 건물주였다. 회사 대표 역시 대단한 안목과 용기를 가졌기에 가능했던 것이다.

그 웰컴시티 옆으론 '전원'이란 아담한 2층의 한정식집이 있다. 이곳은 경남 진주나 하동 쪽의 정갈한 음식으로 유명하며 2층의 운치 있는 분위기 때문에 단골손님이 많다. 얼마 전 돌아가신 이만익 화백이 특히 사랑하셨다.

호텔 옆으론 5가 홍탁집이 있었고 우리 과 회식은 그곳에서 많이 했다. 현재는 퇴계로 애견센터 뒷골목으로 이전했다. 초장 맛이 일품이었다. 사장님은 자신의 의자 뒤에 초장항아리를 감춰놓듯 은밀히 두시며 애지중지하셨다. 보물단지처럼.

대한극장 뒤편에는 내가 졸개로 있는 '낭만무리'의 소굴이 있다. 저명한 사진작가인 이명조 사장이 두령이고 그의 회사 토픽은 우리 무리의 소굴이다. 우리 소굴의 옥상에서 음주하며 바라보는 남산의 야경은 기가 막히다. 우두머리 이두령의 한결같은 겸손과 낭만적인 생활 태도와 배려심은 늘 나를 반성하게 한다. 막걸리를 좋아하지만 술이 그렇게 세지 않아 더욱 이두령을 좋아하게 된다. 난 나보다 술이 센 사람을 별로 좋아하지 않는다.

남산한옥마을도 그 옆으로 다소곳이 자리하고 있다. 그런데 그곳을 찾는 관광객이 많은 것에 놀라기도 하지만 한편으론 아쉬움도 있다. '입구에 명품거리가 형성되면 국익에 더 많은 도움이 되지 않을까?'란 생각 때문이다. 그곳엔 오래전부터 주유소와 허름한 가게들이 남루한 모습으로 서 있다.

내가 태어나 자란 곳은 장충단공원에서 멀지 않은 곳. 청계천이 복개될 때 공원으로 이전한 수표교 밑에는 개울물이 흘렀고 신기한 소금쟁이들이 물 위에 떠 있었다. 바바리코트 깃을 세우고 색안경을 낀 채 절규하듯 〈안개 낀 장충단공원〉을 배호가 부르기 전에도 장충단공원은 유명했다. 반 박자 느린 마초적인 슬픔의 미학을 보여주었던 배호는 29세라는 어처구니없을 정도로 젊은 나이에 세상을 떠났다. 신장염 때문이었다. 본명이 배만금이며 1942년 중국 산둥(山東) 성에서 태어나 〈돌아가는 삼각지〉, 〈누가 울어〉, 〈안개 속으로 가버린 사랑〉, 〈배신자〉, 〈굿바이〉, 〈마지막 잎새〉 등의 주옥같은 노래들을 남기고 1971년 미혼으로 타계했다. 시대착오적이지만 자기 혁신적인 불세출의 가객이 사라진 것이다.

　장충단공원은 노인들의 영토였다. 차력사, 개싸움, 뱀장수, 그리고 팔자타령하며 술 취해 늘어진 과부 아주머니, 문둥이라 불린 무서운 한센병 걸인도 있었고, 술 취해 쓰러져 있던 아줌마를 문둥병 걸인이 욕보였고 그 아줌마는 자살하고 말았다는 흉흉한 소문도 돌았었다. 이미자의 〈동백아가씨〉가 막 나왔을 때쯤의 얘기다. 노인들의 흰색 한복이 넘실대던 곳이 내 어릴 적 본 장충단공원의 풍경이었다. 도롱뇽의 알을 항아리에 담아 머리에 이고 다니며 파는 아줌마, 냉차 수레, 리어카 주점들도 널렸었다. 옷핀에 꽂아 해삼을 처음 먹어본 곳도 장충단공원에서였다. 그런 장충단공원이 지금은 너무도 조용한 정원으로 변했다. 공터에 나무를 심었기 때문에 사람들이 모일 장소가 없어졌다.

　66전 전승의 전설적 세계 챔피언 벤베누티를 가난한 유복자 김기수가 기적같이 이긴 곳이 장충체육관이었다. 전 국민이 환호한 박치기왕 김일, 스타킹 신은 곱슬머리 천규덕, 허버트 강과 김현의 라이벌전, 유제두, 박찬희, 연고전, 그리고 통일주체국민회의에서의 대통령 선출 등도 지금은 개축 중인 남산 기슭의 장충체육관에서 이뤄졌다. 설계나 시공은 우리나라 사람들이 했지만 당시 우리보다 선진국이었고 기술력이 앞선 필리핀의 기술자들이 거들었다는 설도 있다. 그때 필리핀의 국민소득이 우리보다 세 배가 넘었다고 한다. 지금은 우리의 10분의 1 수준으로 떨어졌으니 새삼 격세지감을 느끼게 한다.

1946년 개업한 원조제과점 태극당의 모나카와 버터빵, 단팥빵 맛은 지금도 어릴 적 맛본 그대로다.

레슬링 경기가 끝나면 막 시합을 치른 선수들조차 붕대를 칭칭 감은 채 와서 먹던 48년 역사의 원조 족발집인 평안도집은 오히려 예전보다 더 맛있다. 실은 난 평안도집 족발에 중독된 지 오래다. 이경순 사장님은 지금도 여전히 카운터를 지키고 계신다. 78세란 연세에 남산 스포츠센터에서 매일 테니스를 치신다니 놀랍다. 큰 집의 예쁜 두 조카 며느님들이 합세하여 요즘 더욱 번창하고 있어 흐뭇하다. 너무 이른 시간에 족발이 떨어져 못 먹을까 겁난다. 갈 때마다 마음이 급하다.

원조 부잣집인 이병철 회장 저택과 원조 약국인 수정약국 등 남산골 언저리엔 원조 명물들이 아직도 그 자리에 그대로 남아 있다. 참으로 고마울 뿐이다. 추억이 담긴 모습들이 사라진다면 쓸쓸함은 당연할 거고.

세월과 함께 사라진 남산의 명물도 있다. 나막신 신고 뼈대만 엉성한 호리호리한 체격에 가슴을 삐기고 눈을 내리깔아 코끝만 보고 걸어가는 남산골샌님, 이희승의 수필에 등장하는 딸깍발이는 안 보인다. 느럭느럭 갈지자걸음으로 남산골을 휘젓고 다니는 샌님들이 어험 하며 헛기침하며 나타나야 제격일 것 같은데. 그 많았던 샌님들도 지금은 박물관이나 도서관에 가야만 만날 수 있게 됐다. 이곳 남산에선 흔적도 없이 사라진 것이다.

서울 사람들의 앞산 남산이 앞으로는 또 어떻게 변할지 참으로 궁금하다. 동국대 출신 개그맨 고 김형곤 씨의 유행어 '잘돼야 될 텐데'가 떠올랐다. 그의 또 다른 유행어 '잘될 턱이 있나'가 아니라, 분명코 잘돼야 된다. 그만큼 남산은 우리에게 소중한 보물산이기에 말이다.

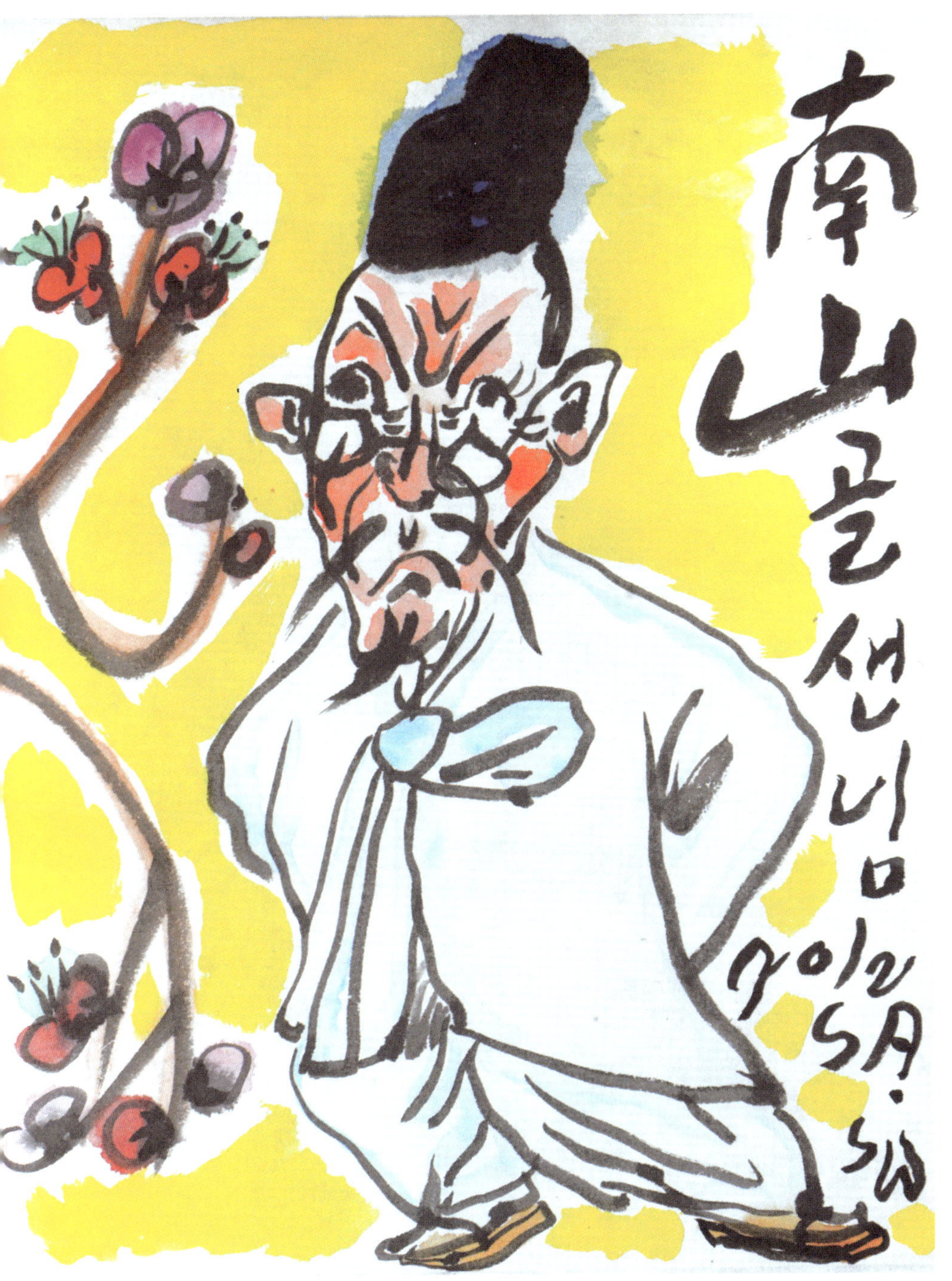

南山
골샌님
2012 5月

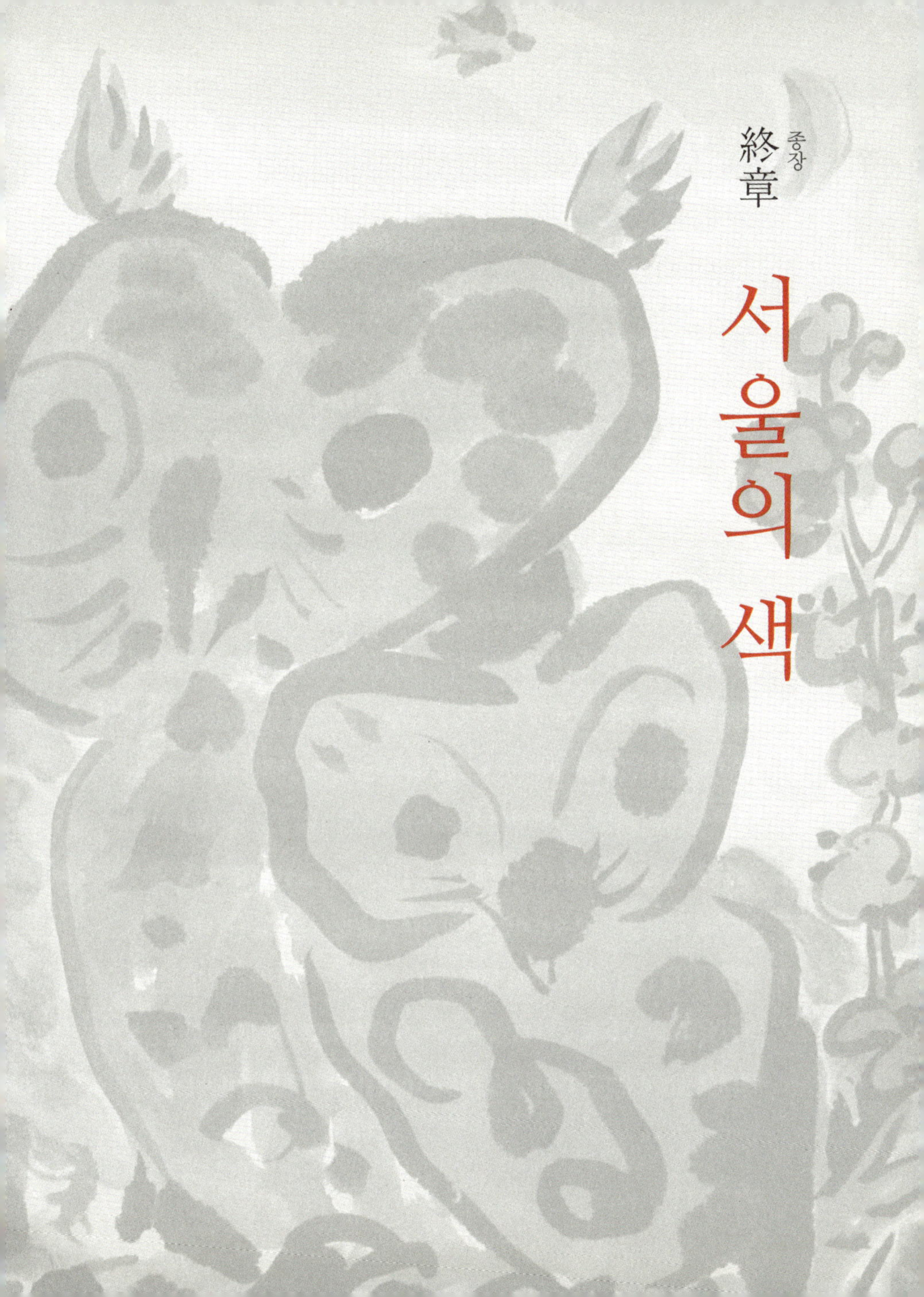
終章 종장
서울의 색

검디검은 시절의 청춘이 있던 곳

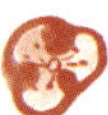

1980년. 스무 살이 되었고 대학생도 되었다. 대학은 그전과는 딴 세상이었다. 이전 세상이 밝거나 어두운 정지화면이었다면 대학생활은 점멸하는 네온사인처럼 쉴 새 없이 선과 악이 교차했다. 때론 열광하고 때론 아프고 때론 애틋한 젊음의 몸부림이 있었다. 진실도 모른 채 집단의 신념에 충실하기도 했다. 때로는 갑자기 피었다가 갑자기 지고 마는 벚꽃처럼 간교한 사랑의 술수에 휘말렸다. 그래서 목덜미에 창이 꽂힌 노루처럼 오랫동안 죽은 듯이 늘어져 있기도 했다.

대학은 달콤한 꿀물과 매혹적인 분내와 쓰디쓴 독배를 동시에 내게 안겨주었던 알 수 없는 곳이었다. 방황에서 벗어날 길을 인도해줄 지혜는 늘 저 먼 곳에서 희미하게 나타났다 곧 사라져버렸다. 결코, 내 손에는 잡히지 않는 신기루였다.

1980년 1월 어느 날 정오쯤. 장충동 족발집 건너편에 있는 쌍과부 순댓국집에서 점심을 먹었다. 30년도 더 지났지만, 이상하게도 그 동네는 지금도 거의 변하지 않았다. 그날은 동국대 미술학과 입학시험 실기 전형일. 나는 이미 일 년을 재수하고도 또 전기대학에 떨어져 후기대학만을 바라보는 막다른 처지였다. 오전 전공실기시험을 끝내고 오후 공통실기시험인 석고소묘시험 사이의 점심시간. 이홍원 선배가 격려차 오셔서 점심을 샀다. 당시에는 아주머니 두 분만이 장사하는 곳이면 으레 쌍과부집이라고 불렀다. 사실과는 상관없이.

식당 한편에 쌓은 검은색 연탄들이 흑백의 영상으로 기억에 남아 있다. 그러니깐 그전의 70년대는 색으로 치자면 검은색이었다. 온통 검은색 일색이었기 때문이다.

교복도 검었고 승용차들도 검었다. 한참을 유행했던 여인들의 주름진 월남치마도 검었고 여학생들의 단발머리도 검었다. 시골 아이들의 수영복은 광목을 까맣게 물들인 것이었다. 가수 박인희의 긴 생머리도 검었다. 당대를 풍미했던 홍콩배우 진추하와 영화

〈로미오와 줄리엣〉에서 야릇한 첫 키스의 신음을 들려주며 세상의 소년들을 숨 멎게 했던 올리비아 핫세의 눈동자도 검었다. 청계천 만물시장에서 산 전투바지는 군복을 검게 물들인 것이고 크고 투박한 검정 군화는 마초들의 자랑스러운 표상이었다. 까까머리 중고생들의 머리통을 쥐어박던 길고 딱딱한 출석부도 검정이었다. TV도 물론 흑백이었다.

눈에 보이는 것만이 아니었다. 긴급조치 1호에서 9호까지. 유신, 데모, 대통령 서거……

민주화는 사망하여 검은 위패만 걸려 있고 정치적 현실은 온통 새카맸다. 아마 무지개도 검은색일 거라고 조소했다. "검푸른 바닷가에 비가 내리면 어디가 하늘이고 어디가 물이요"로 시작되는 김민기의 노래 〈친구〉야말로 70년대 청년들의 음울한 정서를 상징하는 노래였다.

입학을 하고 우린 잠시 봄을 맞이했다. 드디어 기다리던 민주화의 새싹이 돋는 것 같았고 들뜬 대학가에도 화려한 축제가 연이어 열렸다. 쌍쌍파티에 입고 갈 양복과 파트너를 구하려 남학생들은 전전긍긍했다. 홍익대 서양학과에 다니는 화실친구는 홍대앞으로 지나가는 7번 버스 안내양에 반해 축제 파트너를 해달라고 끈질기게 따라다니며 부탁했지만 안타깝게 배차 시간이 맞지 않아 이뤄

지지 못했다.

연고전인지 고연전은 대한민국 청년문화를 대표하는 민간축제였다. 경기가 끝나면 두 학교 학생들은 각각 자기 학교까지 열광의 행진을 했다.

그들은 나쁜 피를 토해 내듯이 절박하게 자유와 젊음을 토해냈다. 용광로같이 뜨거운 몸부림이었다.

고려대에서 열리는 막걸리 마시기 시합은 장안의 화제가 되기도 했지만 안암동 골목마다 학생들이 밤새 쏟아놓은 토사물의 악취가 진동하기도 했다. 당시는 요즘처럼 막걸리의 품질이 좋지 않아 음주 후 구토는 다반사. 외상술도 의례적인 것이라 고대앞의 고모집, 이모집, 할머니고갈비집 등의 대폿집과 은호, 뿌리 같은 간이주점엔 맡겨둔 학생증과 손목시계가 헤아리기 어려울 정도. 외상은 악성부채가 되어 몇몇 유서 깊은 주점들이 결국 문을 닫게 하고 말았다.

여대생 딸들을 둔 부모들은 자기 딸만 짝이 없어 축제를 가지 못할까 봐 애를 태웠다. 축제의 꽃은 쌍쌍파티였기 때문. 그래서 가문의 자존심이 걸린 양 오빠의 친구나 친척까지 동원되기 일쑤였고 이화여대에선 축제 때면 오월의 여왕을 뽑았다.

시대착오적인 행사가 전통이란 이름으로 학교의 대표행사로 시행되기도 했다. 이대앞 그린하우스는 이대생들 최고의 접선 장소였고 행사 틈틈이 오리지널튀김에서 오징어튀김과 깻잎튀김으로 허기를 채웠다.

레코드가게에선 오랜 활동 금지 끝에 막 등장한 조용필의 공식 1집 앨범 중 불멸의 히트곡인 〈창밖의 여자〉와 〈단발머리〉가 온종일 거리에 울려 퍼졌다.

그러나 그해의 봄은 어처구니없을 정도로 짧았다. 봄비에 하얀 목련이 흙바닥에 모두 내팽개쳐진 것처럼. 화려한 봄날은 가고 어둡고 긴 터널이 우릴 기다리고 있었다.

1980년 5월 17일. 제주도가 고향인 한국화과 현영모한테 아버지로부터 비행기 삯이 송금됐다. 세상이 어수선하니 고향에 내려와 있으라는 전갈이셨다. 그런데 그 돈으로 현영모는 나와 조소과 박철우와 셋이서 장충동 태극당 근처의 2층 작은 카페에서 초저녁부터 술을 마셨다.

오랜만에 생긴 큰돈으로 병맥주를 박스로 마셨다. 순수한 심성의 박철우는 통기타를 잘 치고 노래도 잘했다. 그가 부르는 〈솔리터리 맨〉은 여학생들의 마음을 꽤나 심란하게 했다.

나는 바싹 마른 몸매로 어깨까지 내려오는 장발이었고 하루에 담배를 세 갑이나 피우는 골초였다. 내성적이고 염세적인 청년으

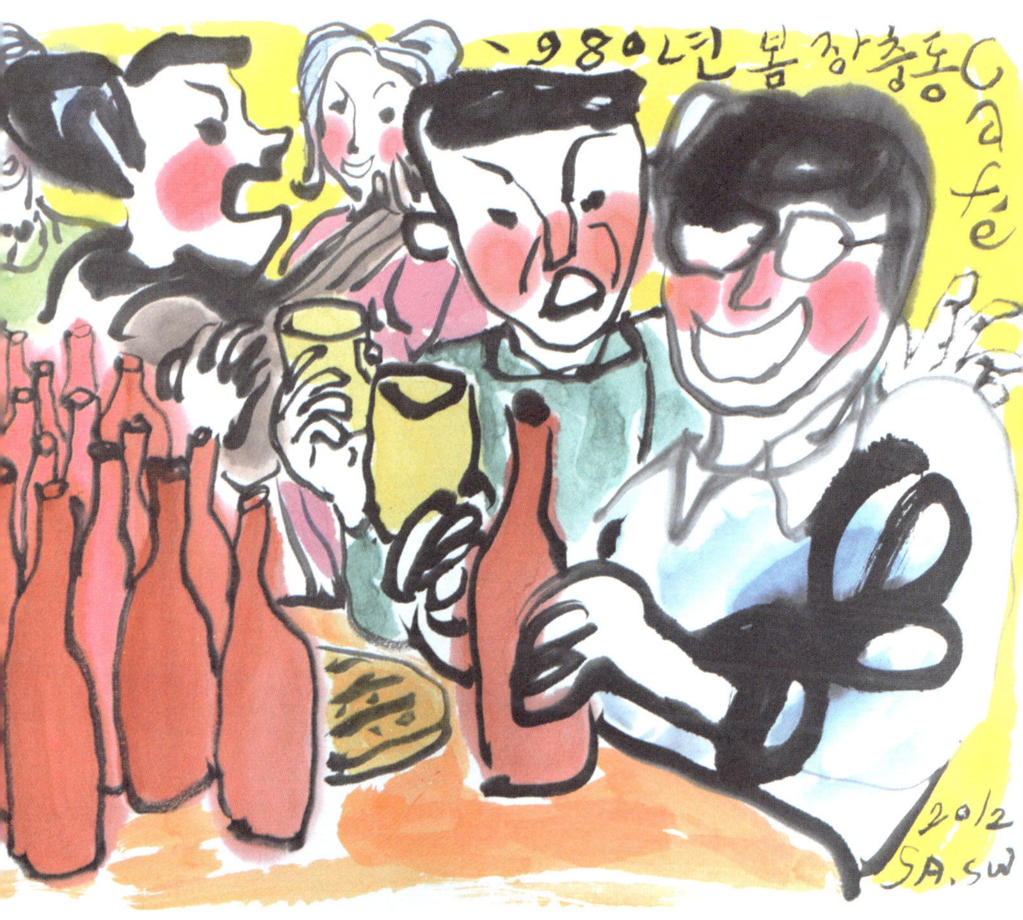
1980년 봄 장충동 Cafe
2012
SA.SW

로 밥보단 술과 담배를 더 좋아하던 시절이었다.

술에 취한 우리는 근처의 나무로 된 복도가 몹시 삐거덕거리는 일본식 목조건물 여관에 가서 여잘 불렀다. 2층에 있는 허름한 방에서 초조히 여자들을 기다렸다.

많은 여관들이 윤락을 겸했다. 술이 용기를 준다는 것은 분명한 사실이란 걸 그날 확실히 알았다. 내 파트너는 서울과 설악산을 오가는 고속버스 안내양. 차장 월급이 워낙 적어 밤에 아르바이트를 했던 것. 나보다 나이가 많았다. 여자들은 동생들과는 그럴 수 없다고 옥신각신하다가 도망가기도 하고 남아 있기도 했다. 그날이 내 생애 첫 외박이었다.

새벽녘 현영모가 잠을 깨웠다. 술이 덜 깬 상태로 숙취의 깨질 듯한 두통을 참고 우린 휘청거리며 동국대 교문 쪽으로 걸어갔다. 아, 그런데 저게 뭐지?

베레모를 쓴 공수부대원들이 거총을 한 채 굳게 닫힌 교문을 지키고 있는 게 아닌가. 거대한 장갑차도 떡하니 서서는 총포를 우릴 향해 겨누고 있었다.

그날은 1980년 5월 18일. 당시엔 광주사태라 했고 훗날 광주민주화항쟁이라고 이름 붙여진 역사적인 날. 전국으로 계엄령이 확산됐고 모든 대학은 일제히 휴교령이 떨어졌다. 휴교는 그해 가을까지 계속됐다.

완벽하게 통제된 보도 속에서 소문과 상상과 진실 사이에서 혼란스러웠다. 삼청교육대 등 공포스러운 분위기에 우리는 겁먹은 채 긴 여름을 보냈다.

대학 2학년이 되자 난 이화여대에서 조금 떨어진 아현동 굴레방다리 근처에 화실을 마련했다. 그곳이 집세가 쌌기 때문이다. 지금 아현동 고개엔 웨딩업체들이 빼곡히 들어서 있지만 그땐 아직 웨딩촌이 들어서기 전. 맥주를 팔며 아가씨가 접대하는 싸구려 '싸롱'들이 꽤 큰 규모로 군락을 형성하고 있었다. 지금도 그때의 술집들이 고가도로 밑에 상당히 남아 있어 지날 때마다 놀란다. 아방궁, 꽃사슴, 궁전, 동굴, 영빈……. 자고 나면 변하는 곳이 서울이지만 몇 십 년이 지났는데도 별반 다르지 않은 곳이 많은 데가 또 서울이다.

난 그곳에서 형부로 불렸다. 나이와는 상관없이 거의 유일한 일반인이었기 때문. 또 미술학도란 내 직함이 그녀들의 낭만적 호기심을 자극했고. 밤이 되면 주점의 아가씨들은 민망한 옷차림으로 행인들을 노골적으로 유혹했다.

윙크하며 감은 그녀들의 눈은 악이었고 떠 있는 남은 눈은 선

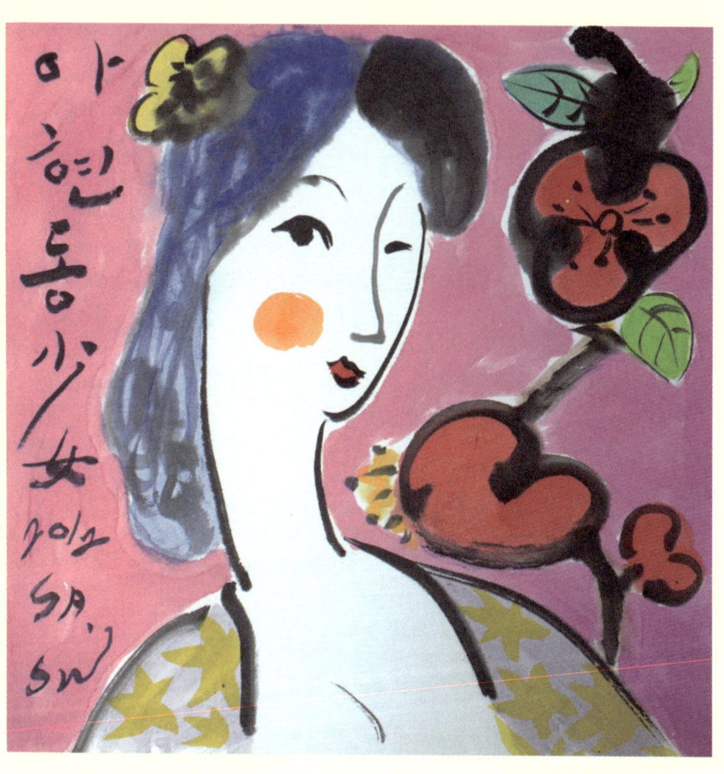

같았다. 매일 밤 아현동은 선과 악, 천국과 지옥이 교차하는 기묘한 동네였다.

주점 뒤편에 있는 아현시장에서 잡채며 빈대떡을 그녀들에게 꽤나 많이 사 줬다. 하루 한 끼도 제대로 챙기기 어려운 그녀들의 처지를 잘 알고 있기에 괜스레 그러고 싶었다.

특정한 여인에게만 그런 것은 아니었다. 인내심을 갖고 공평하게 대했다. 그녀들은 나에게 과실주도 담가 주고 털실로 조끼를 떠 주기도 했다. 내가 사양해서 못했지만 몇몇 아가씨는 내 빨래를 해 주고 싶어 했다. 그런 그녀들이 내겐 순정소녀로 보였던 것은 어쩌면 당연했다.

그러던 어느 날 오전, 화실에 불이 났다. 정확히 말하자면 위층에 난 불이 아래층에 있던 내 화실까지 옮겨 붙은 것. 순식간에 연기가 실내를 덮고 열기에 창문 유리창들이 깨져나갔다. 난 겁에 질려 어쩔 줄 몰라 했다. 겨우 손에 쥐고 나온 것은 어이없게도 화실 임대차 계약서와 여름용 반팔셔츠가 전부.

그런데 그 시간이면 한참 자고 있을 술집의 아가씨들, 즉 아현동 고개의 수많은 처제들이 형부 화실에 불났다며 속옷 차림으로 저마다 양동이며 연탄재를 들고 줄지어 불 속에 뛰어들어 불을 끈 것이다.

불이 꺼지자 소방차는 그제야 도착. 아마 내 생애 가장 긴박했고 고마운 순간이었다.

지금도 장충동 동국대 근처나 신촌이나 아현동 고개, 안암동 고려대 주변을 가노라면 그때의 기억들이 추억이 되어 떠오른다. 아름답고 가련했던 청춘들이 30년이 지난 지금 다시 나타나 "안녕!" 하며 인사를 건넨다. 나와는 동갑이며 같은 시기에 학창시절을 보냈으나 스물아홉 살 아까운 나이에 요절한 시인 기형도의 〈대학 시절〉이란 시로 낭만과 절망 사이를 방황했던 대학 시절의 회상을 마친다.

나무의자 밑에는 버려진 책들이 가득하였다

은백양의 숲은 깊고 아름다웠지만

그곳에서는 나뭇잎조차 무기로 사용되었다

그 아름다운 숲에 이르면 청년들은 각오한 듯

눈을 감고 지나갔다, 돌층계 위에서

나는 플라톤을 읽었다, 그때마다 총성이 울렸다

목련철이 오면 친구들은 감옥과 군대로 흩어졌고

시를 쓰던 후배는 자신이 기관원이라고 털어놓았다

존경하는 교수가 있었으나 그분은 원체 말이 없었다

몇 번의 겨울이 지나자 나는 외톨이가 되었다
그리고 졸업이었다, 대학을 떠나기가 두려웠다

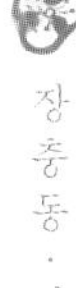

춘천으로 떠나든 588로 향하든 청량리는 욕망의 출입구

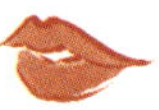

맵고 짠 세상

야맹증 걸린 등불 아래

밤에 피어나는 눈물 꽃

이제, 역사 저편에서

추억의 갈피 화석이 되어가는

아릿한 사연들

질척질척 어둠 앉는 뒷골목

주룩주룩 낙숫물 소리

바짓가랑이 축축이 젖어드는

청량리 588번지. (최병영 詩 〈청량리 588번지〉 중에서)

“비가 오니깐 실이 안 팔려.”

아가씨라고 부르기는 민망할 정도로 나이가 들어 보이는 창녀
가 혼잣말로 중얼댄다. 장마가 한창인 1974년 여름날 오후. 인근
중학교에 다니던 나는 반 친구인 김명국, 오성식, 이천직과 청량리
588의 좁은 골목길을 두근거리며 걷고 있었다. 청량리 오스카극
장과 시대극장 중에 어디를 갈까 실랑이를 벌이다 누군가의 제안
으로 극장 뒤편에 있는 집창촌인 청량리 588로 불쑥 들어간 것이
다. 생애 최초의 유곽 기행이었다.

무성한 소문과 야릇한 궁금함을 참지 못하고 우리들의 영역이
아닌 어른의 영역으로 겁 없이 들어선 것. 우리는 바야흐로 질풍노
도의 시기를 보내고 있었고, 그래서 금지된 장난의 유혹에 못 이기
는 척 슬쩍 선을 넘어가 버렸다.

그런데 그것은 엄마가 정성껏 싸주신 예쁜 도시락의 뚜껑을 여
는 순간의 기쁨이나 기대하고는 달라도 너무 달랐다. 거긴 전혀 딴
세상이었다. 존재는 알고 있었으나 누구도 들어가기를 꺼렸던 은
밀하고도 무서운 지하실로 막 들어갔을 때의 퀴퀴한 냄새와 벽이
며 천장을 뒤덮고 있는 검은 곰팡이꽃을 보고 있는 듯한 섬찍한
느낌이라고나 할까. 남루하기 이를 데 없는 쪽방들이 비를 맞아 더
남루하게 보이고. 그런 동굴 같은 ‘하코방’ 입구마다 비썩 마른 여

인들이 오직 담배만을 벗 삼아 퀭한 시선으로 앉아 있는 모습이란 그저 참담함이었다. 외면하고 싶었으나 눈빛은 서로 마주치게 되고. 두근거리던 찰나의 기억들은 진흙탕에 찍힌 바퀴 자국처럼 철 렁거리며 내 가슴속에 새겨졌다. 그리고 시간이 흘렀지만 그날의 기억들은 진흙탕 물이 빠진 후 더욱 선명해진 바퀴 자국처럼 내 몸에 찍혀버렸다. 실이 안 팔린다는 게 무슨 뜻인지를 알게 된 건 그로부터 한참 후. 그것은 그저 우리가 그녀의 발음을 잘못 알아들은 오해였다.

늘 시원한 바람이 그칠 날 없었다고 해서 이름 붙여진 청량리(清凉里).

그런데 언제부터인가 '588'이 곁들여지며 그곳은 환락과 퇴폐의 대명사로서 드러내놓고 얘기하는 것조차 금기시돼온 악의 온상이 되었고 그곳의 여인들은 악의 꽃이 된 지 이미 오래전이다.

청량리 588은 그때나 지금이나 청량리역과 붙어 있다. 청량리역은 경춘선 열차를 타는 곳이다. 춘천 가는 도중에 있는 강촌 유원지는 당시엔 낭만의 해방구 같은 곳이었다. 역 광장에 있는 시계탑에서 만나 기차 시간까지 통기타를 치며 젊음을 으스댔다. 때로는 풍속에 유해하다는 이유로 기타를 갖고는 기차에 탈 수 없게

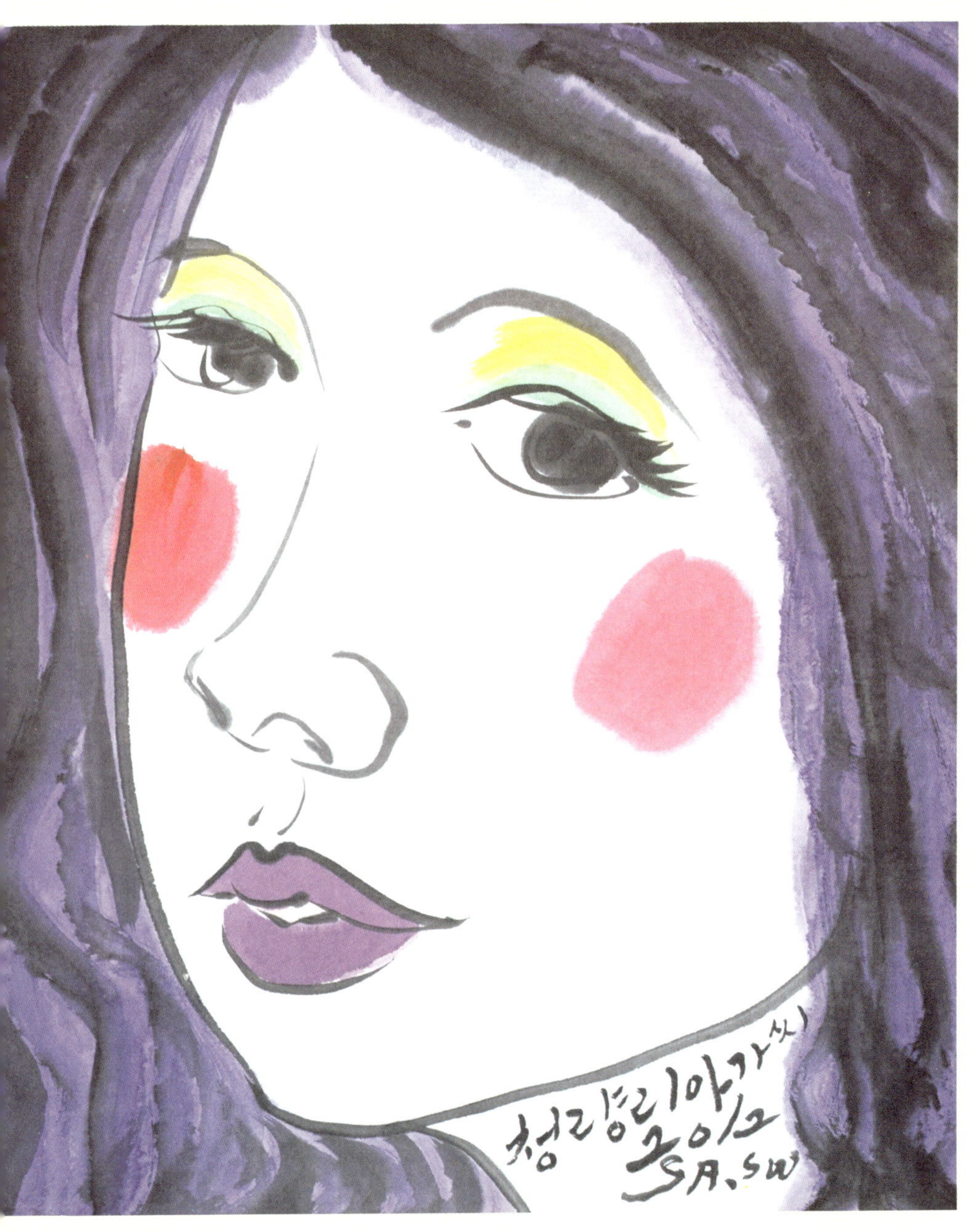

되어 압수된 기타가 역전 시계탑 앞에 산처럼 쌓이는 진풍경을 보여주기도 했다.

기차를 타고 춘천을 향해 가든지 기차에서 내려 대한민국 대표 사창가인 588 쪽으로 가든지 어느 쪽을 택하든 청량리역은 욕망의 출입구였다. 동부 지역에 복무하던 군인들이 꿈에 그리던 휴가의 첫발을 내딛는 곳도 대개는 청량리역이었다. 미래에 대한 꿈과 설렘을 실어 나르는 희망의 기항지 같던 서울역의 모습과는 차이가 있었다. 그저 욕망이라는 이름의 범선에 단 돛을 올리고 내리는 불 꺼진 선착장 같았다.

하여튼 삼삼오오 혹은 홀로이 역 주변에서 일탈을 꿈꾸는 젊음의 한 시절을 서울의 남자라면 거의 경험해봤을 터. 그들은 먼저 역전 광장의 순두부 수레에서 허기진 배를 채웠다. 작은 리어카 안의 둥근 양철통에 담긴 뜨끈한 순두부를 조그만 양은냄비에 국자로 서너 덩어리 담아 양념간장을 몇 수저 뿌리고선 훌훌 마시듯이 먹고서야 기운과 용기를 비로소 가졌다. 역전까지 나와 호객하는 펨푸(뚜쟁이) 아줌마들을 따라가거나 아니면 혼자서 사창가를 살금살금 걸어 들어갔고. 그러다가 아가씨들에게 군인들은 모자도 뺏겼고 학생들은 가방도 뺏겼다. '줘라' '안 준다' 하는 실랑이가 청량리 588 골목마다 밤새 벌어졌다. 하지만 뺏긴 걸 찾기 위해선 어쩔 수 없이 업소 안으로 들어가야 했고. 그러다가 매음의 경험은 시작되고. 그것이 방황하던 서울 남자들이 비밀스럽게 간직하고 있는 통속적인 기억일지니. "첫사랑의 소녀를 단 한 번 남산에 함께 올라 껴안고 보지도 않고 경련을 일으키면서 내려오고 만 뒤 잃은 것이다"라고 시인 고은이 매춘의 비애를 읊은 것처럼. 남자들은 그렇게 동정을 잃어갔다. 허무하고도 안타까운 청춘의 넋이라고나 할까.

서울의 원조 사창가인 종삼이 불도저라 불렸던 김현옥 서울시장에 의해 1968년 가을 철퇴를 맞게 된다. 그 발단은 어처구니없는 해프닝에 의해 시작됐다. 세운상가 건설현장을 둘러보던 시장을 종삼 아가씨가 몰라보고 '아저씨 놀다 가세요' 하고 호객한 것이 불씨. 그 사건 직후 믿을 수 없을 만큼 신속하게 종삼은 철거됐지만 그렇다고 매춘이 사라진 건 아니었다. 업소의 종사자들이 미아리나 청량리로 옮겨간 것뿐.

그 일을 계기로 대표 집창촌이 종삼에서 청량리 588로 바뀌었으나 588의 유래에 대해선 명확치가 않다. 전농동 588번지 유래설과 588번 버스가 이곳을 지났기 때문이라는 설이 있지만 실제와는 다르다.

　가장 호황을 이뤘던 1980년대의 청량리 588은 팔등신 미녀가 많기로 유명했다. 성매매 여성을 업소에 소개하는 일명 '빠리꾼'들이 다른 지역의 성매매 장소에서 외모가 출중한 여성들을 스카우트해 왔다.

　이윤 분배나 출퇴근에 있어서 청량리가 훨씬 조건이 유리했기 때문에 선호도가 높았고 그러니 단연 미녀들이 많았다. 서울의 3대 집창촌 중 술을 파는 미아리 텍사스나 천호동 텍사스(텍사스란 술과 윤락을 동시에 한 서부시대의 주점을 본떠 지칭한 윤락업소)가 한복이나 변형된 웨딩드레스를 똑같이 입고 온돌방에 줄 맞춰 나란히 앉아 있는 것과는 달리, 청량리 아가씨들은 핑크빛 유리방 안에서 선정적인 옷차림으로 늘씬한 각선미를 자랑하며 적극적인 호객행위를 했다. 그만큼 외모에 자신이 있었다는 것.

　거기에 비해 미아리 텍사스는 '붓글씨 쓰기', '풍선 터트리기', '동전 넣었다 빼기' 등 진기한 기술을 가진 여성들이 쇼를 하며 인기를 끌었다. 그래서 직장 회식이나 학교 모임 같은 단체손님들이 많았고 특히 회사 월급날이 많은 21일, 25일, 말일엔 미아리 전체가 문전성시를 이루며 들썩거렸다.

　내가 1984년 프랑스로 유학을 떠날 때 미아리 텍사스의 '비둘기 집'이라는 곳에서 중고등학교 동창생들이 송별회를 해주었다.

그날 쇼를 처음 본 나는 꽤나 큰 충격을 받았다. '어떻게 저럴 수가!' 감탄의 연속이었다. 그때 쇼를 하는 여성이 자신의 성기에 큰 붓을 꽂고 먹물을 듬뿍 찍어 화선지에 나를 위해 기념 휘호를 했다. '공부 잘하세요'라고. 그것이 영향을 미쳤는지 내 유학생활은 평탄치 않았고 결국 중도 하차했다. 뻔뻔하지만 부인할 수 없는 젊은 시절의 흔적들인 셈인데 30년 가까이 지난 지금까지 '비둘기집'이란 상호가 왜 잊히질 않는지 아무리 생각해도 그 이유를 알 수가 없다.

2012년 장마가 한창인 7월의 어느 날 밤에 나는 청량리 588에 갔다. 38년 전 소년 시절 생애 최초의 유곽 기행에 동행했던 중학교 동창 김명국과 함께한 감회 어린 방문이다. 오랜 세월이 지난 지금은 그 모습이 어떻게 변했는지 궁금했다. 어쩌면 2004년에 발표된 '성매매방지특별법'으로 일체의 윤락행위가 금지됐기에 자취도 없이 사라졌을 수도 있다고 생각했다.

청량리역은 참 많이 변했다. 시계탑은 그대로 있었으나 초현대식 역사가 거대한 백화점과 연결되어 예전의 아담한 모습은 온데간데없었다.

순두부 수레도 보이지 않았다. 70년대엔 대왕코너라고 불렸던 로터리의 건물은 대형쇼핑센터로 변신해 완전히 새 모습으로 단

장돼 있었다.

약간은 긴장한 채 골목 안으로 조심스레 들어갔다. 아! 그런데 이 광경은…… 청량리 역사의 현란한 변신과는 달리 38년 전 중학생 때 본 모습, 그리고 30년 전쯤의 기억에 남아 있는 588의 모습 거의 그대로였다.

몇 가게는 폐쇄된 채 방치돼 있었으나 나머진 여전히 예전 환락의 거리로 남아 있는 것처럼 보였다. 별로 변하지 않은 허접스러운 시설의 가게, 선정적인 옷차림으로 '오빠, 놀다 가'를 속삭이는 아가씨들. 이곳은 거짓말같이 시간의 변화에서 비켜나 있었다. 588 골목에 행인은 별로 없었다.

대학생으로 보이는 청년들이나 생뚱맞게 나이 든 아저씨나 관광객으로 보이는 일본 남자들과 카메라를 들고 있는 중국 남자들이 더러 보였다. 승용차를 탄 채 골목을 천천히 지나다니며 눈요기하는 부류가 오히려 행인보다 많아 보였다. 가끔 경찰 순찰차도 지나갔다.

그곳의 아가씨들은 민망하게도 모두 맘에 들기도 하고 민망하게도 모두 맘에 안 들기도 했다. 20센티미터도 더 돼 보이는 키높이 구두를 신은 아가씨가 유리 미닫이 문간에 선 채 열심히 화장을 하고 있다.

“아가씨, 요즘엔 어떻게 해요?”

용기를 내서 물었다.

“15분에 7만 원, 30분에 14만 원, 1시간에 21만 원이에요.”

옛날엔 얼마였지. 도무지 기억이 안 났다. 그런데 가까이서 본 남루한 가게의 풍경이 몹시도 역겨웠다. 정욕의 때가 세월 따라 켜켜이 쌓아 올려진 것 같았다. 한여름의 더위와 맞물려 역한 냄새도 나는 것 같았다.

새삼 이 거리에 서 있다는 것조차 불쾌했다. 궁금한 게 많았지만 어서 여기서 벗어나고 싶었다.

사창가와 붙어 있는 성바오로병원 쪽으로 급히 걸음을 재촉했다. 유리방 아가씨들이 보내는 유혹의 시선은 따가웠다. 난 애써 모른 체했다. 병원은 구원의 성채같이 보였다.

응급실 건물 옆을 지나는데 한 여인이 길가에 엎드린 채 통곡한다. 남편이 큰 사고를 당해 응급실에 실려 온 모양이다. 한 남자가 ‘아직 죽은 건 아닌데 울지 마요’ 하며 그녀를 위로한다.

욕망의 거리에서 빠져나오자 허무의 공간으로 들어선 것 같다. ‘사는 게 뭐지?’ 쓸쓸한 질문만 맴돈다. 목이 탔다. 병원 매점에서 찬 생수 한 병을 사서 벌컥벌컥 들이켰다. 오늘 밤은 내 생애 마지막 청량리 588 기행이 될 것 같다.

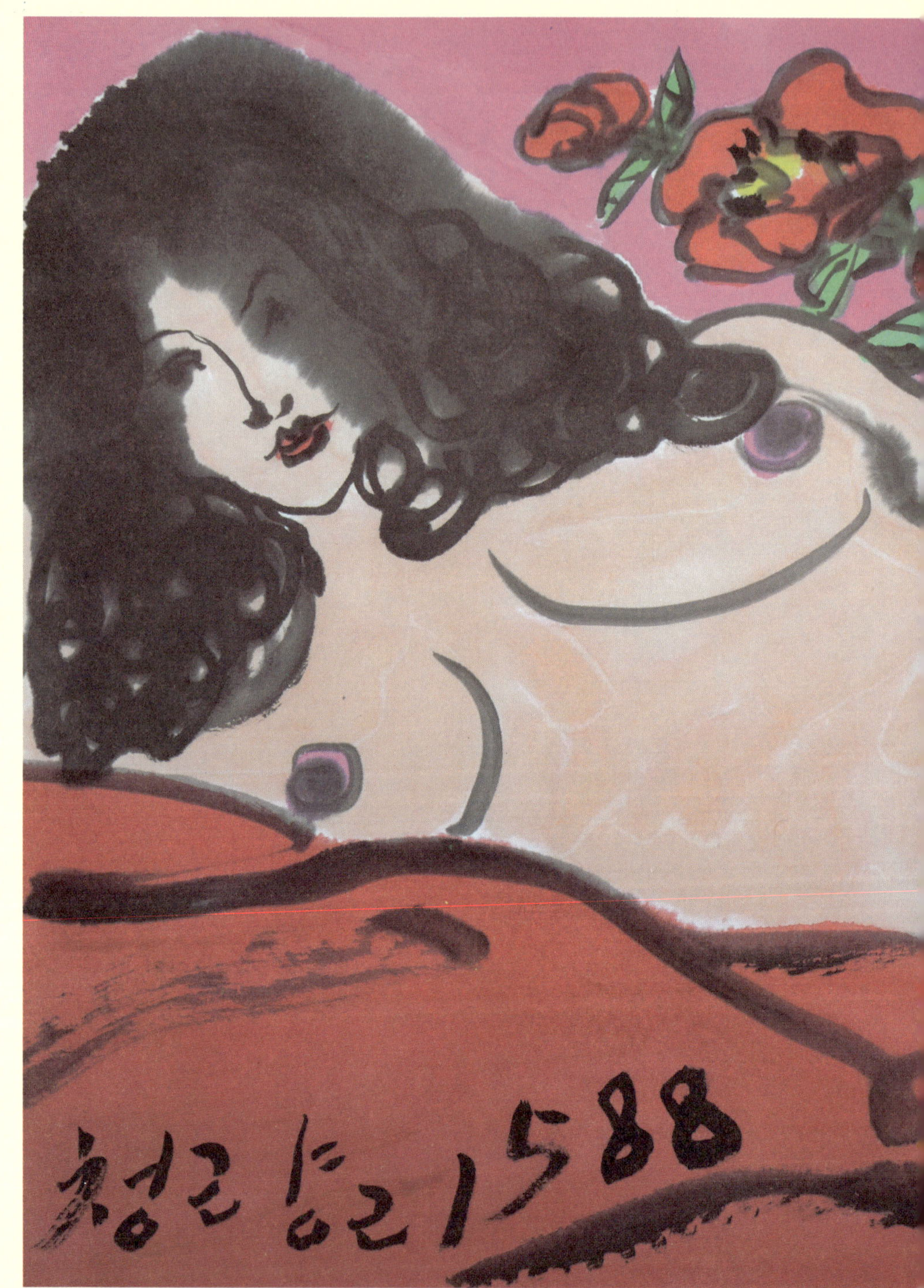
청은향리 1588

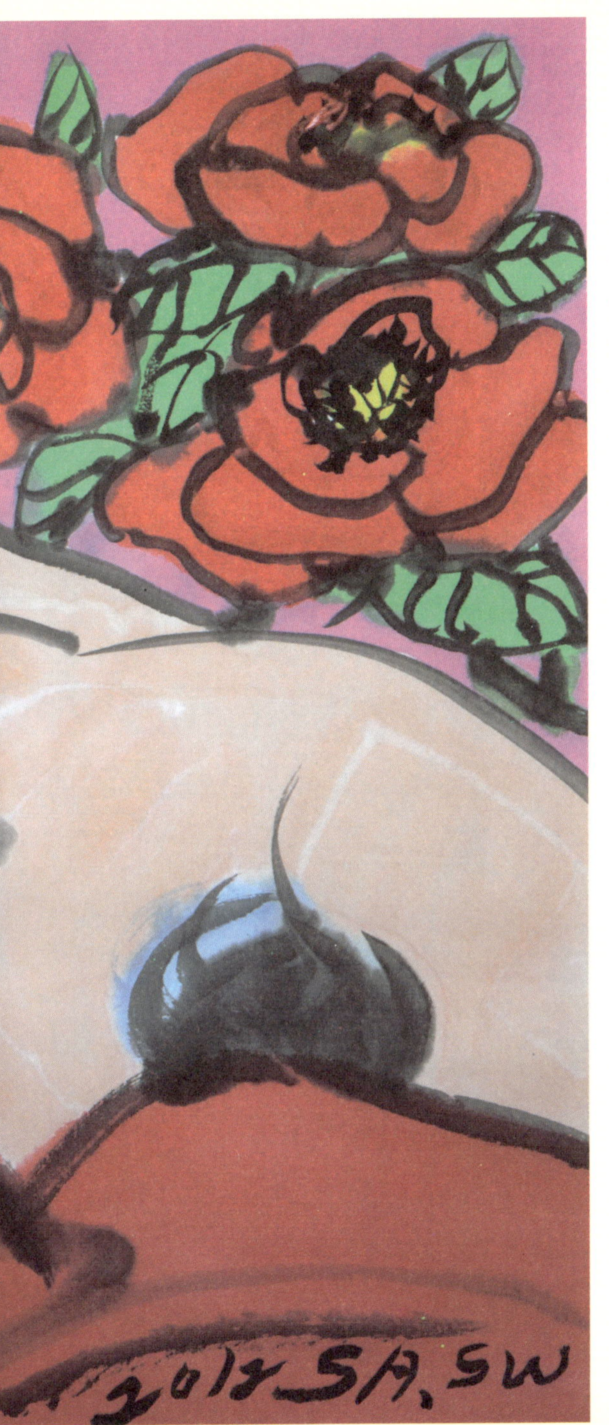

그들은 먼저 역전 광장의 순두부
수레에서 허기진 배를 채웠다.
작은 리어카 안의 둥근 양철통에
담긴 뜨끈한 순두부를 조그만
양은냄비에 국자로 서너 덩어리
담아 양념간장을 몇 수저 뿌리고선
홀홀 마시듯이 먹고서야 기운과
용기를 비로소 가졌다.

어르신들을 위한 젊음의 광장

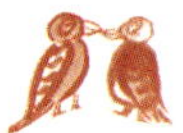

"나도 왕년엔 한가락 했어."

저마다 왕년을 회상하는 노인들의 영토가 종로에 있다. 탑골공원과 종묘 일대다. 젊은이들의 거리 종로2가에서 네거리를 건너가면 담벼락이 보인다. 탑골공원이라 부르지만 예전엔 주로 파고다공원이라 불렀다. 파고다는 '탑'이란 뜻이다. 공원 안에 국보2호 원각사지십층석탑이 있기 때문. 보물3호인 대원각사비도 있다. 삼척동자도 아는 사실이지만 3·1운동 때 독립선언문이 낭독된 곳이기도 하다. 공원 담을 끼고 점집들이 늘어서 있다. 열두 채쯤. 사주, 타로, 운세, 연애운, 애정운 등을 본다는데 점값은 3000원씩. 비싸

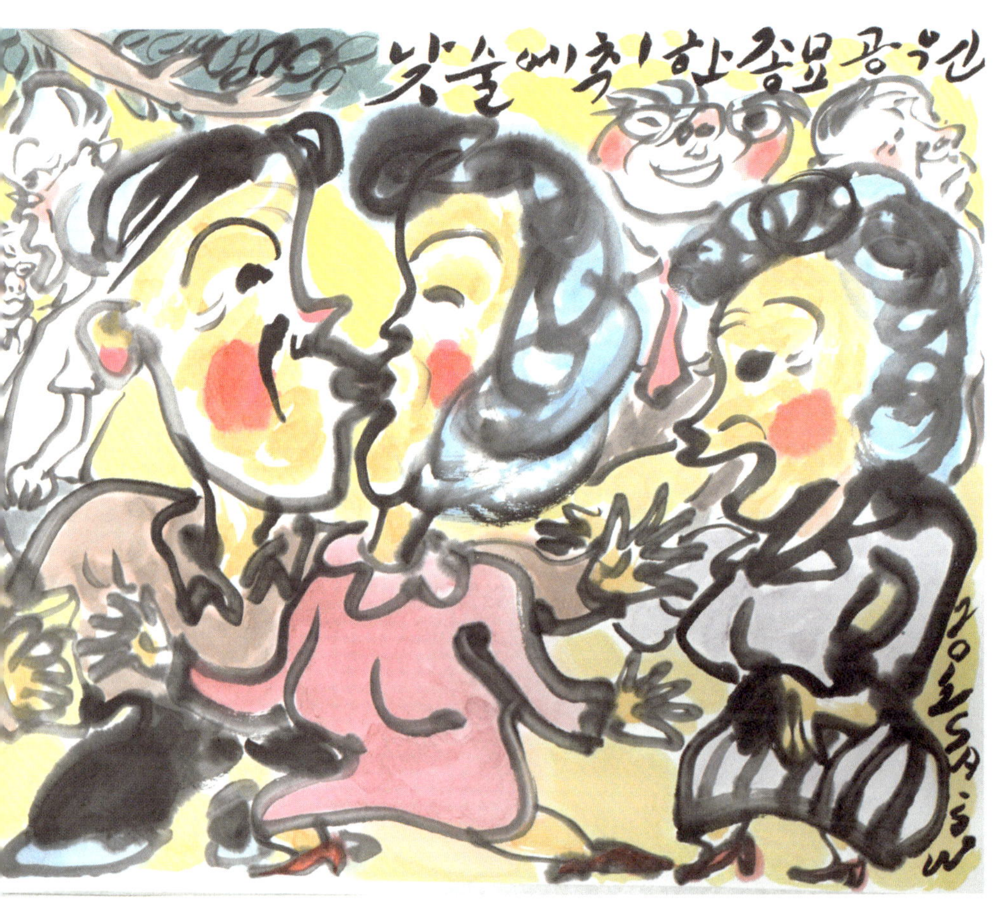
낮술에 취한 종묘공원

지 않은 가격 때문에 불현듯 점쟁이에게 묻고 싶은 마음이 생겼다.

"나는 어떤 인간인가요?"

1988년 올림픽을 맞아 탑골공원이 무료가 됐고 교통 좋은 탑골 공원으로 노인들이 몰렸다. 단지 교통만 좋은 것이 이유만은 아니었다. 서울에서 젊음을 보낸 이들에게 종로는 자신의 전성 시절 본 거지였을 것이리라. 왕년엔 종로에서 진탕 놀아도 보고 때론 꽤 큰 돈도 만져보면서 종로와 함께 나이 든 것이다.

또한, 사람에게만 왕년이 있는 것은 아닌 것 같다. 아주 옛날은 모르더라도 종로는 서울의 왕년을 대표하는 중심지였다. 왕이 행차하는 길이었으며 최초로 전찻길이 놓인 곳도 종로였다. 1968년 서울시장 김현옥에 의해 완전히 사라질 때까지 70년간 전찻길은 근대화의 상징이었다. 또 전차를 대신해 대한민국 최초로 지하철 1호선이 등장한 곳도 종로다. 1974년 8월 15일 역사적인 운행을 시작할 때만도 종로는 전성기를 이어가는 듯 보였다. 그런데 그로부터 40년 가까이 지난 지금은 종로가 서울의 중심이라고 말할 순 없게 됐다. 명동이나 강남에 비해 쇠락하면서 계속 하강 곡선을 그리고 있다.

경기, 휘문, 숙명, 창덕 등 고등학교도 옮겨 갔고 종로 언저리의 서울대도 한강 너머로 이전했다. 종로2가부터의 대로변엔 어찌 된 영문인지 새로 지은 건물도 거의 없다. 대부분 40년 이상 나이 먹은 건물들이다. 그러나 여전히 노인에게 기억 속의 도심은 오직 한 곳 종로뿐이다. 가장 익숙한 곳이기 때문이다. 지난날의 영화를 간직하고 싶기 때문이다. 그 종로 한가운데에 섬처럼 떠 있는 외로운 공간 탑골공원에 모여 잘나갔던 왕년을 되씹고 있다.

2012년 8월 17일 오후의 탑골공원은 한산했다. 무더위 탓도 있겠지만, 종묘 주변으로 노인들이 대거 이동한 이유가 더 큰 것 같다. 공원 안에서 젊은 외국 여성과 일흔이 좀 넘어 보이는 노인이 영어로 얘기를 나누고 있다. 여유롭게 대화를 이어간다. 예사롭지 않은 영어 실력이다. 한땐 만만치 않은 왕년을 보냈으리라. 구경하던 수염이 덥수룩한 외국 남자가 나에게 사진을 찍어달라고 해 가벼운 미소를 지으며 찍어주었지만 갑작스러운 외국어에 사실 약간 당황했다. 의암 손병희 선생 동상과 독립선언서를 대충 훑어보다가 정문 옆에 있는 화장실을 갔다. 화장실 창문을 통해 공원 밖의 풍경이 환히 보이고 소리도 잘 들렸다. 확성기 소리가 꽤나 시끄럽다. 공원 정문 바로 옆에서 "불신 염원 지옥, 예수 영원 천국"이라는 휘장을 세운 이들이 아주 큰 소리로 노래를 하고 있다. 남녀 일고여덟 명쯤이 떼를 지어 노래한다. 마흔가량 된 여자는 두 손을 부여잡고 눈을 감은 채 연신 중얼댄다. 기도를 하는 모양이다. 엄청난 믿음이다.

공원을 나와 종로3가 지하철역 쪽으로 가다 보면 건너편 지금 국일관 근처에 '로젠켈러'라는 고고장이 1980년 초에 생겼었다. 그전까진 종로에선 저렴한 종각의 '마패'란 곳이 성업했었다. 시설 좋은 로젠켈러가 생기자 단박에 당대 서울 오렌지족들의 아지트가 됐다. 우리 과의 마산서 온 예쁘장한 여학생이 꽤 놀 줄 아는 댄싱걸이라 친구들과 몇 번 놀러 간 기억이 있다. 본시 가무엔 흥미도 소질도 없어 자리에서 소지품만 지키고 있는 게 내 역할. 그런데 나는 묘한 버릇이 있었다. 노랗고 빨간 무도장 조명만 보면 이상하게도 잠이 쏟아진다. 조는 게 아니라 까무러친 것처럼 잠이 들어 코를 골기도 한다. 그러다가 웨이터에게 쫓겨난 적도 있다.

종로3가 네거리엔 유명한 단성사와 피카디리 극장이 있었다. 지금은 피카디리만 남아 '롯데시네마 피카디리' 간판을 달고 그 명맥만 유지하고 있지만 그 시절 개봉관들의 인기는 정말 대단했다. 상영 시간이 끝나면 극장 옆 물만두 전문 중국집도 초만원이었고. 중학교 3학년이던 1975년 여름날, 갑자기 눈이 나빠져 종로3가에서 안경이란 걸 처음으로 맞춰 쓰고는 잘 보이는지 시험하고파 한낮에 단성사로 가서 혼자 영화를 봤다. 은테 안경이었다. 18세 이상 입장인데 웬일인지 입구에서 무사 통과됐다. 로저 무어 주연의 〈골드〉란 영화였다. 남아공의 금광을 둘러싼 암투를 그린 영화. 그로부터 10년쯤 후에 파리 샹젤리제 거리에서 〈007 시리즈〉 영화 홍보차 프랑스에 온 로저 무어를 실제로 본 적이 있다. 그때의 느낌이란 인간의 모습이 아니었다. 저렇게 잘날 수가! 비록 목엔 주름살이 밭고랑처럼 깊게 파였지만 얼굴에서는 광채가 났다.

' "오빠 복이 많은 사람이여."

남자의 너스레에 여자가 맞장구를 치며 비위를 맞춘다. 흐뭇한 미소가 남자의 얼굴에 가득하다. 모아놓은 돈이 있다고 남자는 자랑을 늘어놓는다. 남자는 칠십서너 살쯤, 그리고 합석한 여자 둘은 육십 대 후반 정도로 보인다. 남자 얼굴이 기분 좋은 하회탈같이 정감 있게 생겼다. 종묘공원 '이쁜이네' 노상 주점에선 아직 한낮인데 세 남녀는 이미 얼큰하게 취했다. 비어진 생맥주잔 바닥엔 게 거품만 뽀글거린다.

"뽀뽀도 했나?"

여자가 물어본다. 몇 번 뽀뽀에 관한 대화가 오가더니 그중 반반하게 생긴 아줌마가 느닷없이 남자에게 뽀뽀를 하고는 만 원만 달라고 한다. 어정쩡한 표정으로 남자가 만 원을 준다. 나머지 한 여자가 "오빠 나 술 취했다. 기분이다. 5000원 만 줘봐, 내가 뽀뽀해 줄게" 하며 수작을 부린다. 돈 받은 여자는 탁자를 손바닥으로 치며 박자를 맞춘다. 흥을 돋운다. 아이고 아저씨, 좋아 죽는다.

조선의 역대 왕과 왕비의 제사를 모시는 사당인 종묘. 유네스코에서 지정한 세계문화유산이다. 절묘한 긴장감과 비례미로 국내외 건축가로부터 최고의 찬사를 듣는 한국의, 아니 인류의 자랑이다. 그런 종묘가 노인들로 인산인해다. 황혼 광장이다. 일제강점기에 꼿꼿한 교육자로 유명했던 월남 이상재 선생의 동상이 지긋이 내려다보고 있는 종묘공원엔 날씨만 나쁘지 않다면 수백 명의 노인들이 일제히 하루 온종일 바둑을 둔다. 그들은 무료한 시간을 보내기 위해, 바둑이라는 매우 느린 놀이를 통해 꽤 효과적이고 그러면서도 필사적인 노력을 하는 것이다.

가장자리엔 주점들이 늘어서 있다. 막걸리 한 양재기나 큰 종이컵으로 소주 한 잔이 1000원. 아줌마들도 많다. 이미 술 취한 분도 계시고 호시탐탐 접선할 기회를 엿보는 분도 계신다. 이곳은 노인들을 위한 욕망의 공간이다. 박범신이 소설 《은교》에서 말했지. "젊음이 노력에 의해서 얻어진 것이 아닌 것처럼, 늙음도 과오에 의해 얻은 것이 아니다"라고. 맞다! 노인의 욕망은 범죄가 아니고

기형도 아니다. 그냥 자연일 뿐이다. 종묘공원은 어쩌면 젊은이들보다도 더 뜨거운 노인들의 욕망이 몸부림치며 몸살을 앓는 곳인지도 모르겠다. 시간이 많지 않기에. 절망할 정도로 외롭기에.

또 다른 한 남자가 부러운 표정으로 이쁜이네 노상 주점에 다가와 합석할 기회를 엿본다. 여의치 않자 입맛만 다신다. 만 원을 손에 쥔 아줌마가 슬그머니 자릴 뜬다. 저만치 가더니 어느 아저씨를 붙잡고는 대뜸 말한다. "오빠, 보고 싶었는데 어디 갔었어?" 능력 있는 아줌마다.

종로3가엔 상패, 트로피 가게들이 많았다. 오랫동안 어머니가 하시던 양장점이 기성복에 밀려 접고는 잠시 하숙도 해봤지만 여의치 않아, 고민 끝에 부모님은 종로3가에 '오성사'란 상패가게를 여셨다. 내가 중학교 졸업 무렵이었다. 종로 큰길가는 아니고 뒷골목에 위치한 누추한 가게였다. 3대가 모여 사는 우리 대가족의 미래는 작은 상패가게 오성사의 수입에 달렸다. 다행히 몇 군데의 굵직한 단골이 생겼다. 모 무용대회에서 필요한 모든 상패와 트로피를 고정적으로 맡게 됐고 동아일보사의 판촉물도 수주하게 됐다. 특히 무용대회는 자주 열렸으며 그때마다 수상자들이 어마하게 많았다. 어머니의 진실함과 아버지의 순수함이 손님들에게 신뢰를

얻은 것이다. 그리고 장 부장이라는 뚝심 있고 재능 많은 직원을 둔 이유도 있었다. 한창 바쁠 때는 고모들이나 여동생, 내 친구들까지도 가게 일을 도왔다.

부유한 집안의 큰아들로 태어나 명문대에서 법학과 경제학을 공부하신 아버지는 그리 절실한 것이 없었던 유순하고 낭만적이고 아는 것 많은 도련님이었다. 점점 가세가 나빠져갔다. 특별한 사건이 일어난 건 아니었다. 식솔들이 너무 많았기 때문이다. 그래도 아버진 터무니없을 만큼 낙천적인 성격을 가지고 계셔서 난감해하진 않으셨다. 그동안 생활은 어머니의 몫이었다. 아버지에게 세상은 꿈꾸는 동화 속이었고 봄날의 노랑나비처럼 유유자적하셨다.

오성사란 상패집을 시작한 것은 아버지로선 커다란 용기였다. 우아한 나비 한 마리가 천적이 우글대는 정글로 들어온 것이다. 그러나 여전히 꿈과 현실 사이에서 엉거주춤하셨다. 어머니가 가게 일을 도우실 때까지는 그런대로 안정감이 있었지만, 후일 갑자기 어머니가 돌아가시면서 상황은 급격히 위태로워졌고 결국 가게를 직원에게 넘겨주셨다.

내가 고등학교를 졸업했을 때 아버진 술을 가르쳐주신다며 종로3가 뒷골목의 허름한 일식집에서 소주를 따라주셨다. 그날 많은 술을 마셨다. 하지만 아버진 진작부터 내가 술을 마셨다는 사실을 모르셨다. 어쩌면 자식들을 세상에서 제일 잘 모르는 사람이 부모일지도 모르겠다. 그날 아버진 아주 많이 취하셨고 겨우 아버지를 모시고 집에 들어올 수 있었다.

빚은 자꾸 쌓여갔다. 어쩔 수 없이 유학 가 있던 내가 중도에 돌아와 고액 과외로 그 많던 집안의 빚을 2년이 채 안 돼 모두 청산했다. 오랫동안 오성사에 재직했던 장 부장에게 가게를 넘겨주셨다. 그때는 업소의 전화번호가 매우 중요했다. 아버진 늘 내게 미안해하셨다. 뭔가 물려주고 싶어 하셨는데 마땅한 것이 없었다. 오성사는 끝번호가 3000이란 좋은 번호를 갖고 있었고 그 번호라도 나에게 남겨주려 하셨다. 하지만 내겐 그런 전화번호는 필요 없다며 간곡히 사양했고 지금도 장 부장님이 그 번호로 오성사를 꾸려가고 계신다.

중학교 때 살던 동대문구 휘경동 247번지 집은 마당이 넓어 많은 동물을 길렀다. 그중 토끼도 있었는데 가끔 토끼가 죽으면 남동생과 껍질을 정성껏 벗겨 종로5가의 가죽가게에 가서 팔았다. 마리당 200원씩 쳐주었다. 당시 종로5가엔 박제, 가죽 가게가 많았고 동생은 특기를 살려 의사가 됐다.

그레이하운드란 미국서 들여온 고속버스를 종로6가 고속버스 터미널에서 본 적이 있다. 2층이었고 화장실도 있는 거대한 미국

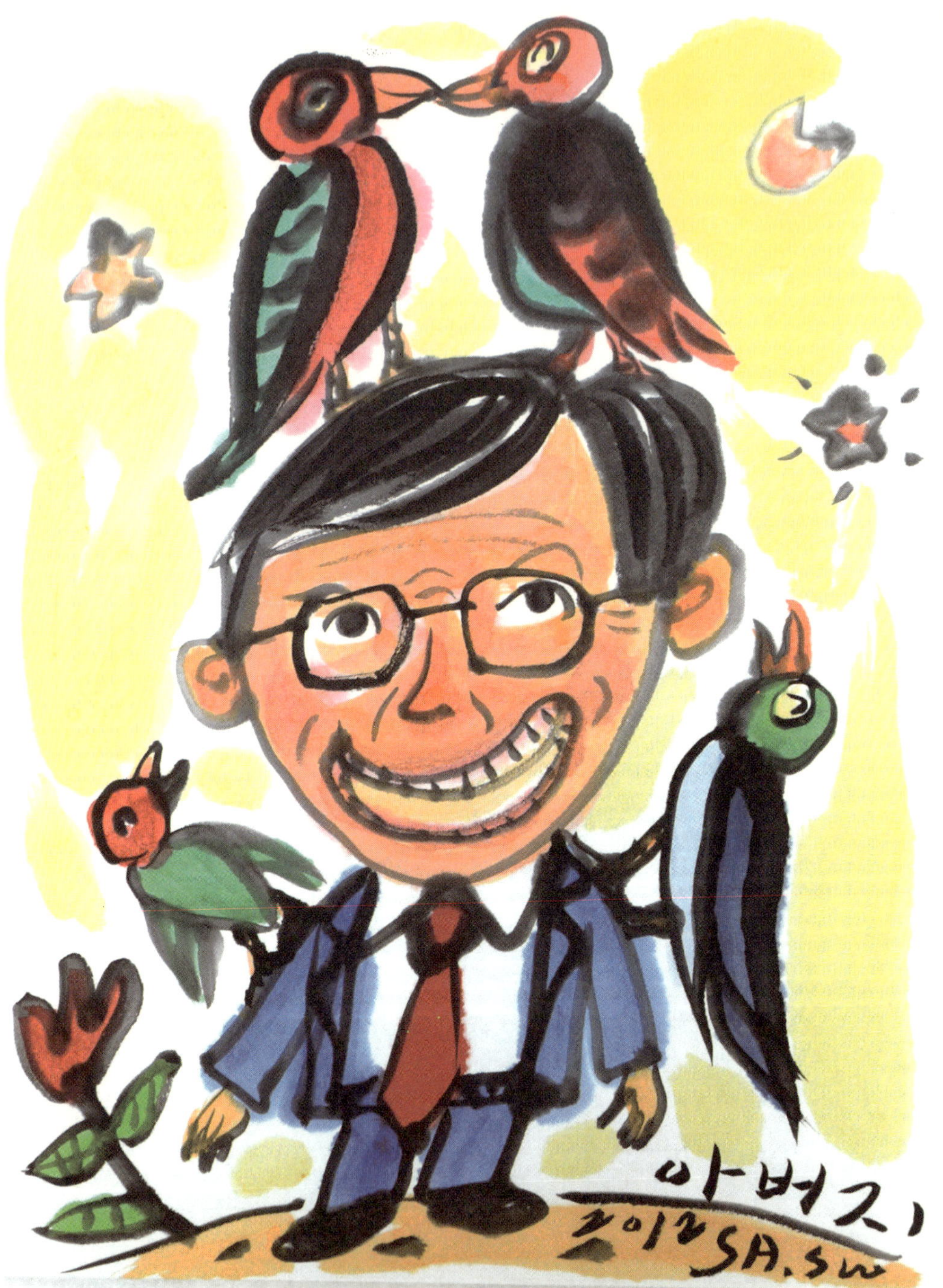
아버지
2012 SA.sw

같이 생긴 버스였다.

아주 어릴 적 그곳에서 전차를 탄 적도 있었다. 고모랑 같이 탔는데 표 받는 운전사가 친척 아저씨였다. 반갑다며 우리에겐 표를 안 받으셨다. 그것이 내가 가지고 있던 종로에 관한 최초의 기억이다. 궤도를 따라 느릿느릿 가는 전차처럼 종로는 여전히 내겐 여유로운 추억의 보따리다. 따사로운 이야기들이 가득 담긴 비단 보따리 말이다.

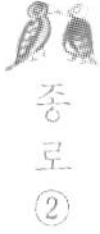

사람이 그리워 찾아간 유년의 뜰

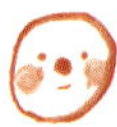

이유는 알 수 없다. 40년간 한 번도 안 간 곳을, 하필이면 오늘 같이 초대형 태풍이 몰아치는 궂은 날 불쑥 뜬금없이 가려 하니. 아내는 한사코 말린다. 어쨌건 난 지금 꼭 가고 싶다. 설명하긴 어렵지만, 뭐 인생이란 게 원래 그런 것 아닌가. 이미 택시에 탔다.

두근거린다. 40년 만이다. 홍제동에 가고 있다. 2012년 8월 28일 강력한 태풍 '볼라벤'의 중심이 막 서해를 통과하고 있는 오후 4시 50분. 겁먹어서인지 거리가 한산하다. 오히려 통행이 수월하다. 바람 불어 좋은 날이다. 무악재를 지나 홍제역 못 미쳐 홍제3거리란 곳에 택시는 날 내려주었다. 대로에서 모래내로 향한다는

인규의얼굴
2012
SA. SW

표지판이 있는 곳이다. 옛날 내가 살던 집터다. 지금은 1층에 LG전자 대리점이 있는 고층건물로 변했다. 설렘을 안고 나의 과거에 도착했다.

초강력 태풍답게 가로수가 뿌리째 뽑혀 있고 은행나무 이파리들이 무더기로 떨어져 있다. 노란 은행 알들도 사방에 널려 뒹군다. 먹구름들이 재빠르게 머리 위로 지나간다. 사선으로 내리치는 세찬 빗줄기에 우산을 썼지만 내 아랫도린 이미 흠뻑 젖었다. 수첩의 글씨들이 잉크가 번지며 알아볼 수 없게 됐다. 두 손으로 우산을 꽉 잡아도 금방 뒤집힐 것같이 버둥거린다.

338미터 높이의 인왕산은 이곳에서 보면 초라하다. 겹겹이 산을 둘러싸고 있는 고층 아파트 때문. 빛바랜 색으로 인왕아파트만 수줍은 듯 살짝 모습을 내밀고 있다. '나 아직 여기 있어' 하는 것처럼. 서울서 가장 오래된 아파트 중 하나라고 한다. 그땐 부의 상징이었는데. 무악재엔 서울여상이 있었다. 그런데 안 보인다. 아파트에 가려서인가 아니면 이사 갔나. 알 수 없다. 굉장히 공부 잘하는 학생들이 다니던 학교였다.

1967년 이곳으로 이사 왔을 때 우리 집은 상당히 넓었으나 낡았고 지붕의 일부는 초가였다. 지금의 홍제동 우체국 옆에는 작은 개천이 흘렀다. 개천 변엔 하늘색과 노란색으로 칠해진 공중 화장실이 있었다. 동네 아이가 화장실에 빠져 허우적대는 걸 지나가던 아저씨가 건져내 씻긴 후 독을 뺀다며 어른들이 강제로 인절미를 먹이는 걸 본 적도 있다.

앞산인 인왕산 계곡엔 나비가 많았다. 보기 어려운 신기하고 아름다운 나비도 볼 수 있었다. 제비같이 생긴 검고 큰 나비가 계곡에서 펄럭거리며 날고 있는 모습은 비현실적인 풍경 같았다. 몽환적인 세계로 매일 아침 아버지와 같이 빠져들었다. 유명한 인왕산 호랑이는 백 년 전에 이미 인왕산에서 사라졌다.

인왕아파트가 완공돼 막 입주를 시작하던 1968년 1월에 큰 변고가 났다. 1월 21일 북한의 특수부대인 124군 부대 소속 31명이 청와대를 습격하려 침투한 것이다. "박정희의 목을 따려고." 생포됐다가 후에 목사가 된 김신조를 제외하곤 전원 사살됐지만 인왕산은 곧바로 폐쇄됐다. 25년이 지난 1993년 3월에야 다시 개방됐다.

그때 군인들이 홍제동 일대를 둘러싸고 잔당들을 소탕하려 하수구까지 샅샅이 뒤졌었다. 곧 전쟁이 일어나는 줄 알았다. 그러잖아도 동해 쪽에선 무장공비 출현이 잦았을 때다. 공비 한 명을 사살하는 데 국군이 평균 다섯 명 정도가 죽어 굉장히 걱정했던 기억이 있다. 나중에 알았지만 1·21사태는 향토예비군이 창설되는 계기가 됐고 대북 침투를 위한 684부대(실미도 부대)도 조직됐다고 한다. 하여튼 그 사건 이후로 아버지와의 인왕산 등산은 더 이상 할 수가 없게 됐다.

그 즈음 홍은동에 유진상가라는 건물이 들어섰다. 대단히 큰 규모의 상업시설이었으며 특히 청과물 시장이 유명했다. 우리 집에 세 들어 살고 있던 반 친구가 있었다. 그 친구네 어른이 유진상가 앞에서 리어카로 수박을 팔았다.

어느 날 친구를 도와준다고 나도 밤늦게까지 수박 행상을 했다. 내가 호객행위를 잘한 덕에 꽤 많이 팔 수 있었다. 그런데 집에 와 보니 등이 전부 꺼져 있고 촛불 하나만 켠 채 엄마가 기도를 하고 있는 게 아닌가. 모두들 내가 없어져 애 잃어버렸다고 큰 소동이 났던 것이다.

유진상가 앞에는 홍제천이란 개천이 흘렀다. 북한산에서 모인 물이 평창동과 세검정을 지나 흘렀다. 자하문 밖 세검정은 경치는 좋았지만 물이 너무 차가웠다. 아이들이 물장난 치며 놀기는 오히려 수온이 적당한 유진상가 앞이 좋아 홍제천에서 수영하며 놀았다. 그런데 오래는 못 갔다. 왜냐하면 갑자기 물이 더러워졌기 때문이다. 이제 유진상가도 곧 철거되고 그 자리엔 48층 높이의 초고층 주상복합 건물이 들어설 예정이라고 한다.

그랜드힐튼호텔 자리는 온통 소나무 천지였다. 인왕초등학교를 다닐 때 그곳으로 송충이 잡으러 간 적도 있다. 지금의 홍제역 부근엔 성도극장이란 영화관이 있었다. 개봉관은 아니고 쇼도 보고 영화도 보는 그저 그런 동네극장이었다. 학교에서 단체상영을 몇 번인가 갔었는데 그중 〈사격장의 아이들〉이란 영화가 감명 깊었다. 사격장 인근 황폐한 동네에 살며 탄피를 줍는 아이들의 애환을 그린 영화였다. 큰할머니와 식모 누나와 함께 명작 〈미워도 다시 한 번〉을 본 것도 성도극장이다. 어린 나이였지만 나는 여배우 문희의 미모에 흠뻑 빠졌다. 몇 해 전 실제로 그분을 뵌 적이 있었다. 지금도 정말 아름다우셨고 그 후 막걸리도 같이 마신 영광스러운 추억도 있다. 또 〈태양은 가득히〉란 알랭 들롱의 데뷔작도 한참 지난 후 상영된 적이 있었다. 색안경을 끼고 찍은 포스터의 남녀 주인공이 참 잘생겨 어찌 저리도 잘날 수가 있을까 땅만 보며 골똘히 생각에 잠긴 채 등교하다가 택시에 치였다. 정확히 배를 받혀 쓰러졌지만 곧 벌떡 일어나 학교로 걸어갔다. 놀란 택시 기사님 얼굴이 지금도 생각난다. 그런데 이상하게도 다친 데는 전혀 없었다.

인왕초등학교 가는 길목에 큰 느티나무가 있다. 오늘 와서 보니 그 앞으로 서대문 세무서가 생겼다. 나무 뒤 문화전파사가 있는 건물 자리에 보신탕집이 있었다. 우리 집에서 기르던 해피란 개를 친척 아저씨가 그 보신탕집에 팔았다. 해피는 느티나무에 하루 동안

목이 매인 채 있었는데 방과 후 집에 가는 나를 보고 엄청나게 짖어댔다. 살려달라고, 그냥 가면 안 된다고. 아, 너무 미안하다. 그때 내가 어떻게든 너를 구했어야 했는데.

벽제화장장이 생기기 전엔 홍제동에 화장장이 있었다. 화장장은 우리의 놀이터였다. 그곳엔 늘 누런 삼베로 된 상복 입은 사람들이 울고 있거나 술에 취해 있었다. 마당엔 커다란 은행나무 세 그루가 서 있었고. 오늘에서야 그중 한 그루가 죽었다는 소식을 들었다. 큰 굴뚝을 통해 뭔가 탄 찌꺼기가 연기와 함께 날렸었다. 우린 그것이 사람 탄 재라며 놀이 삼아 주우러 다니기도 했다.

엄마가 홍제동에 이사 와서 처음으로 양장점을 개업하셨다. 킹스타 양장점. 1967년 초겨울이었고 첫 손님으로 온 아가씨가 바지를 맞췄다. 엄마는 처음 받은 돈에 퉤퉤 하며 침을 뱉으셨다. 재수 붙으라는 기원이었고. 그 덕인지 몇 년간은 그런대로 대식구가 생활할 수 있었다.

TV가 많지 않았던 때라 아이들은 주로 만화방에 가서 5원 내고 TV를 봤다. 다행히 우리 집엔 TV가 있었다. 〈타이거 마스크〉, 〈요괴인간〉, 그리고 연속극 〈여로〉가 참 재미난 프로였다. 남진이 월남에서 돌아와 귀국쇼를 할 때엔 양장점 미싱, 시다 누나들이 열광하며 지르던 함성이 지금도 귓전에 울린다. 특히 제일 많이 좋아했던 은자 누나 잘 계시죠?

아폴로11호가 달에 착륙한 장면도 TV를 통해서 봤다. 1969년 여름방학을 며칠 앞둔 어느 날 낮에 집에 와보니 아버지와 동네 아저씨들이 달에 착륙해 허우적대는 듯한 몸짓으로 우주인들이 뭔가 하는 것을 보고 계셨다. 그런데 세 명이 갔는데 두 명만 달에 내렸고 한 명은 우주선에 남아 칠흑 같은 우주를 빙빙 돌며 기다려야 했다. 달 바로 앞까지 갔다가 그냥 온 우주인이 참 안됐다고 생각했다. 혼자서 얼마나 무서웠을까.

이듬해 마포에서 와우아파트가 무너졌다. 또 그 이듬해엔 석회 두부로 온 나라가 시끄러웠다. 두부 좋아하는 나도 석회 때문인지 허리가 뻣뻣해진 듯 느꼈었다.

그러나 우리는 마냥 좋았다. 동네 성냥공장 공터에 친구들과 나란히 앉아 무슨 뜻인지도 모르고 누군가 가르쳐 준 〈인천의 성냥공장 아가씨〉란 노래를 큰 소리로 불러 젖혔다.

홍제동 대로변에 관서체육관이란 태권도 도장이 있었다. 창덕여고에 다니던 막내 고모와 난 그곳에 등록을 하고 태권도를 배웠는데 부사범이란 남자 고등학생 놈이 흔치 않은 여학생이 들어왔다며 딴 맘을 먹고 귀찮게 해 우린 할 수 없이 한 달도 안 돼 그만

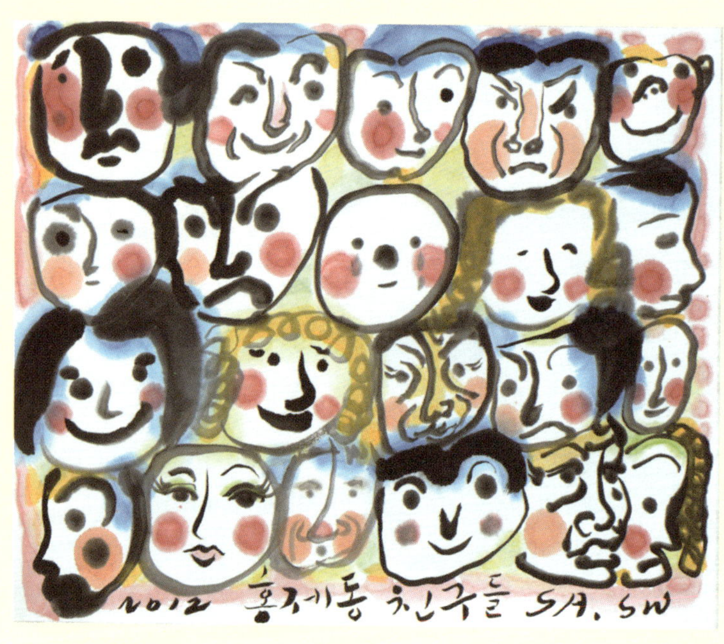
No.2 홍제동 친구들 SA. SW

두고 말았다. 요란한 국회의원 선거도 있었다. 공화당에선 아나운서 임택근, 신민당에선 김상현. 김 후보가 당선됐다.

화장장이 없어지고 그 자리에 고은초등학교가 생겼다. 1971년 가을 나는 정든 인왕초등학교에서 고은초등학교로 강제 전학했다. 집이 근처인 학생들은 무조건이었다. 6학년이 되자 구대회 선생님이란 연세가 지긋하신 분이 담임이 되셨다. 내 그림 솜씨를 퍽이나 아껴주셨다. 공부 못하는 나를 아랑곳하지 않고 많은 용기를 주신 분이다.

서오릉으로 소풍 가서 야외 사생한 내 그림을 약주를 조금 드신 탓에 기분이 좋으셨는지 다른 선생님들께 자랑하시던 선생님의 모습을 잊을 수가 없다. 아마 그분이 안 계셨다면 화가가 되기 어려웠을 것 같다.

그런데 난 큰 죄를 짓고 말았으니. 6학년 2학기가 되면서 면목초등학교로 또 전학을 가야 했다. 도서부장인 나는 방학이라 보관하고 있던 책들을 반납해야 했다. 한데 다른 책은 다 돌려줬는데 생물도감만은 그러기 싫었다. 그냥 슬쩍 내 것으로 했다. 매일 하루 종일 그 책을 보며 동물들을 그렸기 때문이다. 내가 동물을 좋아하게 된 계기는 포천 외가댁에서 만난 동물들과의 인연 때문이지만 그것들을 그림으로 표현할 수 있었던 것은 8할이 훔친 생물도감 덕이다.

내 생에 단 한 권의 책을 뽑으라면 단연 그 책이다. 그때의 도둑질이 평생 마음에 걸린다.

장소가 그리운 건 그곳의 사람이 그립다는 것. 내게 홍제동은 김상일이다. 내가 갑자기 면목동으로 이사 가는 바람에 헤어진 후 서로 많이 그리워했다. 20여 년이 지나서야 어렵게 만난 상일이는 남대문시장에서 장사를 하고 있었다. 아, 친구야! 그는 거북이 박제를 팔고 있었다. 다섯 개를 샀다. 만남도 잠시 생활에 힘들어 하던 친구는 먼 이국으로 이민을 가고 말았다. 그렇게 하나둘 추억의 꽃은 쓸쓸히 지고 말았다.

지금 바람 부는 고은초등학교 담장엔 후배들이 그린 그림들이 예쁘게 장식되어 있다. 학생의 날 기념 문예대회에서 수상한 작품들이다. 화가가 되어 언젠가는 같이 전시할 수도 있겠다는 생각이 들었다. 학교 앞엔 벽화도 있다. 《어린 왕자》에 등장하는 〈코끼리를 삼킨 보아뱀〉을 타일로 만든 작품이다. 그래 맞다. 진실은 눈으로만 보는 게 아니지. 마음으로 볼 줄 알아야지. 지금 서대문도서관 자리는 얼룩 젖소가 풀을 뜯던 목장이었다. 여긴 우리의 영토였는데. 수풀 무성한 언덕엔 바람 소리만 들릴 뿐 친구들은 없다. 여름이면 무악재에서 아카시아꽃 따 먹던 동무들, 그 순수한 눈망울들, 우린 어디서 무엇이 되어 다시 만날까. 갑자기 몰아친 바람에 내 우산이 힘없이 젖혀졌다.

홍
제
동

남대문시장을 지나
어린이회관으로 가는 타임머신 길목

한강을 건너고 있다. 남산을 가기 위해서다. 반포대교를 지나자마자 이태원 미군 부대 담장이 보인다. 누구에게나 '처음'의 의미는 각별하다. 첫 취학, 첫 직장, 첫사랑……. 나는 1980년 광주항쟁으로 휴교 중에 이곳 미군 부대 안에서 처음으로 내가 그린 그림을 팔았다. 모교인 대광고의 동창회장 사모님이 영내에서 미군 장교 부인에게 영어회화를 배우고 있었다.

당시엔 그런 일이 꽤 있었나 보다. 미군 부대 안은 서울에서도 특별한 곳이었다. 선택받은 자들을 위한 공간 같았다. 미군 부대 출입증을 과시용으로 부착한 자가용도 꽤 보았다. 어쨌든 동창회

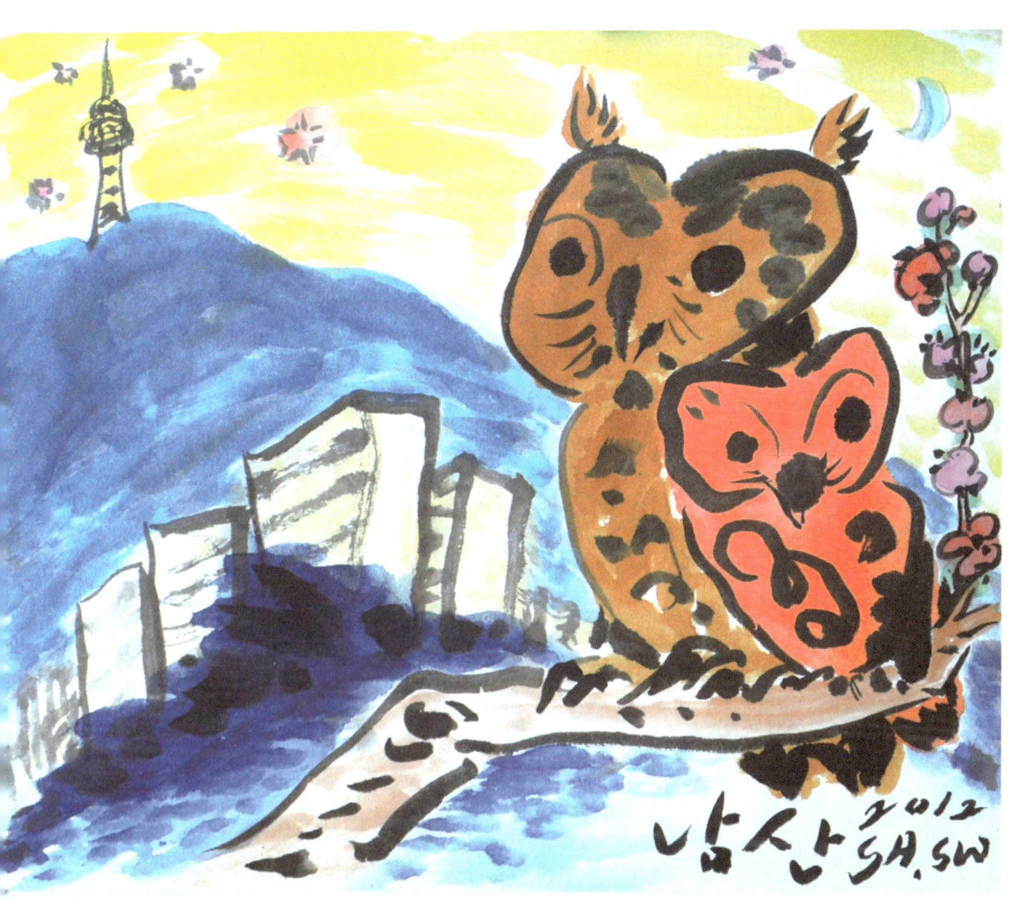

장 사모님 덕택에 미군 부부에게 수묵산수화 한 점을 4만 원에 팔았다. 작은 족자 크기였다. 그때의 4만 원은 아마 지금보단 열 배 이상의 값어치가 있었을 것 같은 큰돈이었다. 부인이 남편의 생일

선물로 산 것이다. 그림을 받은 미군 장교 부부는 내 앞에서 서로에게 키스를 했다. 돈을 받고 부대를 걸어 나오는데 구름 위를 걷는 듯 내 몸의 중력이 느껴지질 않았다. '내가 그린 그림이 팔리다니!'

남산 언저리 남대문시장 안엔 갈치골목이 있다. '희락'을 비롯한 갈치조림 전문식당들이 찌그러진 양은 냄비에 칼칼한 갈치조림과 탐스러운 계란찜을 번개 같은 속도로 조리해 내놓는다. 갈치골목 끝집인 '닭진미(구 강원집)'라는 닭곰탕집이 내 단골집이다. 신세계 백화점 앞의 고층 건물 사이에 위태롭게 끼어 있는 순댓국집인 '철산집'과 갈치골목 근처 2층의 '막내횟집'과 더불어 내가 꼽는 남대문시장의 3대 맛집이다. 요즘은 7000원 하는 닭곰탕을 먹기 위해 일부러 자주 이곳을 찾는다. 오늘도 새벽에 눈뜨자마자 먹고 싶어 달려왔다. 일하는 할머님들이 둘러앉아 막 삶은 닭백숙을 손으로 죽죽 뜯고 있었다. 대부분 이 집에서 청춘을 보내신 분들이다. 바르르 윤이 나는 게 참 맛있어 보인다. 갈기갈기 찢어진 살점들이 여인네 속살처럼 뽀얗다.

지금은 아침 7시. 이른 아침인데 중년 남자 셋이서 닭곰탕에 소주를 마신다. 나도 먹고 싶다. 고문이다. 못 견디겠다. '많으면 남기지' 하며 소주 한 병을 호기롭게 시켰다. 그런데 결국 다 마셔버렸고……. 소주를 남긴다면 닭진미집 닭곰탕에 대한 예의가 아니다.

오늘 하루는 시작부터 조짐이 이상하다. 가게 밖에서 생후 열두 달 된 생닭들을 씻고 있다. 주인 할머니는 남편이 상이군인. 양키 물건을 팔았으나 하도 단속이 심해 때려치우고 10년간 남이 하던 이 식당을 인수받아 시작한 지도 50년. 합이 60년 된 이 식당의 주인 할머니는 성격이 불같은 욕쟁이 할머니다. 그만큼 거친 시장통에서도 살아남을 만큼 강인했던 거고. 그렇지만 속내는 깊고 자상하시다. 그러니 종업원들이 들어오면 안 나가고 버티고들 있지. 표현하기 어려운 이 집의 묘한 닭국물맛은 가히 문화재급.

언젠가 내가 죽을 때, 아마 사는 동안 먹었던 이번 생애의 맛있었던 음식들이 파노라마처럼 지나갈 것 같은데 그중의 한 컷으로 장식될 만한 베스트 한국의 맛이다. 문득 생각날 때마다 내 생애 최고의 음식점과 술집 목록을 작성하고 또 수정하고 있다. 유언처럼…….

지금은 보기 힘들지만 전엔 남대문시장 안에서 개나 고양이 같은 애완동물도 꽤 팔았다. 아현동 화실에서 자취를 하며 대학생활을 보내던 나는 남대문시장의 동물가게에 있는 작고 예쁜 암컷 새끼 고양이 한 마리를 샀다. 노란색이었다.

혼자 지내는 자취생활이 외로워 쥐를 길렀다. 그런데 예상보다 훨씬 많은 동네 쥐들이 떼로 몰리는 바람에 쫓겨날 지경에 이르렀다. 쟁반에 쌀을 담아 쥐들을 꼬이게 한 것이 화근이었다. 책상 서랍마다 쥐들이 들어가 살고 있고 잘 때면 내 겨드랑이 사이로 파고들고 높은 곳에서 내 배 위로 떨어지며 놀질 않나, 도저히 살 수가 없었다. 그래서 생각한 것이 고양이. 천년만년 같이 살자고 이름을 '천순이'라고 지었다. 그런데 술 취해 자던 나는 그만 잠결에 천순이를 내 등짝으로 깔아 죽이고 말았다. 기른 지 고작 사흘 만이었다. 얼마나 미안한지. 이미 소용이 없었다. 박카스통을 먹물로 까맣게 칠하곤 죽은 천순이를 한지로 정성껏 싸서 그 안에 넣어 연세대 뒷산 봉원사 근처 양지바른 곳에 묻었다. 그러고는 고등학생 시절 성악가 지망생인 짝에게 배운 슈베르트의 〈안젤모의 무덤에서〉란 장송곡을 불러주었다. 원어인 독일어로 불렀다. 미안하다, 천순아!

남산은 서울역 건너 양동과 후암동 쪽으로도 이어져 있다. 나는 1979년 재수를 하면서 실업 과목을 상업에서 농업으로 바꿨다. 동물을 좋아해서다. 내심 농업을 전략 과목으로 삼았다. 그해 초 종로에서 서울역 건너로 이전한 대일학원에서 난 홍일선이란 시골스러운 외모의 선생님께 농업 과목을 새벽에 수강했다. 그때 배운 가축의 임신 기간이 지금도 생각난다. 토끼는 30일, 염소 151일,

소 280일, 말 350일……. 지난 33년 동안 틈나는 대로 되뇌인 덕에 잊지 않고 있다. 가능하면 평생 기억하고 싶다. 플리머드록이란 회색줄무늬닭은 병해에 강하고 1년에 280개쯤의 산란을 하며 레그호온이란 흰색닭은 그보다 많은 330개가량의 알을 낳는다. 거세를 뜻하는 돼지 불까기는 고환 밑동에서 3센티미터쯤을 남기고 명주실로 칭칭 감는다. 며칠 후 고환이 썩어 저절로 떨어지면 소독약으로 잘 소독해 마무리한다는 등등.

그러나 완벽한 가축에 관한 지식에도 불구하고 내 예비고사 농업 성적은 망했다. 농업엔 가축만 있는 것이 아니었다. 논농사, 밭농사, 과일농사……. 도시 출신인 나는 뭐가 뭔지 전혀 알 수 없었다. 나의 실수였다. 그래서 받은 예비고사 성적이 340점 만점에 209점. 고등학교 때보단 10점이 올랐으나 그해 서울미대 회화과의 최저 합격점인 210점엔 1점이 모자라 불합격됐다는 후문이 있었다. 실기는 수석이었다고 한다. 미술학원 원장님이 심사교수로부터 들었다며 전해주셨다. 심사교수가 원장님 후배였다. 교수들도 아쉬워했다고 하던데. 농업에서 1점만 더 맞았어도 내 팔자가 바뀌었을지도 모르겠다. 잘된 건지 안된 건지는 안 살아봐서 모르겠다.

서울역 건너 대일학원 가는 새벽길엔 양동 집창촌 펨푸 아줌마들의 호객행위가 극성이었다. 특히 서울역 앞 지하도가 심했다. 재수생인 나는 아침마다 귀찮고 민망했다. 대우빌딩 뒤에는 여관 간판을 내걸었으나 실제로는 성매매 윤락업소인 곳이 많았다. 청량리 588, 미아리 텍사스, 천호동 텍사스, 용산역 앞과 더불어 서울의 대표적인 사창가였다. 숙박업소같이 보이지만 실제로는 윤락업소인 곳은 회현동 렉스호텔 뒤편의 여관촌들도 그랬다고 한다. 지금은 변태영업을 하는 여관이 서울에선 사라진 것 같다고 하던데 정확한 사실은 알 길이 없다.

별로 알고 싶지도 않다만. 양동 집창촌엔 '염쟁이'라는 무서운 이들이 있었다. 염쟁이는 원래 이승을 정리하고 저승을 준비해주는 역할. 죽은 사람의 몸을 씻기고 수의를 입히고 이승에서 저승으로 보내주는 것이다. 이승에서의 마지막 목욕을, 저승에서의 첫 번째 목욕을 시켜주는 고귀한 사람들이다. 그런데 양동 집창촌의 염쟁이들은 그런 신성한 의식을 이상한 쪽으로 흉내 내고 변질시켰다. 갓 상경한 시골 처녀를 강제로 성폭행해 과거의 순수한 자신을 잊게 하고 완전히 다른 세상인 윤락여성으로 전환시키는 악랄한 존재들이었다. 이름은 선량한 염쟁이였지만 실은 악마였다.

명동에서 남산으로 올라가다 보면 드라마센터가 있다. 1980년 끝 무렵, 〈배비장전〉이란 마당극 초대권을 얻는 바람에 드라마센터에서 처음으로 국악을 접할 수 있었다. 1980년대엔 우리 전통문화에 대한 관심이 고조된 때였다.

1990년대 김영삼 정부가 들어서면서 일으킨 세계화 바람에 애꿎은 전통문화는 급속히 쇠락했다. 내가 본 〈배비장전〉 공연은 현재는 해체된 걸로 알고 있는 명성그룹이란 회사에서 주관했다. 공연이 끝나자 회사 관계자들이 포장에 싸인 작고 두툼한 뭉치를 퇴장하는 관객들에게 하나씩 나눠주는 게 아닌가. 공연도 공짜로 봤는데 선물까지 받다니. 그저 미안하고 황송했다. 나는 그것이 간식용 빵이라고 생각해 집에 가서 자랑하고 싶었고 나눠 먹고 싶었다. 밖을 나가 보니 예보에 없던 겨울비가 억수로 내리고 있었다. 우산도 없었고 우산을 살 만한 곳도 없어 도리 없이 명동까지 찬비를 다 맞고 뛰어 내려가 버스를 탔다. 홀딱 젖은 생쥐 몰골로 불광동 집에 도착해서 선물을 펼쳐보니 이럴 수가, 그것은 우비였다. 우비를 그렇게 작게 포장해서 주리라곤 꿈에도 생각 못했다. 그때까지만 해도 간이우산은 대나무살에 얇고 파란 비닐을 실로 꿰맨 것이었고 우비는 농부나 군인들 혹은 등산가들만 입는 거창한 코트같이 생긴 옷이라고만 알고 있었다.

1974년 광복절날 문세광의 박정희 대통령 암살 기도 사건으로 육영수 여사가 피살된 남산 국립극장은 사건 전해인 1973년에 완공됐다. 사춘기의 지적 욕구 때문인지 아니면 겉멋이 들어서인지 고전음악엔 문외한이었던 중학생의 나는 국립교향악단의 연주회를 6개월간이나 정기권을 끊어 빠짐없이 남산 국립극장에 가서 관람한 경험이 있다. 당시 지휘자는 홍연택이란 분이었고 작은 망원경을 준비해 열심히 연주와 지휘하는 모습을 관찰했었다. 그 덕인지 지금도 틈만 나면 고전음악의 향기에 푹 빠져 지내는 호사를 누리고 있다. 그러고 보니 중학생 시절 한때의 치기가 평생 내 인생의 좋은 친구를 만들어준 셈이다.

또 그 시절엔 친구들과 남산순환도로에서 자전거 타기를 즐겼었다. 그런데 친구들은 남산의 깡패들에게 봉변을 당한 적도 있었다. 남산에서는 아베크족을 괴롭히는 건달들이 많았고 박카스 아줌마, 돗자리 아줌마라 불리는 이상한 아주머니들도 나타나 아저씨들을 상대로 남산의 노천에서 윤락행위를 했다던데 실제로 현장을 목격한 적은 없다.

초등학교 4학년 여름에 남산 어린이회관이 준공됐다. 마치 우주선 같은 특이한 모습에다 흰색의 산뜻한 외관, 그리고 둥근 모양의 맨 꼭대기 층엔 회전식 식당도 갖춘 멋진 건물이었다. 그 회전식 식당에서 부모님과 함께 '양식'이라는 음식을 난생처음 먹어봤다.

오므라이스였는데 후추를 뿌린다는 것이 후추병의 뚜껑이 열리며 쏟아지는 바람에 내 오므라이스는 후추라이스가 됐고 엄마가 대신 드셨다. 학교에서 단체로 어린이회관을 간 적도 있었다. 특히 과학전시관이 재밌었다. 전자피아노란 신기한 악기를 소개해주시는 선생님이 우리가 신청하는 모든 곡을 악보도 없이 연주하셔서 깜짝 놀랐고 우리는 환호하며 열심히 박수로 화답했었다.

개관 기념 미술대회도 있었다. 미리 배포한 전지 크기의 큰 종이에다 글과 그림 등 모든 기법을 사용해 자유롭게 집에서 한 달간 작업하여 제출하는 방식이었다. 나는 '소파 방정환 선생님'이란 주제로 작품을 했다. 한 달간 열심히 제작해 완성해서 마루에 펼쳐놓았는데 우리 집 잡종 강아지가 그 위에 오줌을 쌌다. 그 자리는 누렇게 얼룩이 지고. 난 요즘 표현으로 완전 멘탈붕괴 상황에 이르렀다. 우리 집 식모 순덕이 누나가 그 부분을 오려내고 다른 종이로 땜빵을 해서 겨우 제출할 수는 있었지만 이미 그림은 누더기처럼 볼품없었다.

결과는 전국 3등. 식구들은 강아지 방뇨 사건만 없었다면 1등이었을 텐데 하며 많이들 아쉬워했다. 담임인 예쁜 이미희 선생님도 못내 아쉬워하셨다. 남산 어린이회관에서 시상식을 하고 메달을 목에 건 채 아버지와 회관을 배경으로 기념사진을 찍었다. 그 사진을 지금도 가끔 본다. 그때 메달을 목에 건 채 남대문까지 걸어 내려와 버스 타고 홍제동 집에 도착한 후 가족들과 엄마의 양장점 누나들께 보여주고 나서야 메달을 벗었다. 오글오글거리는 기억이지만 그것마저도 행복한 추억이 됐다.

지금은 용도는 바뀌었으나 여전히 어린이회관 흰색 건물은 그때 그 모습 그대로 남산에 있다. 내 어린 시절로 날 데려다주는 타임머신 같은 모습을 한 채 빙그레 웃고 서 있다. 마치 내게 "옛날 어느 때로 모셔드릴까요"라며 말을 건넬 것 같다.

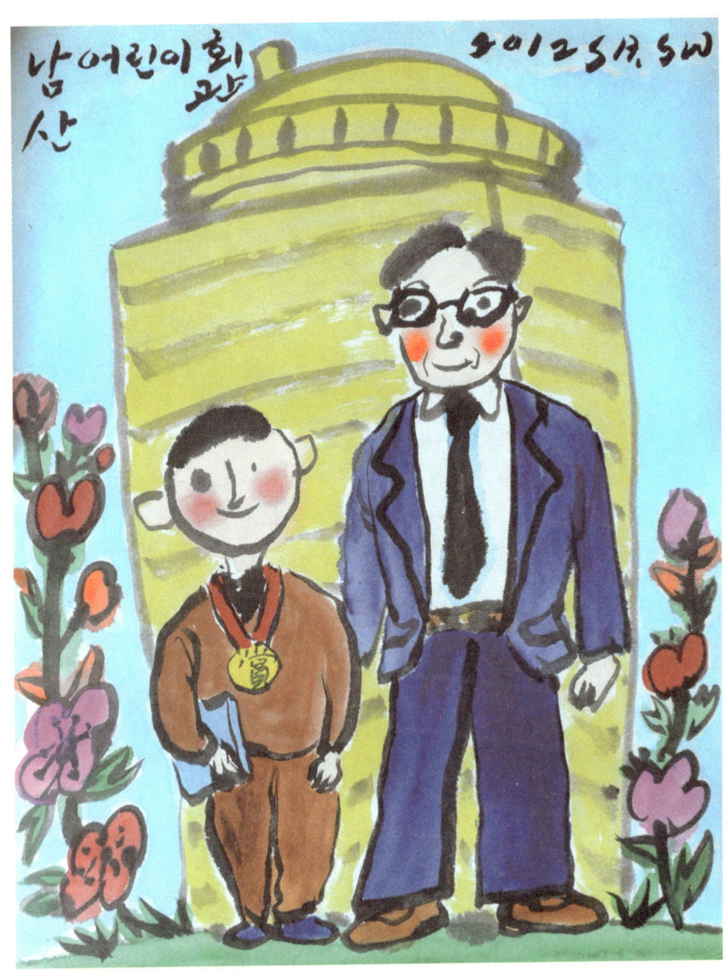
남산 어린이회관

망우리에서 부른 이름 모를 소녀들

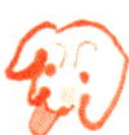

전쟁 중인 1952년 서울의 PX 초상화부에서 같이 일했던 한 화가를 소설가 박완서는 훗날 다음과 같이 회상한 적이 있다. "어느 날 박 씨가 두툼한 화집을 한 권 끼고 출근을 했다. 나는 속으로 '꼴값하고 있네, 옆구리에 화집 끼고 다닌다고 간판쟁이가 화가 될 줄 아남' 하고 같잖게 여겼다." 회상 속의 박 씨는 지금은 국민화가로 칭송받고 있는 박수근. 그와의 운명적 만남은 한 화가와 그 시대에 대해 증언하고 싶은 강렬한 욕구를 일으켰고 20년의 세월이 지난 후였지만 결국 40세의 평범한 주부를 소설 쓰는 작가로 변신하게 했다. 화가 박수근과의 만남을 토대로 쓰인 박완서의 처녀작

《나목》은 그렇게 탄생했다.

　박수근은 39세에 36만 환을 주고 동대문구(현재는 종로구) 창신동에 판잣집을 구입했다. 최초의 자기 집이었다. 처절한 고생의 대가였다. 이 세상에서 나만 집을 산 것같이 기뻤다고 그의 부인 김복순 여사는 술회했다. 박수근은 창신동 집에서 10년을 살았고 그가 남긴 대부분의 그림은 그곳에서 그렸다. 평생 가난에 쪼들려 산 그였다. 그가 창신동 집 마루에서 찍힌 사진을 보면 그의 대작들이 빼곡히 걸려 있다. 몇 해 전 〈빨래터〉란 그의 작품은 경매에서 45억 원에 낙찰되었다. 한국 미술품 가격 중 제일 고가였다. 현재 박수근의 작품은 우리나라에서 제일 높은 가격을 기록하고 있다. 사진 속의 그림을 모두 합친다면 아마도 그 같은 판잣집 정도는 수백 채를 사고도 남았으리라. 그렇게 평가받는 이유는 진솔한 심성과 한국의 대지를 생생히 표현했기 때문이다. 그는 51세에 간경화로 애틋한 생애를 마감했다. 안타깝게도 그가 그린 위대한 작품들은 참담한 삶과 병마와 싸우면서 헐값에 거의 사라졌다. 창신동 골목길에서 화가 박수근이 점잖게 미소 지으며 지금도 걸어 나올 것 같다. 벌거벗은 나무와 여인이 그려진 황토빛 그림을 옆구리에 낀 채로⋯⋯.

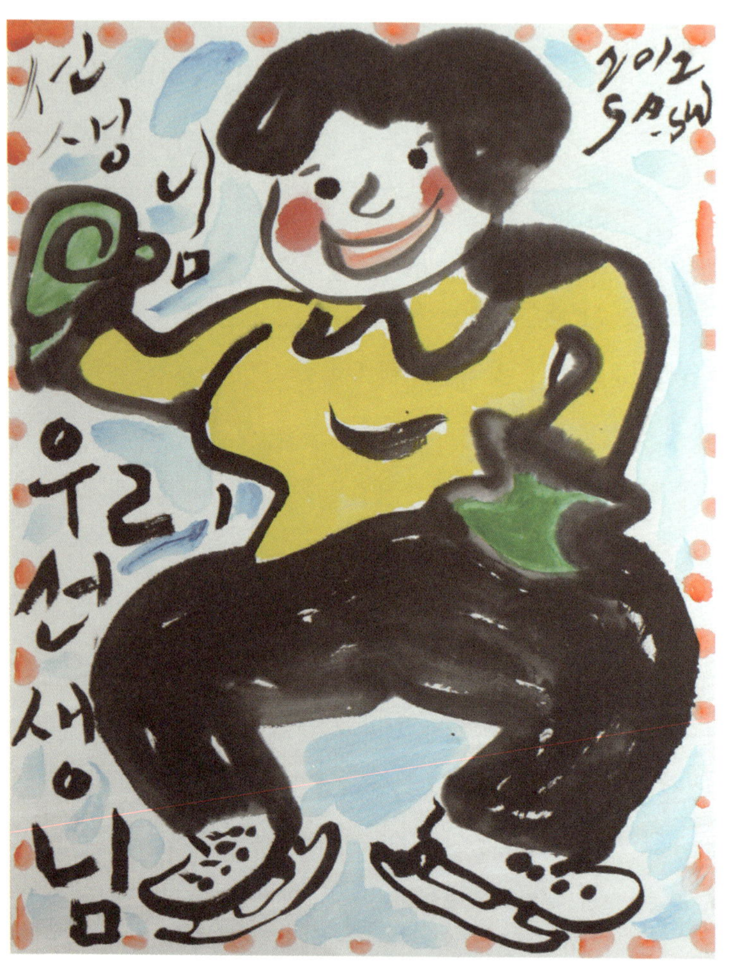

선생님
우리 선생님
2012
SJ.SW

이양숙 선생님은 면목중학교 물상 선생님. 우리 학교가 첫 부임지인 신참 선생님. 부산 가시내답게 말투며 성격이 억수로 화끈하고 귀여우셨다. 그러나 몸매는 호빵처럼 푸짐하셨다. 1973년의 어느 날, 같이 동대문 스케이트장에 가자고 그러신다. 서울의 유일한 실내 스케이트장이었고 아주 낭만적인 데이트 장소기도 했다. 우린 그다지 어울려 보이진 않았지만 그런대로 로맨틱한 얼음질을 했다.

그러나 그것도 잠시, 선생님의 심각한 엉덩방아로 모든 상황은 급박하게 돌변했다. 복숭아가 쩍 갈라진 것처럼 사정없이 가운데가 벌어진 바지며 민망스럽게 훤히 들여다보이는 분홍빛 내의. 오 부처님 하느님 맙소사, 우리에게 왜 이런 시련을 주시는가요? 혼비백산한 채 나는 옷을 구하러 사방으로 뛰어다녔다. 그날의 굴욕을 선생님은 더욱 평생 잊지 못하실 것 같고. 참사 현장인 동대문 스케이트장은 언제부터인가 대형 쇼핑센터로 변했다.

동대문 스케이트장 근처엔 동덕여고가 있었다. 지금은 방배동으로 이사 왔다. 동덕여고는 탁구로 유명했다. 당시 동덕여고 체육관엔 그 학교 출신 국가대표 탁구선수들의 사진이 걸려 있었다. 서울여상 탁구부와 쌍벽이었다.

내 기억이 맞다면 1970년대 초반 국가대표를 지낸 박미라, 나

인숙 선수가 동덕여고 출신일 것이다. 그 시절은 탁구의 황금기. 사라예보 세계탁구선수권대회에서 우리 여자대표인 이에리사, 정현숙 선수가 스카이서브를 구사하는 장립과 이질고무 라켓을 들고 나온 갈신애 선수의 중공을 물리치고 구기 단체 사상 첫 세계 제패를 이룬 직후라 전국에 탁구장 붐이 일었다.

우리 할머니도 그때 부랴부랴 면목동에 탁구장을 차리셨다. 나도 거기서 일하다가 진짜 선수가 되어 중학교 땐 교내 대표 선수로 활약했다.

그런데 동덕여고가 탁구는 잘 쳤지만 겨울교복은 참으로 볼품없었다. 일제 때 징용 나온 아줌마들 같았다. 치마가 아니고 바지였는데 소시지 같이 생겼었다. 일본어인 '당꼬바지' 또는 '고바지'라고 흔히 불렀었던 것 같다. 경기와 진명, 숙명, 사대부고, 계성, 수도여고도 비슷했다. 정신, 한양, 영란, 성신, 혜화, 풍문은 그저 그랬고 무학은 묘했다. 덕성, 송곡, 은광은 야했다. 혜원, 경희, 진선, 상명, 동명은 괜찮은 편이었고 이화와 창덕, 금란, 성심, 서울예고가 예뻤다. 물론 순전히 나의 개인적인 취향이지만. 내 여동생과 딸이 동덕여고를 나왔다. 지금 교복은 그때완 다르다. 동덕여고 앞엔 여학생만 출입할 수 있는 분식집이 있었다. 그걸 모르고 나와 내 친구들이 그곳엘 들어갔더니 갑자기 분식집 안이 록콘서트

장처럼 난리법석이 됐다. 우리가 귀엽다며. 그땐 몰랐다. 여자들도 남자들에게 관심이 많다는 걸……. 남자들이 여자들을 좋아하는 것 못지않게 여자들도 남자들을 좋아한다는 걸……. 지금 알고 있는 걸 그때도 알았으면 참 좋았을 텐데…….

1974년 8월 15일 지하철 1호선이 개통됐다. 종점이 청량리였다. 땅굴 속으로 기다란 기차가 다니는 게 신기했다. 또한 짓궂은 애들은 그걸 이상한 쪽으로 상상하기도 했다. 질풍노도의 시기 아닌가. 한창 성(性)에 눈뜰 때였다. 지하철이 개통한 것을 합궁(合宮)에 비유하며 키득거렸다. 젊은 여자 선생님께 "선생님, 지하철빵 좀 드실래요?" 하면 애들은 깔깔거리기 시작했고 만약 여선생님께서 "맛있니?"라고 하시면 애들은 책상을 두드리며 자지러지고 말았다. 무슨 난리라도 났나 하고 옆 반의 선생님이 기웃거리실 정도였다. 당사자인 여선생님은 애들이 왜들 이러나 하고 어안이 벙벙하셨다.

어쩌면 알았지만 모른 체해주신 것일지도 모르겠고. 그맘때는 본시 그런 것이니깐.

교복을 입고 친구들과 면목극장에서 〈영자의 전성시대〉란 영화를 봤다. 염복순이란 여배우가 식모, 버스차장, 공장직공, 바걸, 창녀로 전락해가는 과정을 열연한 영화였다. 적나라한 성애 묘사로 대단한 인기를 끌었었다. 송재호가 분한 때밀이 창수와의 목욕탕 장면은 침을 꼴깍꼴깍 삼키며 봐야 했다.

그런데 당시 수많은 영자들이 곤혹을 치렀다. '자'로 끝나는 영자는 일본식 이름. 그런 영자들이 놀림을 당했던 영자의 수난시대였다.

시골서 상경한 영자들도 당연히 많았다. 시골 출신들은 자기가 아는 영자들의 안부를 궁금해했다. 동네마다 있던 영자들에 대한 소문은 무성했다. 어디서 보았다더라, 잘 산다더라, 나쁘게 됐다더라 등 온갖 말들이 돌고 돌았다. 누이나 애인의 이름이 영자였다면 더욱 걱정스러웠다.

바로 전해에 나온 〈별들의 고향〉도 호스티스 영화로 대단했다. "오래간 만에 같이 누워보는군"이라는 극 중 신성일의 대사는 장안의 화제가 됐었다. 지금도 흉내 내고 있는 허장강의 "마담! 우리 심심한데 뽀뽀나 한번 할까"와 더불어 최고로 유행했던 영화대사 중 하나였을 것 같다. 또한 〈별들의 고향〉에선 이장희가 부른 주제가 〈나 그대에게 모두 드리리〉가 많은 사랑을 받았었다. 지금 그는 '내가 번 돈은 남김없이 다 쓰고 죽겠다'는 인생의 신념을 갖고 울릉도에서 재밌게 살고 있다.

1973년 말에는 중동사태로 석유파동이 났었다. 경제적으로 시련의 시기였다. 집집마다 허리띠를 졸라맸다. 반찬도 급격히 달라졌다. 소고기는 아주 가끔만 먹었다. 마장동엔 도축장이 있었다. 거기서 할아버진 주로 수구레를 사오셨다. 소고기의 대용이었다. 수구레란 소의 가죽과 살의 중간쯤에 있는 특수부위. 기름과 살과 젤라틴이 섞여 있다. 이걸 간장 넣고 장조림도 해먹고 배춧국도 끓여 먹었다. 소고기는 소고기지만 다른 부위보다 비교가 안 될 정도로 가격이 쌌다. 그러면서도 쫄깃한 식감과 구수한 맛으로 서민의 식탁에선 인기가 좋았었다. 지금은 건강에 안 좋다며 보기가 힘들어져 추억의 음식이 됐다.

또 할아버진 '애저'란 돼지 새끼들도 가끔 사 오셨다. 새끼를 밴 채 죽은 어미 돼지의 배 속에 든 새끼였다. 부드러운 털이 꽤나 길고 살이 너무 연해 푹 익히면 젓가락으로 먹긴 힘들었다. 수저로 연두부처럼 퍼 먹어야 했다. 작은 냄비에 새끼돼지 한 마리면 딱 알맞았다. 그렇지만 이웃에 선물로 몇 마리 주면 징그럽다고 싫어들 했다. 우리 집 냉장고엔 애저가 수북이 쌓여 있는 엽기적인 모습을 볼 수도 있었다.

언젠가 전라북도 진안에 애저찜이 유명하다고 해서 가봤더니 배 속의 새끼돼지가 아니고 이미 태어나 두세 달 정도 자란 돼지라 마장동의 애저완 사뭇 달랐다.

동대문구 끝인 망우리로 이사했다. 1975년 내가 중학교 3학년 때였다. 망우리 공동묘지가 있는 고개를 넘어가면 그곳부턴 경기도. 49번 안성여객 종점이 망우리였다. 차고지에선 아침마다 출근하는 어른들과 등교하는 학생들로 몇 십 미터씩 줄을 서야 했다. 그런데 어느 날 아침, 여느 때처럼 사람들이 길게 줄을 늘어선 채 버스를 기다리고 있는 큰길 한가운데서 잡종개 암수 두 마리가 서로 딱 붙어버렸다. 반대 방향을 보며 접붙어 한몸이 된 것이다. 수많은 사람들 앞에서 차마 눈뜨고 보지 못할 해괴한 짓거리를 하고 있는 중이다. 그것도 아주 천연덕스러운 표정으로. 에구머니나, 망측해도 유분수지! 민망스러워 못 보겠다만 달리 눈길을 둘 곳이 없었다.

'허참!' 하며 남자들은 혀를 끌끌 차거나 키득거리고 여학생들은 부끄러워 어쩔 줄을 몰라 했다. 한데 개들이 그렇게 철썩 붙어서 떨어지지 않고 오랫동안 흐뭇한 표정으로 슬슬 돌아다닌다는 게 신기했다. 한참 후 동네 욕쟁이 할머니가 뜨거운 물을 대야에 떠와 욕을 쏟아부으며 개들에게 확 뿌리니깐 '깨갱' 비명을 지르며 그때서야 떨어졌다. "육시랄 놈의 개새끼들이 식전부터 개지랄들이야."

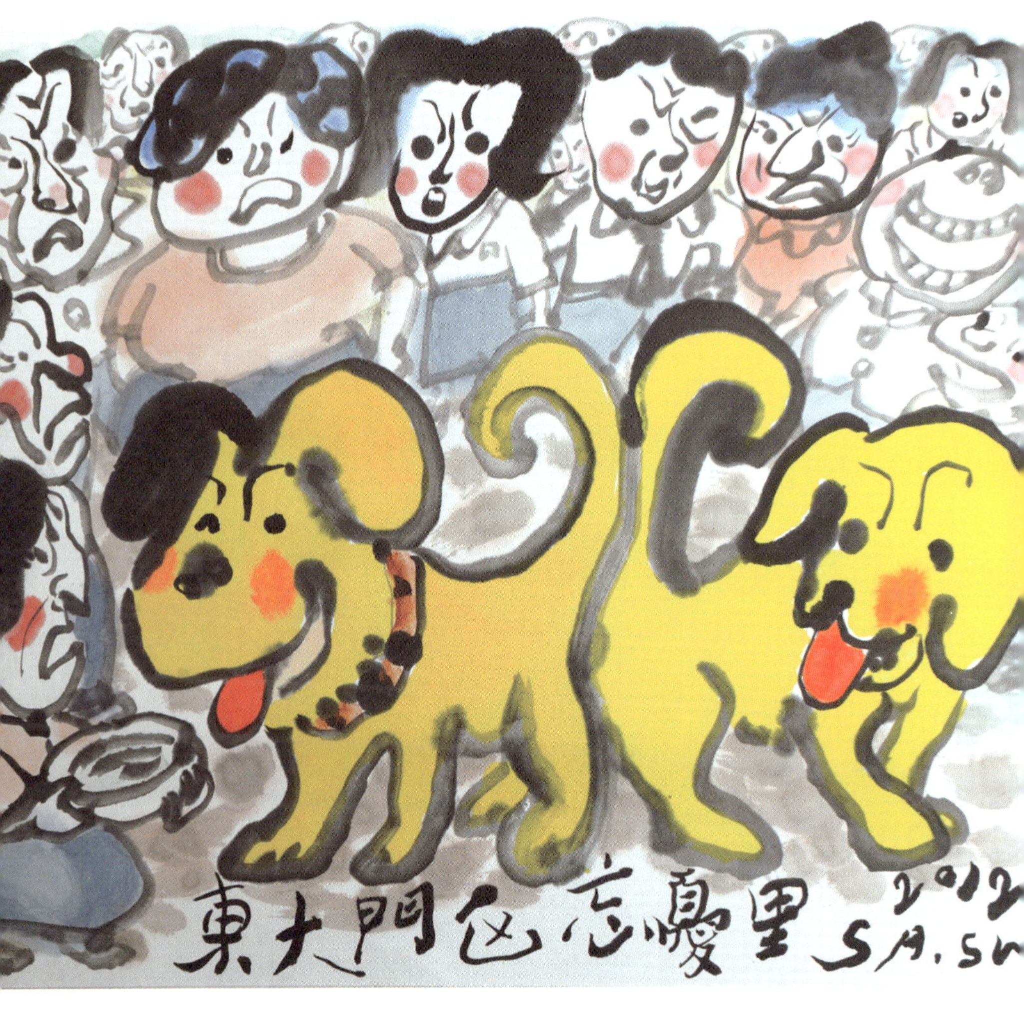

東大門區 忘憂里
2012
SM. su

할머니의 육두문자가 참으로 게걸스러웠다. 대단한 광경이었다.

여름이 됐다. 나의 중학 생활도 얼마 남지 않았다. 망우리 우리 집 정원엔 노란 장미꽃이 활짝 폈다. 그지없이 아름다웠다. 내 방의 미닫이 창문을 열면 안달이 난 계집아이들처럼 장미들은 기다렸다는 듯이 얼굴을 드밀고 방 안으로 들어왔다. 선남의 방에 선녀가 들어온 것처럼. 그렇게 아름다운 유월의 어느 날 밤, 누가 가르쳐준 것도 아닌데, 누구 걸 본 적도 없는데, 그저 그냥 만지다 참을 수 없어 끝까지 갔다. 첫 수음(手淫)의 추억이다.

겨울이 다가왔다. 곧 고입 연합고사. 나의 성적은 70명 중 35등 정도. 인문계 진학이 아슬아슬했다. 사실은 어려웠다. 그래서 할 수 없이 과외를 받기로 했다. 남에게 의지하게 된다며 엄마는 과외를 아주 싫어하셨지만 상황이 다급한지라 어쩔 수 없었다. 우리 집 2층에 세든 집이 과외 교습소였다. 월세 대신 과외를 부탁하고 말았다. 겨우 합격했다.

시험이 끝나고 같이 과외를 한 김영희, 정금미, 하영재, 왕덕영과 중학 시절 내내 유명했던 김정호의 〈이름 모를 소녀〉를 꽤나 불러댔다. 왕덕영이 기타를 잘 쳤다. 다 같이 종로로 007 영화를 보러 갔다가 질펀한 키스 장면이 나오자 김영희와 정금미는 징그럽다고 호들갑을 떨던 기억들이 새록새록 떠오른다. 그리고 그게 끝이다. 노는 것만 생각하고 놀던 시절은 거기까지였다. 그들도 나도 괜히 어른이 되고 말았다. 빛바랜 중년이 됐다. 오그라들고 찌든 내장 속으로 소주 한잔 찔찔찔 들어가면 그제야 배시시 낯짝이 펴지니 나도 나에게 놀란다. 내 꼬라지가 이렇게 될 줄 그때 이미 너는 알고 있었는지 궁금하다. 응답하라 1975.

동대문구

그 품에 안겨도 그리운
엄마 같은 서울

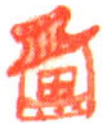

나는 1960년 9월 서울에서 태어났다. 동대문이 그리 멀지 않은 신당동이라는 동네였다. 청계천도 멀지 않았다. 내가 태어난 곳에는 하루하루를 열심히 일해야만 살 수 있는 사람들이 많이 살았다. 고관 양반들이 대대로 거주했던 종로의 북촌과는 사뭇 분위기가 달랐다. 북촌은 힘든 일을 하지 않아도 살 수 있을 만큼 넉넉한 사람들이 많았다. 서촌은 중인들이 주로 거주했었다고 한다. 북촌이나 서촌처럼 고즈넉하지는 않았지만 우리 동네는 활기찼고 무엇보다도 사람 냄새가 물씬 나는 곳이었다. 늘 사람들로 북새통이었다.

집 근처엔 중앙시장이라는 큰 시장이 있었다. 곡물시장으론 서울뿐만 아니라 전국서도 가장 컸다. 왜정 때부터 있었다는 간장공장도 있었다. 어른 열이 들어가고도 남을 어마어마하게 큰 나무로 된 일본식 간장통이 놀라웠다. 그리고 짜디짠 조선간장 하곤 다른 짭짤하면서도 달짝지근한 왜간장 맛이 좋아 곧잘 놀러 가 몰래 손가락에 찍어 맛을 봤다.

그 시대엔 좀도둑도 많아 백차 타고 온 순경이 도둑을 쫓아가는 걸 숨죽이며 지켜보기도 했다. 마차도 많았다. 중앙시장 근처 성동극장 앞엔 항상 마차와 마부들이 모여 있었다. 마부들과 청소부, 넝마 줍는 재건대 아저씨들은 가끔 극장 옆 쓰레기터에서 쥐약 먹고 죽은 개를 불에 그슬어서 가져갔다. 큰 말을 탄 기마경찰도 거만하게 호령하며 지나다녔다.

화재도 흔했다. 청계천변 하코방에 큰 화재가 났었다. 난 건너편 뚝방에서 고모들과 구경하고 있었고 이쪽 편의 하코방까지 불씨가 날아올까 봐 아저씨들이 흰 러닝샤쓰 차림으로 열심히 지붕에 물을 뿌렸다. 검은 콜타르로 새까맣게 칠한 판잣집과 아저씨들의 흰 러닝샤쓰, 그리고 건너편 화재 현장에서 뿜어 오르는 회색 연기와 붉은 불기둥. 그것이 내가 기억하고 있는 최초의 색깔들이었다.

청계천 다리 밑에는 땅꾼들이 살며 뱀탕을 끓여 부잣집 영감님들에게 배달해주기도 했다. 지게꾼들도 당연히 많았는데 여름이면 우리 집에도 내 키만 한 민어를 지게에 지고 와 팔러 오는 아저씨들이 있었다. 고래고기를 큰 토막으로 잘라 머리에 지고 행상하는 아주머니들도 자주 보았다. 한복 입은 아낙들이 봄이면 도롱뇽알을 항아리에 담아 노인들이 많이 모이는 복덕방 같은 곳을 찾아다니며 팔았다. '지에므시'라고 불리는 구형 미제 덤프트럭은 시동거는 방법이 독특했다. 트럭 정면에 난 작은 구멍에 두 번 꺾인 쇠지팡이를 집어넣고 힘껏 돌리는 방식이라 반드시 조수가 필요했다. 바퀴가 셋인 조그만 몸집의 삼륜차도 등장해 인기를 끌었지만 승차감이 몹시 안 좋았다.

청계천 검정다리에서 뚝섬까지는 협괘열차인 기동차가 연결돼 있었다. 뚝섬유원지 갈 때면 그걸 타고 갔다. 당시 여성들은 외출할 때면 주로 한복을 곱게 차려입고 나갔지만 여름의 뚝섬유원지에선 과감하게 맨살을 드러낸 수영복만 입고 뭇 남정네들 사이에서 물놀이를 즐겼다. 그 시절 여성들에게도 노출욕이 조금은 있었던 것 같다. 협괘열차엔 왕십리에서 재배한 채소들이 잔뜩 실려 있기도 했다. 왕십리, 답십리는 도성에서 십리(十里) 떨어졌다고 붙여진 이름들이다. 중앙시장에서 멀지 않은 인창동 배명고등학교와 광무극장 주변엔 자개상이 많았다. 좀 산다 하면 안방에 아홉자나 열두자짜리의 화려한 자개장이 있었다. 그야말로 부의 상징이고

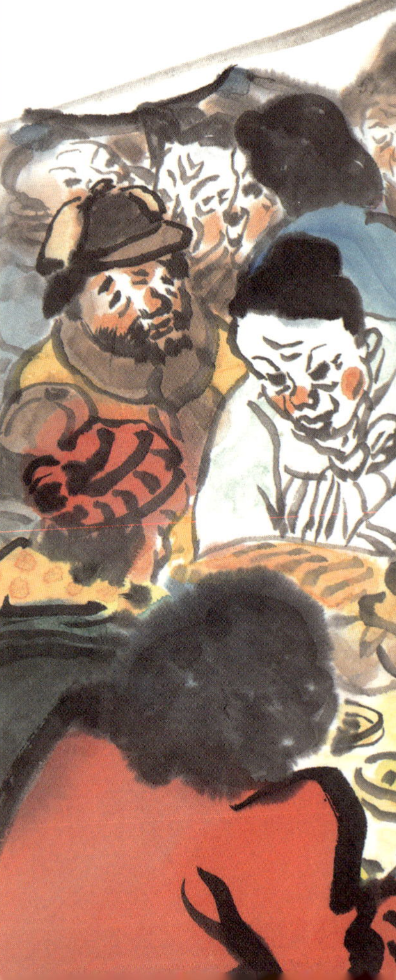

비록 서울이 잘리고 덧붙여지고 새로
칠해져 자랄 적 그 모습은 아니더라도
그래도 여전히 내겐 따스하고
추억 그득한 보물창고다.

시장 풍경
2012. SH. SW

척도였다. 그런 자개상들이 빼곡했었지만 지금은 한 곳도 남아 있지 않다.

얼마 전 중앙시장에서 멀지 않은 광희동을 갔더니 온통 몽골일들이라 깜짝 놀랐다. '몽골타운'이 형성돼 있었다. 식당은 물론이고 미용실이며 환전상, 배송업소, 카페, 여행사, 통신사, 편의점, 노래방, 옷가게가 모두 몽골인들이 경영하거나 관련됐다. 그 광희동 광희초등학교에 1967년 입학해서 일 년 가까이 다닌 적이 있었다. 수업이 끝나면 광희초등학교 교문 주변엔 잡상인들도 많았다. 병아리는 물론이고 버들붕어, 참개구리며 심지어는 두더지도 잡아와 아이들에게 팔았었다.

1960년대와 1970년대 초반까지만 해도 서울 사람들이 놀러 가는 곳은 정해져 있었다. 그중 동물원인 창경원이나 뚝섬유원지가 제일 인기가 높았다. 특히 벚꽃이 필 적이면 창경원에 들어가려는 인파의 줄이 끝도 없이 이어졌고 여인들의 나들이 한복들이 구름같이 넘실됐다.

1970년경, 벚꽃이 만개한 어느 봄날 가족들과 창경원에 김밥 싸들고 갔더니 엄청난 수의 사람들 앞에서 유명한 장소팔·고춘자가 등장해 타고난 입담으로 만담을 하고 있었다. 그때까지 본 사람들 중 가장 많은 사람들을 그때 봤다. 키가 작달막하고 어수룩하

면서도 엉뚱한 장소팔과 서글서글한 눈매에 쉰 목소리의 고춘자
가 속사포처럼 쏟아내는 만담에 청중들은 웃음을 아끼지 않았다.
〈장소팔·고춘자의 흥겨운 민요만담 걸작집〉(1972)에서 들려주는
〈여학생이 해산했네〉라는 만담은 다음과 같은 내용이고 다른 만
담들도 구성은 비슷했다.

장소팔 : 천안 정거장의 넓은 마당에서 여학생이 해산을
　　　　했단다!

고춘자 : 어머나! 여학생이 해산을 했어요? 아이고 망측
　　　　스러워라!

장소팔 : 뭐가 망측스러우냐?

고춘자 : 아니! 그럼 길거리에서 여학생이 해산을 했는데
　　　　도 안 망측스러워요?

장소팔 : 애가, 뭐, 여학생이 해산을 했다니까, 뭐 아이를
　　　　낳은 줄 아나?

고춘자 : 그럼? 뭐예요?

장소팔 : 여학생이 선생님 모시고 멀리 소풍을 갔다 와서
　　　　천안 정거장에서 집으로 모두 해산했단다!

도대체 뭐가 우습다는 것인지 모르겠다. 어이없을 정도다. 요즘 감각으로 치면 참으로 썰렁하다. 어쩌면 웬만한 유머엔 웃지 않을 만큼 지금의 우리들 정서가 무뎌지고 삭막해진 건 아닌지……

어머니가 장에 소 팔러 갔다가 낳았다는 말에서 따온 예명을 가진 국민 만담가 장소팔 선생은 지난 2002년 80세를 일기로 아들에게 "너 늙어봐라, 늙으면 진짜 할 일도 없고 심심해서 죽겠다. 그래서 세상을 뜨는 거야. 난 이제 심심해서 죽는다"라는 만담 같은 유언을 남기고 세상을 떠났다.

창경원 호수에서 뱃놀이 하고 벚꽃나무 아래서 꽃비 맞으며 김밥과 칠성사이다 먹고는 코끼리며 원숭이, 호랑이에게 재롱부리다가 궁을 나와선 조금 걸어 광장시장에 가서 순대에 빈대떡을 식구들과 좌판에 나란히 앉아 먹어도 좋았다. '우래옥'이나 '진고개' 가서 냉면과 불고기에 저녁을 먹으면 최고의 호사였다. '조선옥' 소갈비까지는 바라지도 않았다. 그때를 회상하니 잊지 못할 맛은 풍요와 넉넉함이 아니라 부족함과 빈곤에서 태어나는 듯싶다.

영화는 최고의 오락이었다. TV가 있는 집도 적었을 때다. 서대문구 응암동엔 영화 촬영장이 있었는데 가끔 놀러 갔었다. 큰 창고같이 생겼다.

학교선 단체상영도 많았고 전염병이 창궐할 때면 예방주사를 맞아야 입장할 수 있었다. 추석이나 설 같은 명절 때면 극장 앞은 인산인해였다. 담벼락에 영화 포스터를 붙이게 하면 답례로 초대권 몇 장을 주곤 했다. 극장 주인은 유지 중의 유지였다. 극장주, 목재상 사장, 정치인, 은행장들이 흔치 않던 자가용을 주로 소유했었다. 그러던 동네 극장들이 지금은 감쪽같이 서울서 사라졌다. 그 많던 극장들은 누가 어디로 옮겼을까?

그 시절은 어른들을 위한 놀이가 별로 없었다. 그저 화투 치며 술이나 마셨다. 할아버지들은 주로 장기를 두었다. 아이들은 구슬치기나 자치기, 딱지치기, 고무줄놀이, 땅따먹기, 술래잡기, 말타기 등으로 시간을 보냈다. 초여름이면 사내아이들은 아카시아꽃 따 먹는다고 몰려다녔다. 나도 무악재나 인왕산에서 꽤나 꽃을 따 먹었었다.

여섯 살이라는 어린 나이에 일본으로 건너가 바둑을 연마했던 조치훈이 18세 되던 해인 1975년 일본기원선수권전 결승에서 일본의 노장 사카다에게 도전했었다. 먼저 2연승했지만 연달아 3연패하는 바람에 타이틀 획득에 실패하고 울면서 집으로 가는 장면이 방송에 나와 온 국민이 안타까워했다. 하지만 그 아쉬운 패배 이후로 소년기사 조치훈의 조국에는 바둑 붐이 일었다. 동네마다 기원이 생겨나고 바둑교본들이 날개 돋친 듯 팔리고 종로3가에 바둑 재료상들이 앞다투어 들어서는 계기가 됐다. 조치훈도 좌절하지 않고 용맹전진했다. 1983년, 청년이 된 조치훈은 "일 년에 네 판만 이기면 된다"라는 말을 해 유명한 일본 바둑계의 괴물이며 조훈현의 스승인 기성 후지사와에게 도전해 내리 3연패 후 4연승해 감격적으로 기성 타이틀을 획득했다. 소년 시절 사카다에게 당한 역전패를 깨끗이 멋지게 설욕한 것이다.

주전부리할 것도 많지 않았다. 신당동 떡볶이가 유명하다고 하지만 그곳에서 어린 시절을 보낸 내 기억엔 이상하게도 매운 떡볶이는 없고 간장 떡볶이만 추억 속에 남아 있다. 거무튀튀한 색에 굵고 달달한 떡볶이였다. 서울의 음식맛은 대체로 밍밍하고 재료 본연의 맛을 중시했는데 점차 맵고 짠 자극적인 맛으로 변한 듯싶다. 가끔 어른들 생신날 같은 잔칫날엔 집에서 숯불을 넣은 신선로에 전골을 심심하게 끓여 밥상에서 식구들과 따끈하게 먹었다. 또 조그만 풍로에다가 숯불 몇 개 넣고 부채로 살살 불을 살려 석쇠로 구운 소갈비 맛은 참으로 기가 막혔다. 중국집에 냄비를 들고 가 짜장을 50원어치 정도 사면 온 식구들이 그 짜장에 밥을 비벼 맛있게 먹을 수 있었다. 명태나 도루묵도 흔했지만 이면수는 훨씬 가격이 싸서 질리도록 먹었다. 고래고기는 볶아서도 먹고 찌개로도 끓여 먹었던 1960년대의 흔한 음식이었다. 또 몸이 부실해지면 '원기소'라는 씹어 먹는 영양제를 여러 알씩 먹었다. 축구와 권투와 프로레슬링은 최고의 인기스포츠였었다. 특히 축구의 인기는 대단했다. 기쁨도 많았지만 좌절도 많았다. 북한이 1966년 영국 런던월드컵에서 8강까지 오르는 기염을 토하자 자극받은 박정희 대통령은 부랴부랴 중앙정보부에 지시하여 대표팀을 급조했다. 북한에 대응하기 위해 정보기관에 명령을 내린 것이다. 이름은 '양지.' '음지에서 양지를 지향한다'는 중앙정보부의 구호에서 따온 이름이다. 그러나 우리 대표팀은 번번이 월드컵이나 올림픽 예선의 마지막 문턱에서 고배를 마셨다. 이스라엘이나 호주에 발목을 잡혔다. 가마모도가 활약한 일본도 강적이었고 버마나 말레이시아도 만만치 않았다.

대표팀은 양지에서 화랑과 충무, 청룡, 상비군 등으로 이름을 변경했다. 이세연, 이회택, 정규풍, 정강지, 박이천, 김정남, 김호, 황재만, 이차만, 이영무, 변호영, 김진국, 김재한, 차범근 등이 1960년대와 1970년대를 풍미했던 스타플레이어들이다. 고려대생 축구 신동 차범근은 1979년 독일 분데스리가 프랑크푸르트 팀의 공격수로 발탁되어 한국 축구의 영웅으로 등극했다. 박정희 대통령의 이름을 따서 제정된 '박스컵'은 지금은 헐리고 없어진 동대문축구장에서 열리는 아시아 축구의 제전이었다.

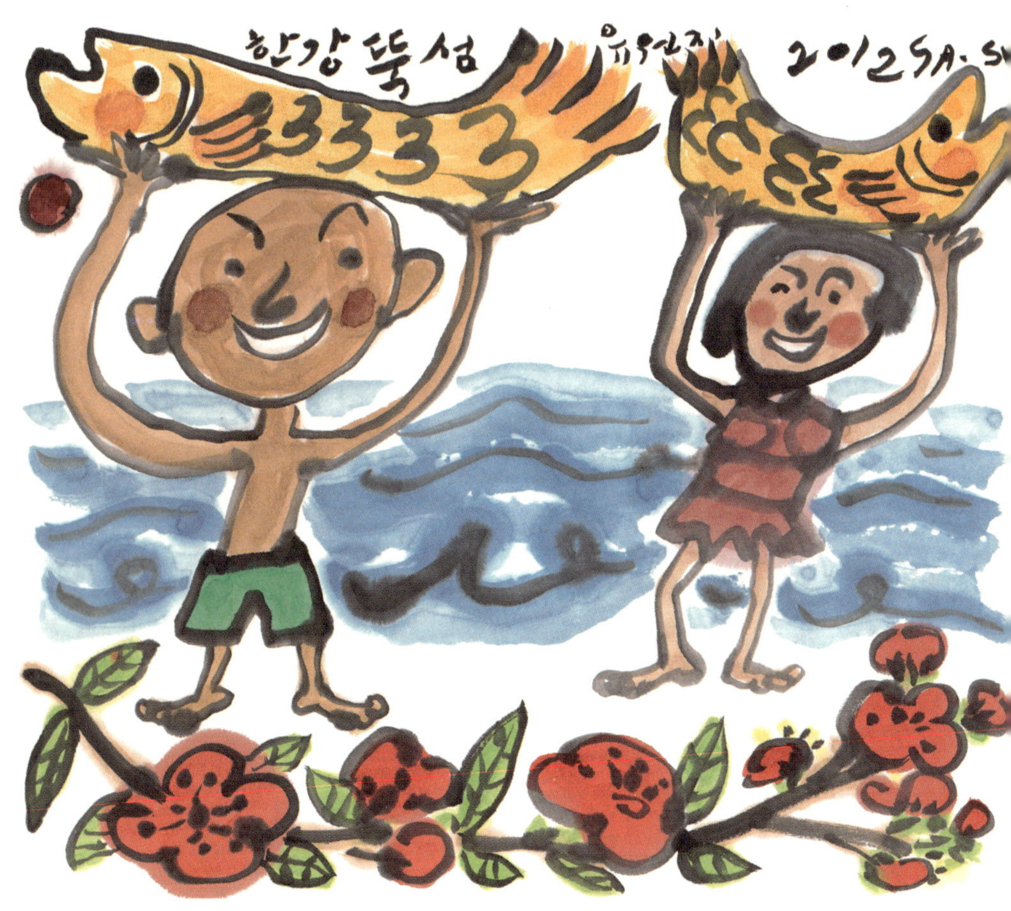

한강 뚝섬
유원지
2012 SA. S

1960년대 프로레슬러 김일의 인기는 요즘의 박지성이나 박찬호와는 비교가 안 될 정도로 굉장했다. 상대방의 반칙에 고전하며 차마 보기 애처로울 정도로 이마에 피를 철철 흘리면서 쓰러지길 여러 번 반복하다가 필살기인 박치기로 전세를 역전한 후 코브라 트위스트 또는 넉사자굳히기로 드라마틱하게 상대방을 제압한다. 역전승을 거둔 김일을 향한 뜨거운 환호는 서울 중구 남산 기슭의 장충체육관을 흥분과 기쁨의 아수라장으로 만들었다. 시합이 끝난 후 쏟아져 나온 인파들은 장충동 족발집마다 꽉꽉 들어앉아 족발을 뜯으며 마치 자신의 무용담처럼 그날의 경기를 감격해했다. 레슬링을 소재로 한 〈타이거 마스크〉란 만화영화의 인기도 대단해 아이들은 주제가를 따라 부르며 호랑이 가면을 쓴 채 동네를 누볐다.

"거칠은 사각의 정글 속에 / 오늘도 비바람이 몰아쳐 온다 / 사납고 더러운 악당들에게 정의의 펀치를 힘껏 퍼부어라 / 싸워라 싸워 타이거 타이거 타이거 마스크." (〈타이거 마스크〉 주제가)

〈요괴인간〉, 〈우주소년 아톰〉, 〈마린보이〉, 〈황금박쥐〉도 1960년대의 인기 TV 만화영화였다.

"황금박쥐 / 어디 어디 어디에서 오느냐 황금박쥐 / 빛나는 해골은 정의의 용사다 힘차게 나는 실버 바톤 / 우주 괴물을 전멸시켜라 / 어디 어디 어디에서 오느냐 황금박쥐 / 박쥐만이 알고 있다."

<(황금박쥐> 주제가)

개구쟁이 꼬마들은 보자기를 목에 매고 망토처럼 휘날리면서 황금박쥐 주제가를 부르며 동네 골목을 뛰어다녔다. 우리가 즐겨 봤던 만화영화들이 대개 일본만화라는 것은 한참 후에야 알았다.

광나루 주변엔 미꾸라지가 많아 동네 형들은 미꾸라지를 잡아 원기소 통에 가득 담아 오기도 했다. 1960년대 초반, 광나루 건너 지금의 압구정동과 잠실 주변에는 푸른 논밭이 광활하게 펼쳐져 있었다. 무슨 일 때문인지는 기억이 안 나지만 어린 나는 아버지와 함께 맑게 갠 어느 여름날 그곳의 푸른 논밭 한가운데에 덩그러니 서 있던 허름한 주막에서 더위를 식혔다. 주막은 양철 지붕에 판자 로 대충 벽을 만든 엉성한 가옥이었다. 아버지는 사기대접에 땅속 으로 절반쯤 박혀 있던 항아리에서 주모가 퍼준 시원한 막걸리를 그득 담아 벌컥벌컥 드시고는 매듭처럼 예쁘게 모양내 묶은 하얗 고 파란 실파 안주를 초고추장에 찍어 드셨다. 그것이 내가 기억하 는 최초의 술집이다.

재수를 하면서 화실이 있던 광화문 주변의, 밥집을 겸한 선술집 을 밤마다 전전했다. 그중 '박대포'와 '평양집'을 가장 뻔질나게 드 나들었다. 그때 유행하던 스탠드바도 고등학교를 졸업하기 전부터

간간이 가서는 마티니나 진토닉 같은 칵테일을 홀짝거린 적도 있다. 그게 멋인 줄 알았다. 대학생이 되고 술집 많던 아현동에 화실을 하면서 더욱 다양한 주점들에 탐닉했다. 퇴폐적인 술집도 마다하지 않았다. 신촌의 이화여대 근처엔 싸구려 요정이 많았다. 흔히 말하는 방석집보다는 조금 더 고급 스타일. 아가씨들은 주로 한복을 입었다. 한복 저고리의 옷고름이라는 것이 한쪽을 슬쩍 잡아당기면 묶인 매듭이 힘없이 툭 풀어지는데 그때의 느낌이 좋았다. 짜릿한 손맛이 있었다. 한동안, 그러니까 일이 년은 그 손맛에 빠져 지냈던 것 같다.

1980년대 초반 대학생인 내가 주로 마신 술은 소주나 맥주 아니면 캡틴큐, 드라이진, 알렉산더보드카 같은 기타제재주나 증류주였다. 캡틴큐 마시고 속이 뒤집히며 구토도 많이들 했다. 무얼로 만들었는지 마시기만 하면 백발백중 상태가 안 좋았다. 술 마신 다음 날은 두통과 구역질 같은 숙취로 온종일 고생했지만 밤이 되면 5·18 이후 어수선한 정국을 핑계로 몰려다니며 또다시 엄청난 술을 퍼부어댔다. 막걸리 역시 품질이 좋지 않아 뒤탈이 많았었다. 천양포도주는 너무 달았다. 시바스리갈이나 조니워커 같은 진짜 양주는 양키 물건 파는 도깨비 시장 같은 곳에서나 볼 뿐 실제로 마신다는 건 꿈도 못 꿨다. 국산 위스키라도 어쩌다 진짜 위스키를 마실 때면 친구들과 둘러앉아 신성한 의식을 치르듯이 감사와 감탄을 연발하며 소중히 돌려 마셨다.

"궂은비 내리는 날 / 그야말로 옛날식 다방에 앉아 / 도라지위스키 한잔에다 / 짙은 색소폰 소릴 들어보렴."

최백호가 부른 〈낭만에 대하여〉에 등장하는 '도라지위스키'는 1950, 60년대에 나온 위스키의 대체품이었다.

도라지위스키 세대가 아닌 나로서는 전설적인 그 술에 대해선 그저 말로만 들었을 뿐 마셔본 적도 없을뿐더러 실제로 본 적도 없었다. 소주 주정(酒精)에 색소와 위스키 향을 첨가해 만든 도라지위스키는 실은 위스키 원액은 한 방울도 섞이지 않았지만 위스키라는 이름만으로도 대단한 인기를 끌었다고 한다. 과시욕이 만든 시대의 산물이었다.

1970년대 고급술집은 아직 삼청각, 대원각, 오진암, 명월관 같은 요정 위주였다. '요정정치'라는 말이 회자될 정도로 거물들이 모여 국사(國事)도 논의했었다. 요정에는 온돌방에 한복 입고 가야금 타고 전통춤 추는 아가씨가 있었다. 그러던 유흥업계에 새로운 형태의 고급 주점이 등장했다. 양장 입은 아가씨와 소파에 앉아 술을 마시다가 일인 악사의 반주에 맞춰 노래도 하고 춤도 추는 이른바 룸살롱이 등장한 것이다. 광화문 '이명싸롱', 후암동 '민의집'

등이 일세대 룸살롱. 요정보단 훨씬 창업에 부담이 적어 룸살롱은
급속하게 퍼져나갔고 한량을 자처한 나 역시 관심을 가지면서 호
시탐탐 탐방할 기회만 엿보고 있었다.

유흥계뿐만 아니라 사회도 급격히 달라졌다. 나만 퇴폐문화에
탐닉한 것은 아니었다. 1970년대와 1980년대는 고도압축성장의
시기. 단군 이래 최고의 호황이 이어졌다. 거기다가 인플레도 높
지 않았다. 또한 강남 개발이란 호재가 더해지면서 서울엔 룸살롱
이 우후죽순으로 생겨났다. 룸살롱에선 양주가 기본이었기에 자연
스레 위스키도 차츰 시민들의 생활 속에 번져갔다. 사회적 지위를
얻은 듯 위스키는 마취제 역할을 했다. 양주라는 술맛이 내 취향은
아니었지만 나 역시 위스키 마시는 횟수가 많아졌다. 88올림픽을
앞둔 서울엔 여기저기 룸살롱의 네온사인이 번쩍였다. 강남의 서
초동, 신사동, 논현동, 역삼동이 특히 그랬다. 그렇지만 그때까지만
해도 나 같은 보통 젊은이들이나 일반 사람들에겐 룸살롱은 아직
특별한 계층들의 밀실로만 여겨질 뿐 생활 속 대중의 술집은 아니
었다. 그러다가 사건이 터졌다.

'서진룸살롱 사건!' 1986년 여름, 역삼동 서진룸살롱에서 폭력
조직 서울목포파가 술을 마시던 맘보파 일행 일곱 명과 난투극을
벌여 맘보파 네 명이 끔찍이 살해된 사건. 이 잔혹한 사건으로 전

국민은 룸살롱의 존재를 알게 됐다.

모두가 룸살롱을 궁금해했고 그러다가 한두 번씩 출입을 경험하면서 환락가의 술문화도 빠른 속도로 바뀌게 됐다. 그곳서 술을 마셔야 신분과 지위가 상승된 듯한 착각이 들 정도로 유흥계에 자리 잡았다. 당연히 이권이 개입된 접대는 대개 룸살롱에서 이뤄졌고 변태적인 주법과 천박한 풍조가 만연하게 됐다. 대한민국 화류계에 대요동이 친 것이다.

변영로, 오상순, 조지훈, 양주동 등 시대의 명사들이 명동이나 무교동의 유서 깊은 대폿집에서 쾌음(快飮)과 호음(豪飮)하며 고담(古談), 치담(痴談), 문학담(文學談)을 벗 삼아 풍류를 즐겼던 주당문화는 구시대의 퀴퀴한 유물이나 된 듯 음주풍속이 갑자기 달라졌다. 자기과시와 과대망상증이 범람하는 이상한 세상이 됐다.

사실 그런 기형문화는 훨씬 전부터 우리 사회 여러 분야에서 나타난 것 같다. 혼돈된 사회가 잉태한 부속물이었다. 특히 정치에서 그랬다. 내가 초등학교 5학년 때인 1971년에도 대통령선거가 있었다. 그때 특이한 모습의 후보가 나와 해괴한 공약을 늘어놓았다. 진복기. 그는 독일제국 마지막 황제인 빌헬름 2세처럼 카이저수염을 하고 있었다.

진복기는 수유동의 가난한 산동네에 살았었다. 그가 아들들을 수행원으로 거느리고 라면으로 끼니를 때우면서 부르짖은 황당 공약 중엔 "신안 앞바다에 보물이 있다. 그걸 건져서 국민들 모두를 부자로 만들어주겠다"는 내용도 있었다. 참으로 어처구니없는 공약이었지만 그는 1971년 대선에서 박정희, 김대중에 이어 3위를 차지하는 이변을 일으켰다. 도대체 저런 자아도취자가 대통령 선거에 나와 온 국민을 상대로 헛소리를 하며 전국을 휘젓고 돌아다닌다는 것이 어린 나로서도 이해가 되질 않았다. 그저 돈키호테라고 하기엔 사회적 파장이 너무 컸다. 그런데 실로 희한한 일이 벌어졌다. 그로부터 5년 후인 1976년, 신안 앞바다에서 실제로 보물선이 발견된 것이다. 어마어마한 양의 귀중한 문화재가 인양됐다. 물론 공약처럼 신안 앞바다의 보물로 국민들을 부자로 만들지는 못했지만 그의 모습만큼이나 특별한 사건이었고 세상엔 이해되지 않는 일도 참 많다는 것을 새삼 알게 됐다.

　미술계엔 기인이 많다. 좋아하는 여인에게 선물한다며 자신의 귀를 자르기도 했으며 결국 권총자살로 생을 마감한 고흐가 우선 떠오른다. 우리 미술사에도 기인은 자주 등장한다. 영화화되어 널리 알려진 장승업도 그렇고 같은 조선시대의 최북이란 화가도 기인 화가로서의 화려한 이력을 갖고 있다. 그는 그림을 강요하는 고관대작의 횡포에 분노하며 자신의 한쪽 눈을 찔러 실명하기도 하고 천하명인은 천하명산에서 죽어야 한다며 금강산 구룡연에 몸을 던지기도 했다. 광기에 사로잡힌 최북의 일생은 결국 내리 열흘을 굶다가 그림 판 돈으로 술에 취해 집에 가는 중 눈길에 쓰러져 얼어 죽음으로써 끝을 맺는다. 장렬하고 애석한 천재의 말로였다.

숱한 기인 화가들이 세상에 이름을 떨쳤지만 내가 직접 접했던 분으로는 '김흥수 화백'을 꼽을 수 있겠다. 그는 나와 같은 서초구 방배동에 사셨고 그의 거처이자 화실이었던 방배동 황실아파트로 찾아가 뵌 적도 있었다.

'하모니즘 회화'라는 독특한 예술세계로 일찍부터 이름을 날렸던 김 화백은 에너지 넘치는 작업뿐만 아니라 화려한 여성편력으로도 유명했다. 방랑벽이 있어 젊은 시절엔 세계 여기저기를 떠돌며 낭인처럼 살기도 했다. 김흥수 화백의 작품값은 예나 지금이나 상당한 고가였는데 전시회를 앞두고 액자 제작을 위해 작품을 맡겨놓은 청기와화방의 공장에서 화재가 나는 바람에 작품 16점이 전소되는 사건이 일어났다. 불에 탄 작품들의 가격을 합산하면 여러 채의 집값에 해당되는 어마어마한 가치였다. 청기와 조귀래 사장은 집문서를 비롯한 전 재산을 내놓으며 김 화백에게 눈물로 선처를 부탁했다. 그런데 김 화백은 놀랍게도 모든 게 운명이라며 오히려 조 사장을 위로해 돌려보낸 훈훈한 미담을 남겼다. 사나이다운 면모가 그에겐 분명히 있었다. 쩨쩨하지 않았고 수사자 같은 위엄도 있었다. 때론 권투선수나 건달 못지않은 완력을 보이기도 했고 그러면서도 달콤한 로맨티스트의 모습도 보여줬다. 늘 흰 모자, 흰 양복에 검은 선글라스와 크고 화려한 목걸이를 주렁주렁 건 눈에 확 띄는 패션으로 인사동에 나타났었다. 그가 40년도 넘게 나이 차가 나는 제자와 결혼을 발표했을 때 미술계는 경악했다. 막 입학한 여대생과 환갑이 넘은 교수와의 관계로 학교에서 만났다가 사랑이 싹텄다고 한다. 남자들은 그의 정력을 부러워했다. 그렇게 일생을 보내다가 행복하게 생을 마감할 줄 알았다. 그런데 얼마 전 또다시 세상을 놀라게 한 충격적인 소식이 전해졌다. 이제 막 쉰 살이 된 김 화백의 아내가 중병에 걸려 갑작스럽게 세상을 뜬 것이다. 김 화백의 나이 93세. 그도 병이 깊어 병상에 누워 있던 신세였다. 누구라도 상상 못했을 것 같다. 그의 젊은, 아니 어린 아내가 먼저 저세상 사람이 될 줄은……. 알 수 없는 게 사람 팔자다.

50년 전쯤의 한국영화를 보면 배경이 되는 풍경이나 사람들의 옷차림이 지금과는 사뭇 다르고 말투도 확연히 달라 매우 생경한 느낌이 든다. 특히 여인들의 말씨가 그렇다.

원래 서울 여인들은 수더분하기보다는 깔끔하고, 푸짐하기보다

는 야무진 느낌이 풍겼다. 꼭 조여진 버선발의 사뿐한 모습이라고
나 할까. 아니면 잘 씻어서 껍질을 깎아놓은 생밤알 같다고나 할
까. 곱고 사근사근한 말씨에 깍듯한 예의범절을 갖춘 서울 여인들.
알뜰하면서도 부지런하고 때론 지나치게 경우가 밝아 다소 차가
운 인상을 풍기기도 했던 서울 아낙네들. 그녀들의 말은 졸졸졸 물
소리같이 맑고 명랑했다. 서울 여인들은 비교적 말이 많고 빨라 받
아 적기가 힘들고 힘을 빼서 발음해 억양에 변화가 적어 타지인들
은 구별하기 힘들다고 했다. 또한 도란거려 무슨 재미난 소설 읽는
것 같다고도 했다. 그랬던 서울 여인들의 토박이 말투가 지금은 오
래된 영화에서나 들을 수 있는 것 같다. 언제부터인가 우리네 말투
는 전국 팔도가 비슷비슷해졌다. 모두 같은 고향 출신인 듯 엇비슷
한 음색으로 말을 한다.

　동대문구 신설동에 있는 대광고등학교 재학 시절, 국어 시간이
면 열심히 외웠던 시(詩)들이 있다. 나뿐만 아니라 그 당시의 고등
학생들은 대개가 교과서에 나오는 시나 시조를 달달 외워야 했다.
그중 하나가 동탁(東卓) 조지훈의 〈승무(僧舞)〉.

　　얇은 사(紗) 하이얀 고깔은
　　고이 접어서 나빌레라.

파르라니 깎은 머리

박사(薄紗) 고깔에 감추오고,

두 볼에 흐르는 빛이

정작으로 고와서 서러워라. (후략)

　선생은 박두진, 박목월과《청록집》(1946)을 간행하여 세칭 '청록파'의 한 사람이었고 또한 애주가로도 유명했다. 그는 주도(酒道)에도 엄연히 등급이 있다고 주장했는데 술을 마시는 연륜과 친구와 기회와 동기와 술버릇을 종합해 18단계로 나누었으니 그것이 유명한 조지훈의 '주도유단론(酒道有段論)'이다.

　예를 들어 18단계 중 가장 하수인 '불주(不酒)'는 마실 줄도 알고 좋아도 하면서 무슨 잇속이 있을 때만 술을 내는 사람. 열여섯 번째의 아주 높은 등급인 '낙주(樂酒)'는 마셔도 그만, 안 마셔도 그만, 술과 더불어 유유자적하는 사람. 즉 주성(酒聖)이다. 마지막 단계에 있는 최고수는 '폐주(廢酒)', 즉 '열반주(涅槃酒)'다. 술로 말미암아 다른 세상으로 떠나게 된 사람이다.

　선생의 주도유단론을 교본 삼아 나름 지난 수십 년간을 주도수련한다고 했으나 나의 음주등급은 아직도 하수를 면치 못하고 있다. 중간에도 미치지 못하고 있는 것이 부끄럽고 애통하다. 그런데 벌써 내 주력(酒力)은 현저히 하향곡선을 그리고 있다.

술은 그렇다손 치고 내 인생의 등급은 어떠한가. 내 고향 서울서 살아온 50여 년. 돌이켜보면 서울은 내 인생의 항구였다. 거센 파도가 몰아치는 거친 바다에서 표류할 때도, 길을 잃고 그저 수평선만 바라보며 바다 한가운데서 하염없이 떠 있을 때도 항구로 돌아갈 희망을 놓은 적은 없었다. 난 돌아갈 항구가 있어 행복했다.

비록 서울이 잘리고 덧붙여지고 새로 칠해져 자랄 적 그 모습은 아니더라도 그래도 여전히 내겐 따스하고 추억 그득한 보물창고다. 의리가 지독한 동무들도 여전히 서울을 떠나지 않고 있다. 서울을 떠난 내 삶은 상상할 수 없다. 그런 서울서 살 수 있기에 감사하고 행복하다. '인생유단론'이 있다면 유장한 한강이 흐르고 있는 아름다운 서울서 산 것만으로도 등급이 치솟을 것 같다. 인생의 프리미엄이다.

갑자기 칼바람이 분다. 이런 날은 내 단골이 있는 종로5가 광장시장의 좌판주막에 가고 싶어진다. 그곳의 장터 의자엔 등받이가 없지만 서로가 어깨를 빌려주며 추위와 피곤을 이겨낸다. 서울을 삭막한 비정의 도시라고 말하는 이도 많지만 그것은 선택하는 자의 몫이다. 서울이 세월의 흔적을 점점 잃어버린다는 우려도 많지만 그것 역시 서울 사는 우리가 해결할 몫이다. 내일의 서울이 끔찍한 서울이 될지 빛나는 서울이 될지는 지금 얼마나 서울에 애정을 갖고 있는가에 달려 있음을 우리 모두가 잘 알고 있다.

내게 서울은 엄마다. 날 낳아주고 길러주신 애틋한 엄마 말이다. 엄마란 그 품에 안겨 있어도 엄마가 그리운 존재. 나이 들어도 더 깊숙이 엄마 가슴팍에 파고들고 싶어진다. 아! 따뜻하다. 서울에 살어리랏다. 추억과 사랑을 먹고 서울에 살어리랏다.

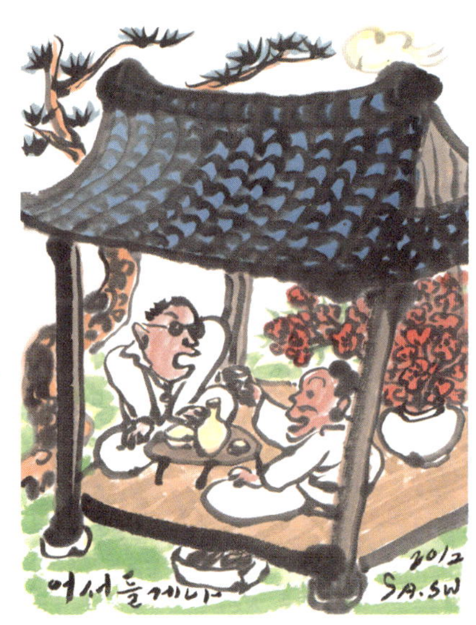

사석원의
서울 단골
맛집 십선(十選)

가나다 순

1. 광장시장

수없이 많은 시장 안 좌판 중에 중앙에 위치한 58년 개띠 주모인 '오순네'에서의 연회를 즐긴다. 순대, 머리고기는 '할머니집', 빈대떡은 '황해도 녹두 빈대떡', 간장게장은 '홍림', 생선회는 '회원조집', 육회는 '자매집' 그리고 요즘은 원조 '마약 김밥'에서 포장을 자주 해 간다.

• 지하철 1호선 종로5가역 하차. 보령약국 건너편 광장시장 내.

2. 남원집

서울의 대폿집 중 대표적인 맛집. 대구조림이 특히 전문. 자리가 협소하지만 또한 그 정취가 좋다. 계절 따라 그날그날의 안주가 조금씩 다르다. 주모가 주는 대로 먹는 게 상책!

• 서울 종로구 공평동 147–29. 종각 대각선 건너편 SC은행 뒷골목.
• 전화: 02–737–2838

3. 닭진미집(구 강원집)

흔한 닭곰탕이 어찌 이렇게 맛있을까 감탄하지 않을 수 없다. 남대문시장에 가서 이 집 닭곰탕을 안 먹었다면 난센스다.

• 남대문시장 갈치골목 끝에 있다.
• 전화: 02–753–9063

4. 복있는 집

전라도 요리의 진수. 허름하지만 내 단골집 중 가장 고급집. 제철음식이 코스로 나온다. 예약 필수.

- 서초동 예술의전당 건너 백년옥 골목으로 30미터쯤 들어가 왼편. 가까운 지하철역은 3호선 남부터미널역이나 7, 8분쯤 걸어야 한다.
- 주차 가능.
- 전화: 02–581–2261

5. 소문난 집(삼경원)

문인, 언론인, 예술가들의 단골 대폿집. 수많은 애칭이 있는 명물 주점이다. 주인 서영순 여사의 존재감이 대단하다. 원래는 교보문고 뒤 피맛길에 있었다.

- 서울시 종로1가 24번지. 르메이에르빌딩 종로타운 지하 1층 구석. 건물 앞에 청동 기마 조각상이 있다.
- 전화: 02–722–2556

6. 을지면옥

내 입맛엔 가장 맛있는 평양냉면집. 숙취 해장으론 이 집의 물냉면 육수가 가장 당긴다. 또한 돼지고기 편육 역시 일품이라 늘 음주를 부추기는 바람에 해장하러 갔다가 다시 취한다.

- 지하철 을지로3가역 5번 출구 입정동 방향으로 나오면 작은 간판이 보인다.
- 전화: 02–2266–7052

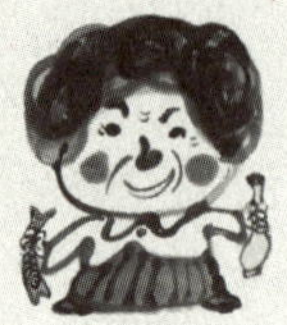

7. 중앙식당

노량진 수산시장 내에 있는 일명 '초장집'. 시장에서 생선과 어패류를 사서 요리를 부탁하면 자릿값과 요릿값, 주대를 저렴하게 받는다. 요즘엔 돈 많은 중국 관광객들도 많이 와 비싼 바닷가재나 대게 요리를 즐겨 먹는다. 24시간 영업.

- 지하철 1호선 노량진역 하차. 시장으로 들어와 생선회 상가 중간쯤의 지하 1층.
- 시장 내 주차 가능.
- 전화: 02-812-8856

8. 평안도집

장충동 족발집 중 원조 중의 원조다. 변함없는 깊은 맛으로 대한민국 족발의 지존인 듯싶다. 나는 가장 큰 특대를 포장해 집에서 재미난 TV 프로그램을 보며 가족과 함께 소주나 와인을 곁들여 먹는 걸 매우 즐긴다.

- 지하철 3호선 동대역 하차. 장충동 족발 동네 중간쯤 살짝 들어간 곳에 있다.
- 주차장이 따로 없어 주차는 근처 골목에 해야 한다.
- 전화: 02-2279-9759

9. 하동관

허명만의 만화 《식객》에도 등장한다. 하동관 곰탕이야말로 수많은 소고기 국물 요리 중 단연 최고다. 포장도 가능한 국보급 식당. 아침 7시에서 오후 4시까지만 영업한다. 차돌박이, 내포 위주로 주문 가능.

- 서울시 강남구 대치동 891-44. 강남구 삼성동 포스코와 동부화재 사이 골목으로 70미터
  쯤 들어가 우측. 지하철로는 2호선 선릉역 1번 출구에서 도보로 5분.
- 건물 지하에 주차장이 있다.
- 전화: 02-565-0003

10. 허파집

아마 서울에서 가격 대비 가장 맛있는 집일 것 같다. 각종 양념을 듬뿍 얹은 소허
파를 국물이 자작하게 끓여 안주로 먹다가 밥도 볶아 먹는다. 아주 얼큰하다. 여
든이 훨씬 넘은 꼬부랑 할머님이 신선한 재료로 정성껏 준비해주신다. 곱게 씻은
대파가 예술이다.

- 지하철 1호선 제기역 하차. 파출소에서 뚝방길을 따라 성일중학교 쪽으로 150미터쯤 가면
  노란색 간판이 보인다.
- 전화: 02-924-4119

사석원의
서울연가

1판 1쇄 발행 2013년 1월 16일
1판 2쇄 발행 2013년 1월 31일

지은이 사석원
펴낸이 김성구

편집팀장 박유진
편　집 김민기 권은정 김동규
디자인 문인순
저작권 양숙현
제　작 신태섭
마케팅 최윤호 손기주 송영호 김정원 차안나
관　리 김현영

펴낸곳 (주)샘터사
등　록 2001년 10월 15일 제1-2923호
주　소 서울시 종로구 동숭동 1-115 (110-809)
전　화 02-763-8965(단행본팀) 02-763-8966(영업마케팅부)
팩　스 02-3672-1873 **이메일** book@isamtoh.com **홈페이지** www.isamtoh.com

ⓒ 사석원, 2013, *Printed in Korea.*

이 책은 저작권법에 따라 보호를 받는 저작물이므로 무단 전재와 복제를 금지하며,
이 책의 내용의 전부 또는 일부를 이용하려면 반드시 저작권자와 ㈜샘터사의 서면 동의를 받아야 합니다.

ISBN 978-89-464-1836-3 03810

이 도서의 국립중앙도서관 출판시도서목록(CIP)은 e-CIP홈페이지(http://www.nl.go.kr/ecip)와
국가자료공동목록시스템(http://www.nl.go.kr/kolisnet)에서 이용하실 수 있습니다.(CIP제어번호:
CIP2013000007)

값은 뒤표지에 있습니다. 잘못 만들어진 책은 구입처에서 교환해 드립니다.